MICHAEL GERWIEN
Isarhaie
Der vierte Fall für Max Raintaler

Personen und Handlung sind frei erfunden.
Ähnlichkeiten mit lebenden oder toten Personen
sind rein zufällig und nicht beabsichtigt.

Besuchen Sie uns im Internet:
www.gmeiner-verlag.de

© 2013 – Gmeiner-Verlag GmbH
Im Ehnried 5, 88605 Meßkirch
Telefon 0 75 75/20 95-0
info@gmeiner-verlag.de
Alle Rechte vorbehalten
1. Auflage 2013

Lektorat: Claudia Senghaas, Kirchardt
Herstellung: Julia Franze
Umschlaggestaltung: U.O.R.G. Lutz Eberle, Stuttgart
unter Verwendung eines Fotos von: © Werner Heiber - Fotolia.com
Druck: GGP Media GmbH, Pößneck
Printed in Germany
ISBN 978-3-8392-1386-5

Sakrischen Dank an Peppo, Lilli, Patrick und vor allem an Claudia Senghaas.

1

»Ja, Herrschaftszeiten. Musst du hier so saublöd im Weg herumliegen?« Der Münchner Exkommissar Max Raintaler blickte ärgerlich auf die mit einer schwarzen Jeans bekleideten Beine, die vor ihm aus der Dunkelheit einer Garageneinfahrt in den schwach beleuchteten Gehsteig hineinragten. Viel hätte nicht gefehlt und er wäre geradewegs darüber gestolpert. »Schlaf deinen Rausch halt daheim aus, wie andere Leute auch«, schimpfte er weiter.

Seit einer guten Viertelstunde befand er sich nun schon auf dem Heimweg vom immer gut besuchten Griechen mit dem kleinen Biergarten in Untergiesing, gleich nördlich der Bahnunterführung hinter dem Hans-Mielich-Platz. Anneliese, die beste Freundin seiner Teilzeitfreundin Monika, hatte ihn und Monika dorthin eingeladen, um mit ihnen ihren endlich bestandenen Führerschein zu feiern. Fünf lange Jahre endloser Fahrstunden waren letztlich doch noch von Erfolg gekrönt worden. Wie viele Fahrlehrer Anneliese dabei genau verschlissen hatte, verriet sie nicht. Frauen hätten eben ihre Geheimnisse, hatte sie nur lachend auf Max' diesbezügliche Frage geantwortet. Monika hatte gleichzeitig ihren vorletzten Urlaubstag gefeiert. Am Dienstag würde sie nach zwei Wochen Erholung auf Balkonien ihre kleine Kneipe in Thalkirchen wieder öffnen.

Ein wunderschöner Sonntagabend im August war es gewesen, mit gutem Essen und viel Gelächter, und so wie es sich für einen Besuch beim Griechen gehörte, hatte es natürlich auch etwas zu Trinken gegeben. Bier, Wein und Ouzo. Max hatte etwas mehr Ouzo als seine Begleiterinnen gehabt, soweit er sich erinnern konnte. Seitdem er sich um eins von ihnen in Richtung seines Bettes verabschiedet hatte, während sie noch ein paar weiterführende Lokale in der Innenstadt besuchen wollten, schwankte und stolperte er sogar über die winzigsten Steine und hielt sich nur mit großer Mühe aufrecht. Die ausgestreckten Beine auf dem Boden, die ihm nun auch noch kurz vor der Parkanlage beim Isarufer in die Quere kamen, erschienen ihm wie ein schier unüberwindbares Hindernis. Was sollte er tun? Wenn er drüberstieg, könnte er mit den Füßen an ihnen hängen bleiben. Wählte er den Weg außen herum, könnte er aufgrund der Fliehkräfte, die in der Kurve, die er dazu machen müsste, auf ihn einwirkten, sein Gleichgewicht verlieren. Beide Möglichkeiten würden mit hoher Wahrscheinlichkeit dazu führen, dass er stürzte und sich verletzte. Also blieb er erst einmal so gut es ging stehen, wo er stand und ließ sich die Sache durch den Kopf gehen. Dabei fiel sein Blick auf den vom Halbdunkel der Einfahrt verborgenen Oberkörper der Person, die zu seinen Füßen lag. »Komisch, wieso schnarcht der eigentlich nicht«, fragte er sich halblaut. »Normalerweise schnarchen die Penner, die hier herumliegen, doch wie die Dings, äh … die Holzfäller.«

Er beugte sich schwankend ein Stückweit hinab, um das Gesicht seines liegenden Gegenübers besser erkennen zu können. Als das kein befriedigendes Ergebnis erbrachte, beugte er sich noch etwas weiter hinunter, was er, im Nachhinein betrachtet, besser nicht getan hätte. Denn da die Untergiesinger Luft, wie auch überall sonst auf der Welt, keine Balken hatte, an denen er sich hätte festhalten können, verlor er dabei unweigerlich das Gleichgewicht und stürzte Kopf voraus und Hände nach hinten wie ein überdimensionaler Geier im Sturzflug zu Boden. Genau auf den Körper unter ihm.

»Hoppala, bitte um Entschuldigung!«, murmelte er gleich nach der weichen Landung erschrocken. Eilig stützte er sich irgendwo ab, um sich wieder aufzurichten. Dabei fiel ihm auf, dass die Brust, die er unter seiner rechten Hand spürte, eine weibliche sein musste. Neugierig blickte er ins Gesicht seines Hindernisses, das zum größten Teil von einem dichten Schopf roter Haare verborgen war, wie er jetzt aus der Nähe erkennen konnte, und fand seine Vermutung bestätigt. Er lag auf einer Frau.

»Verdammt, was ist denn das?«, fluchte er laut. »Die blutet ja wie ein Schwein … da am Hals. Ja, die Hölle! Und atmen tut sie auch nicht. Ja, Herrschaftszeiten, die ist doch … Dings … äh … tot, Raintaler, oder?«

Er kauerte sich neben sie und horchte an ihrem Mund und an ihrer Brust. Kein Atem, kein Herzschlag, nichts. Die Frau war zweifellos tot. Er bemerkte die riesige dunkle Blutlache, in der sie lag.

Ja, so eine Scheiße, dachte er immer schneller atmend. Und jetzt habe ich mich auch noch total mit ihrem Blut vollgesaut. Was mach ich denn bloß? Heimgehen? Um Hilfe rufen? Erst mal warten? Den Franzi anrufen? Den Franzi anrufen, was sonst. Genau. Das wird das Beste sein. Der Gedanke an seinen alten Freund und Exkollegen bei der Kripo beruhigte ihn wieder etwas. Der Franzi soll seine Polizeikräfte anrollen lassen, und dann sollen die sich um alles kümmern. Jawohl. Ich bin viel zu besoffen, um das hier zu regeln … Viel zu betrunken. Eben.

Ächzend ließ er sich auf sein Hinterteil plumpsen, kramte mit seinen blutverklebten Händen umständlich sein Handy aus der Hosentasche und drückte Franz' Nummer.

»Max, was gibt's?«, meldete der sich kurz darauf mit ärgerlichem Tonfall. »Hast du schon mal auf die Uhr geschaut? Es ist halb zwei. Ich liege seit zwei Stunden im Bett. Im Gegensatz zu dir blutjungem Frühpensionär muss ich morgen früh in die Arbeit.«

»Tut mir leid, Franzi. Sauleid! Ehrlich. Ich weiß, es ist spät. Wahrscheinlich sogar sehr spät oder so ... keine Ahnung ... echt keine Ahnung, Franzi, aber ... äh ... ich sitze hier mit einem Bombenrausch neben einer Dings, äh ... einer Toten.«

»Was? Willst du mich verarschen?«

»Nein. Ich schwöre dir, ich will dich garantiert nicht verarschen. Ich war mit Moni und Annie beim Griechen, und jetzt bin ich hier auf dem Heimweg über eine Leiche gestolpert. Du musst unbedingt kommen. Ich bin total blau, und die Tote ist total tot. Saublöd, echt.«

»Kein Schmarrn? Ehrlich? Nicht einer deiner üblichen Witze?«

»Kein Schmarrn. Die ist mausetot. Ich bin hier kurz vor den Grünanlagen bei der Isar. In der kleinen Straße, die von der Schule zum Dings ... äh ... na, sag schon ... zum ... äh ... Mittleren Ring führt. Ja, genau so ist es. Zum Mittleren Ring führt sie, die Straße. Nicht weit von der ... äh ... Brüdermühlbrücke. Okay? Kommst du?«

»Na gut. Ich komme mit den Kollegen, Max. Rühr dich nicht vom Fleck.«

Sie legten auf. Max steckte sein Handy wieder ein und

rutschte ein paar Meter weit von der Leiche weg, zu dem Gebüsch neben der Einfahrt hin. Die ganze Sache wurde ihm unheimlich. Was, wenn der Täter noch in der Nähe war und ihn hier so besoffen und wehrlos, wie er war, vorfand? Der könnte ihn doch wie einen fetten, langsamen Käfer totschlagen, wenn er wollte. Während seines Platzwechsels stach ihn etwas in seinen rechten Handballen. »Scheiße, autsch!«, fluchte er erneut und zog eine winzige Metallnadel mit einem kleinen Button daran aus seiner Haut. Verwundert betrachtete er die glänzende Aufschrift ›SSG‹ darauf. Was sollte das denn heißen? ›Saufen-und-schlafen-Gesellschaft‹? Ja, so ein Schmarrn. Egal. Mitnehmen konnte man das Ding ja mal. Konnte man immer gebrauchen so was. Er verstaute das Corpus Delicti in seiner Geldbörse bei den Münzen und wartete auf Franz.

Keine drei Minuten später näherte sich ein Streifenwagen. Gott sei Dank, Franzi ist da, freute er sich. Das ging aber schnell. Ich habe doch gerade erst mit ihm gesprochen. Ist er geflogen? Oder ist es doch schon länger her, dass ich ihn angerufen habe? Habe ich ihn überhaupt angerufen? Scheiße. Egal, der fliegende Franz kann mich auf jeden Fall später heimfahren. Mit dem Gehen ist es wirklich schwierig heute. Haben die mir am Ende was ins Bier getan beim Griechen? Ich komm ja überhaupt nicht mehr hoch. Als der Wagen auf seiner Höhe war, begann er vom Boden aus zu winken.

»Hier bin ich Leute! Hier unten!«, rief er ihnen lallend zu.

Doch die Polizisten fuhren vorbei.

»Scheiße! Die Deppen haben uns nicht gesehen«, informierte er die Tote in der Einfahrt daraufhin und ließ erschöpft den Kopf hängen. Dann hörte er erneut, wie sich ein Auto und Stimmen näherten.

»Na, also, Sepp. Ich hatte doch recht. Da sitzt einer.«

»Ist ja gut, Hans. Wahrscheinlich hat er einen Rausch und ruht sich ein bisserl aus.«

Offensichtlich hatten die beiden Beamten gewendet. Sie stellten ihren Wagen am Straßenrand ab, stiegen aus und kamen auf Max, der wie festgeklebt auf dem Boden saß, zu.

»Hallo! Da seid ihr ja endlich, Leute. Wo ist der Franzi? Die Dings, äh … die Leiche liegt gleich da drüben!«, begrüßte er sie dämlich grinsend, während er auf die Garageneinfahrt deutete.

»Franzi haben wir keinen. Was sagen Sie da? Eine Leiche?« Der junge Streifenbeamte Hans Wieser legte die Hand an den Knauf seiner Dienstwaffe. Sein Körper straffte sich. Was grinst der Bursche dann so blöd?, fragte er sich. Waren Leichen etwas besonders Lustiges? Oder war er so besoffen? Oder sollte ihnen hier etwa ein Schwerverbrecher ins Netz gegangen sein? Ein Mörder? Das wäre ja was gewesen. Sein erster Schwerverbrecher gleich in den ersten zehn Dienstmonaten. Manche Kollegen mussten jahrelang auf so eine Gelegenheit warten. Das war ja richtig geil. Wie im Actionfilm. Nur echt.

»Grüß Gott, erst einmal, der Herr. Schaffen wir den Heimweg nicht mehr?« Sepp, der ganz im Gegensatz zu seinem unerfahrenen Beifahrer kurz vor der Rente stand, hatte sich breitbeinig vor Max aufgebaut und sah abwartend auf ihn hinunter.

»Ich bin der Max. Und ich warte hier auf mein Franzilein. Bin ganz schön Dings, äh … blau, Jungs. Besoffen. Ouzo und noch mal Ouzo und noch mal Ouzo und noch mal, ha, ha, und Bier, ei, ei, ei ... Glaube ich zumindest. Versteht ihr? Das versteht ihr doch. Ihr seht so ... saugut aus in euren Jacken. Echt, Mann.« Der normalerweise sehr sportliche und sehr präzise denkende Exkommissar machte im Moment alles andere als einen sportlichen und präzise denkenden Eindruck. »Bin vorhin auf die tote Frau da drüben in der Garageneinfahrt draufgefallen, und jetzt kann ich nicht mehr aufstehen. Klebe sozusagen fest, ha, ha, ha.«

»Dann bleiben Sie doch einfach hier bei mir sitzen, Max, bis sich mein Kollege Ihre sogenannte Tote genauer angeschaut hat«, ordnete Sepp an. »Wahrscheinlich ist es seine eigene Frau, und sie ist genauso besoffen wie er«, raunte er Hans danach zu, der daraufhin bestätigend mit dem Kopf nickend gleich mal zu der Toten hinüberging.

»Jawohl, Herr General. Wird gemacht. Ohne Widerrede. Ohne eine klitzekleine Widerrede ... auf jeden Fall«, erwiderte Max. Er ließ sein Kinn auf die Brust sinken, da ihn gerade eine unwiderstehliche Müdigkeit übermannte.

»Sepp! Die rührt sich wirklich nicht mehr!«, rief Hans kurz darauf. »Außerdem ist hier überall Blut. Sieht ganz so aus, als hätte sie jemand abgestochen. Wahnsinn, ein echter Mord schätze ich mal.«

»Alles klar, Hans!«, entgegnete ihm Sepp. »Fass bloß nichts an und komm gleich wieder her zu uns. Das ist ein Fall für die Kripo.«

»Kripo? Ist mein Franzi endlich da? Franzilein!« Max hob ruckartig den Kopf. Er riss die Augen auf und blickte verwirrt um sich.

»Hier ist keine Kripo, Max, und auch kein Franzilein. Wie heißen Sie eigentlich richtig?«

»Maximilian. Max ist bloß ein Dings, äh … Kurzer … nein, Schmarrn, äh … Abkürzung. Genau.«

»Ach, tatsächlich? Und der werte Nachname?« Sepp musste grinsen, ohne es zu wollen.

»Raintaler. Max Raintaler heiße ich. Oder? Doch, doch. Max Raintaler. Der lustige Max aus Thalkirchen, genau der bin ich.« Er lachte kurz keckernd auf, um seine Lustigkeit unter Beweis zu stellen. Was habe ich eigentlich gerade gesagt?, fragte er sich. Keine Ahnung. Verdammt, was ist nur mit meiner Birne los? Scheiße, bin ich voll.

»Und hat der Herr Raintaler vielleicht auch einen Ausweis bei sich.«

»Logisch. Aber der Franzi kommt sowieso gleich. Mein lieber guter alter Franzi. Der kann euch auch sagen, wer ich bin. Exkommissar Max Raintaler, Kripo München. Heute Privatdetektiv, Musiker und Sportler. Jawohl, das bin ich. Und der lustige Max.«

»Ja, da schau her. Ein ehemaliger Kollege sind Sie also. Dann darf ich uns auch mal kurz vorstellen.« Sepp zeigte immer noch grinsend auf sich und Hans. »Wir sind Clint Eastwood und Sylvester Stallone. Lustig was?«

»Ja … sehr lustig, echt!« Max lachte erneut.

»Machen Sie schon Mann. Geben Sie Ihren Ausweis her, wenn Sie dazu aufgefordert werden. Aber ein bisschen plötzlich.« Hans Wieser hatte unvermittelt seine Waffe gezogen und richtete sie auf Max. Seine Stimme klang dabei mindestens genauso gnadenlos wie die von Clint Eastwood in ›Dirty Harry‹.

»Hans! Das ist total übertrieben.«

»Was ist total übertrieben?« Der Jungbulle blickte für eine Millisekunde zu seinem Kollegen hinüber, dann richtete er seinen Fokus wieder auf Max, der im Moment gar nichts mehr verstand. Noch verwirrter als gerade eben, starrte er mit offenem Mund von einem zum anderen.

»Die Waffe. Tu sie weg!« Sepp trat neben seinen Kollegen und herrschte ihn ungeduldig an.

»Niemals. Das ist ein Schwerverbrecher. Der ist bestimmt selbst bewaffnet.« Hans trat von einem Bein auf das andere und leckte sich nervös die Lippen.

»Polizeioberwachtmeister Wieser. Auf der Stelle stecken Sie die Waffe wieder ein. Sonst kriegen Sie ein Disziplinarverfahren an den Hals, das sich gewaschen hat. Hamma uns? Ja, spinnst denn du jetzt komplett, Burschi? Wir sind doch hier nicht bei ›Police Academy‹.«

»Und was, wenn er uns dann erschießt?« Hans hielt seine Waffe nach wie vor im Anschlag.

»Wie soll der uns denn erschießen, du Depp. Der kann ja vor lauter Rausch nicht mal stehen. Und Pistole hat er auch keine. Bist du blind und blöd auf einmal oder was?« Sepp zog nun ebenfalls seine Dienstwaffe aus dem Halfter und hielt sie seinem Kollegen an die Schläfe. »Wumme runter, Hans!«, wiederholte er. »Sofort und auf der Stelle!« Seine Stimme klang dabei mindestens genauso gnadenlos wie die von Sylvester Stallone in ›Rambo II‹, wenn er erklärt, dass man, um den Krieg zu überleben, selbst zum Krieg werden muss.

»Ich kann euch meinen Ausweis gern geben. Es muss deswegen niemand sterben«, meinte Max kleinlaut, der vor lauter Schreck kurzfristig wieder etwas nüchterner wurde. »Hier, bitte.« Er hielt Sepp seine Brieftasche hin. »Im hinteren Fach bei den Visitenkarten ist mein Ausweis. Und Hauptkommissar Wurmdobler wird auch gleich hier sein. Den habe ich gerade am Dings, äh … Telefon verständigt. Wegen der Toten. Ich habe sie hier, so wie sie daliegt, aufgefunden. Ehrlich. Ich bringe keine Leute um.«

»Natürlich.« Hans Wieser lachte höhnisch auf.

»Genau. Ich suche lieber ihre Mörder. Und außerdem bin ich ja auch der lustige Max. Und ein Lustiger bringt keine Leute um. Stimmt's nicht?«

»Was, Sie kennen den Franz Wurmdobler?«, staunte Sepp. »Ein guter Mann. Mit dem habe ich auch schon mal zusammengearbeitet. Da ging es um einen üblen Baubetrug mit Mord und so weiter.«

»Der Franzi war mein Kollege bei der Kripo. Und wir sind Dings, äh … Freunde. Wir kennen uns, äh … seit dem Kindergarten. Wir waren immer der ernste Franzi und der lustige Max. Oder war es umgekehrt? Keine Ahnung.«

»Ja, aber warum sagen Sie das denn nicht gleich, Herr Raintaler.« Sepp lächelte erleichtert.

»Habe ich doch. Aber Sie … äh … wollten mir ja nicht Dings, äh … zuhören, Sie kleiner Lauser, Sie.«

»Also, was ist hier passiert? Erzählen Sie mal. Und du tu endlich deine Pistole weg, Hans. Sonst hau ich dir eine aufs Maul, das dir dein Gesicht zwischen den Ohren rausfällt.« Sepp steckte seine eigene Waffe zurück ins Halfter. Und auch Hans folgte endlich seiner Aufforderung. Zähneknirschend und leise vor sich hin motzend zwar, aber er folgte.

»Also, es war so«, begann Max, während er den Zeigefinger hob. »Ich war beim Griechen am Bahndamm vorn. Sie wissen schon das kleine … Dings, äh na … Lokal mit der, äh … Garageneinfahrt als … Bierdings, äh …«

»Biergarten?« Sepp sah ihn fragend an.

»Biergarten, genau. Dankeschön, Herr Wachtmeister. Ich habe im Moment ein paar Schwierigkeiten mit meinem Dings, äh … Kopf.«

»Ja mei, das geht uns doch allen ab und zu so. Das kleine griechische Lokal beim Bahndamm kenne ich gut. Der Wirt gibt gern mal einen Ouzo aus, und lustig zugehen tut es da auch. Lauter nette Leute da. Stimmt's, Hans?«

»Stimmt.«

»Na ja. Und mir hat er heute auch einige Ouzos ausgegeben, weil ich der lustige Max bin«, fuhr Max mit schwerer Zunge fort. »Deshalb wollte ich heim … glaube ich jedenfalls. Wissen tu ich es nicht so genau. Meine Freundin ist mit ihrer Freundin noch in die Stadt gegangen … also, glaube ich … Und wie ich hier entlang komme, liegen mir auf einmal diese Beine da drüben im Weg. Also … das ist jetzt echt sicher. Und als ich genauer hinschauen will, wer es ist, falle ich voll nach vorn auf sie drauf. Ja, und das war's. Glaube ich.«

»Ach so, daher kommt das Blut auf ihrem rechten Arm und auf der Hand. Sie sind ein bisschen gestolpert. Stimmt's, lustiger Max?« Hans Wieser grinste höhnisch. Offensichtlich glaubte er kein Wort von dem, was er gerade gehört hatte.

»Stimmt genau.« Max war momentan immun gegen Ironie. Er verstand sie nicht einmal. »Und dann habe ich mich aufgesetzt und meinen lieben Franzi angerufen, und der hat gesagt, dass er kommt. Glaube ich … Ich bin mir nicht so ganz sicher. Vielleicht habe ich alles auch bloß geträumt. Scheißkopf! Als wäre Nebel drin. Aber als ihr vorbeigefahren seid, dachte ich dann, dass es mein Franzi ist. So war das. Also … ziemlich sicher, äh … auf jeden Fall. Vielleicht.«

»Na also, Herr Raintaler. Da hat sich doch schon einiges aufgeklärt.« Sepp lächelte zurückhaltend. Er schien Max zu glauben. Auch das mit dem Blut. Zumindest sah es so aus, als wäre er nicht von vornherein gegen ihn eingestellt, wie sein übereifriger Kollege. »Dann warten wir jetzt nur noch kurz zusammen auf den Herrn Wurmdobler, und dann soll er den Fall übernehmen. Das hier ist schließlich Sache der Kripo, so wie es aussieht. Sehen Sie, so einfach kann alles sein. Hier bitte, Ihre Papiere zurück. Ich habe mir alles notiert.«

»Danke … Mann! Super.« Max nahm debil vor sich hin grinsend seine Brieftasche entgegen, stopfte sie in die rechte hintere Tasche seiner Jeans und schloss danach erschöpft die Augen. Herrschaftszeiten, in was für einen Schlamassel bin ich da bloß hineingeraten?, haderte er mit sich selbst. Hoffentlich ist Franzi bald da, sonst tun mir die zwei Volldeppen noch was an. Denen ist alles zuzutrauen. Was muss ich auch so viel Ouzo saufen? Das schadet doch sowieso bloß der Dings … äh … der Leber. Aber geschmeckt hat es schon. Oder? Kann mich nicht mehr dran erinnern. Ja, leck mich doch am Arsch, bin ich besoffen. Der Wahnsinn. Aber echt. Der absolute Wahnsinn. Auf jeden Fall.

2

»Aufwachen, Max! Hey, Max, wach endlich auf! Ja, wird's bald, du alte Rauschkugel.«

»Franzi? Franzilein?« Max blickte mit flatternden Lidern in das runde Gesicht seines untersetzten glatzköpfigen Exkollegen.

»Max. Was machst du bloß für Sachen?«

»Ouzo, Franzi. Bloß ein paar beschissene Ouzos zu viel.« Er beugte sich zur Seite und beförderte lautstark und ohne Vorwarnung einen Teil des angesprochenen Anisgetränkes samt Essensbeilage und Bier auf den Gehsteig.

»So ist's gut. Immer raus mit dem Dreck«, lobte ihn Franz und tätschelte freundschaftlich seine Schulter. »Na komm. Steh erst mal auf und setz dich in meinen Wagen. Oder leg dich am besten hinten rein und schlaf weiter. Das mit dem Verhör können wir später auch noch machen.«

»Verhör? Was für ein Verhör, Franzi?« Max, dem nur noch unglaublich schlecht war, versuchte mit aller Konzentration, die ihm noch zur Verfügung stand, seine Gedanken zu ordnen. Umsonst.

»Ein ganz normales Verhör. Was glaubst du denn? Schließlich bist du von zwei Streifenbeamten blutüberströmt neben einer Leiche aufgefunden worden.«

»Aha. Ach so … Stimmt ja. Aber ich habe dir doch am Dings, äh … Telefon gesagt, was los war. Oder haben wir gar nicht telefoniert?«

»Doch wir haben. Meine Herren, hast du einen Rausch!« Franz schüttelte den Kopf. »Ich glaube dir natürlich, dass du an der Sache hier unschuldig bist. Die Rechtsmedizin wird das morgen auch auf jeden Fall bestätigen, nehme ich an. Todeszeitpunkt und so, du weißt schon. Und deine Aussage, die du den beiden Streifenbeamten gegenüber gemacht hast, haben wir auch. Aber mitnehmen und verhören muss ich dich leider trotzdem. Das schreibt der Gesetzgeber vor. Das weißt du doch selbst.«

»Na gut, Franzi. Ist mir alles recht. Aber erst will ich schlafen. Mir geht es momentan wirklich nicht so, äh … gut.« Max beförderte eine weitere lauwarme Ladung Essen, Bier und Ouzo aus seinem Magen in die laue Nacht hinaus.

»Logisch. Kotz dich in aller Ruhe aus. Dann bring ich dich zum Wagen rüber. Und dann bekommst du eine schöne Zelle und eine gemütliche Pritsche auf dem Revier.«

»Eine Zelle? Willst du mich etwa verhaften?« Max schielte erstaunt zu Franz hinauf. Der spinnt wohl, dachte er.

»Schmarrn, Max. Aber so wie du beieinander bist, kann ich dich unmöglich allein nach Hause lassen. Oder willst du lieber ins Krankenhaus?« Franz wusste natürlich, dass er seinen Freund auf keinen Fall laufen lassen durfte, solange das mit der Tatzeit nicht geklärt war. Schließlich war Max so betrunken, dass er ohne Weiteres in den Tod der rothaarigen Frau hätte verwickelt sein können. Vielleicht sogar, ohne es selbst zu wissen. Da musste unbedingt erst mal Klarheit rein. Auch im Sinne von Max. Ganz besonders im Sinne von Max.

»Nein, auf keinen Fall. Im Krankenhaus gibt es diese, diese Dinger, äh … diese Viren, die einen umbringen. Das mit der Zelle geht schon klar, Franzi. Alles bestens. Ich bin wirklich sehr, sehr Dings, äh … müde.«

Nachdem Max seinen Magen wieder einigermaßen im Griff hatte, packte ihn der kleine dicke Franz unter den Armen und zog ihn hoch. Dann schleppte er ihn zu seinem Dienstfahrzeug hinüber und verstaute ihn auf der Rückbank. Sobald Max dort lag, begann er laut zu schnarchen.

Wie hat denn der überhaupt noch mit mir telefonieren können in seinem Zustand?, fragte sich Franz. So dicht habe ich ihn ja schon lange nicht mehr erlebt. Wie vergiftet. Ob sie ihm etwas ins Bier getan haben beim Griechen? Geh, Schmarrn. Überall sonst, aber doch nicht bei unserem kleinen Griechen. Auf keinen Fall. Das sind anständige Leute dort. Und wenn es jemand war, der sich an seinen Tisch geschlichen und ihm zum Beispiel heimlich ein paar K.-o.-Tropfen ins Bier gegeben hat? Aber den hätte man doch gesehen, oder? Ich muss Moni und Annie später unbedingt auch noch befragen, nicht nur Max. Und einen Doktor lass ich gleich auf dem Revier nach ihm schauen. Auf jeden Fall.

»Alle mal herhören, Leute«, wandte er sich an seine Kollegen und die Spurensicherung. »Ich fahre mit unserem Zeugen ins Revier. Ich will, dass ihr hier jedes Steinchen auf dem Gehsteig und jeden Grashalm auf dem Rasen neben der Einfahrt umdreht und überprüft. Ich nehme die Sache sehr persönlich. Alles klar?«

»Geht klar, Chef«, erwiderte Kriminalkommissar Bernd Müller, den sie in Kollegenkreisen wegen seiner teils überharten Verhörmethoden am Rande der Legalität auch den ›scharfen Bernd‹ nannten.

»Also, dann, bis später im Büro.« Franz stieg ein. Dann drehte er den Schlüssel seines dunkelblauen BMWs um und trat aufs Gaspedal.

Während sie die Sonnenstraße Richtung Stachus entlang fuhren, hörte er auf einmal ein lautes Geräusch von der Rückbank. Gleich darauf kehrte wieder Ruhe ein. Max hatte erneut erbrochen. Der ätzende Geruch, der von nun an wohl für sehr lange Zeit nicht wieder aus den Polstern verschwinden würde, stieg unbarmherzig in Franz' Nase. Hektisch öffnete er alle Fenster und legte einen Zahn zu. Endlich in der Tiefgarage des Präsidiums angelangt, öffnete er sämtliche Türen, zog Max aus dem Wagen und machte sich daran, die gröbsten Spuren von dessen Hinterlassenschaft unter Zuhilfenahme einer großen Küchenrolle aus dem Kofferraum zu beseitigen.

»Na, warte, Bursche. Das kostet dich ein paar Hunderter. So viel ist sicher«, schimpfte er unterdessen mit zornesrotem Gesicht in Max' Richtung, der zwei Meter weiter auf dem Boden saß und seinem Exkollegen mit wirrem Blick zusah. »Ich lass mir doch nicht in den Wagen kotzen. Auch nicht von meinem besten Freund. Warum hast du denn nichts gesagt? Dann hätte ich doch sofort angehalten.«

»War ich das, Franzilein?«

»Wer sonst. Und mit deinem blöden Franzilein darfst du gleich wieder aufhören. Verdammte Scheiße, so eine elende Sauerei.« Wutschnaubend riss Franz erneut ein paar Zellstofftücher von der Küchenrolle ab und säuberte die Tür damit.

»Aber ich bin doch betrunken, Franzilein. Es tut mir so leid. Alles tut mir leid. Mir tut es sogar total leid, dass es mich gibt. Ehrlich.« Der lustige Max ließ traurig seinen Kopf hängen.

»Halt einfach die Klappe, Max. Und warte, bis ich fertig bin. Okay?«

»Okay. Logisch. Auf jeden Fall. Ich bin still. Wie ein Mäuschen. Ein klitzekleines süßes Mäuschen.«

»Dann sei's auch, Herrschaft noch mal.«

»Alles klar, ich bin still. Ehrlich. Kein Wort mehr. Ich schweige wie ein Mönch.«

»Schnauze!«

»Jawohl, Franzilein. Ich halte meine Schnauze und schau dir nur bei deiner Arbeit zu. Du machst das echt prima. Wirklich gut, Franzilein.« Max blickte bewundernd zu seinem Freund und Exkollegen auf. Er lächelte dabei wie ein wohlmeinender Großvater.

Wenn ich ihn hier unten erschieße, in den Kofferraum packe, mit ihm zur Isar rüberfahre und ihn hineinwerfe, werden sie mich dann des Mordes verdächtigen?, fragte sich Franz, während er weiter das Innere seines Autos abwischte. Bestimmt. Weil ich mit ihm hergefahren bin. Aber was, wenn ich sage, dass er mir abgehauen ist? Hm, das wird man mir auch nicht abnehmen, weil er zu besoffen zum Gehen ist. Ja, zefix aber auch. Muss ich ihn halt doch in die Ausnüchterungszelle raufschaffen. Kotzt der blöde Sack mir doch glatt meinen schönen Dienstwagen voll. Wer solche Freunde hat, braucht keine Feinde mehr. Aber wirklich.

Er wischte die Rückbank samt Boden und Tür so gut es ging sauber und warf die benutzten Papiertücher in den Müllcontainer, der zehn Meter entfernt an der Wand stand.

»Später wird die Kiste professionell gereinigt. Rate mal, wer das bezahlt«, wandte er sich dann an Max, der in regungslosem Dämmerzustand im Schneidersitz auf dem öl- und gummiverschmutzten Betonboden kauerte.

»Ich, Franzilein?«

»Genau, Max. Das bezahlst du. Wer so viel saufen kann, dass ihm derart schlecht wird, der hat auch bestimmt genug Geld für eine gründliche Autoreinigung. Richtig?«

»Richtig. Ich bin an allem schuld. Auch an der Finanzkrise.« Max hörte sich an wie ein buddhistischer Mönch bei der Meditation.

»Warum denn an der Finanzkrise?«

»Warum nicht? Irgendwer muss ja daran schuld sein.«

»Stimmt auch wieder. Und jetzt Schluss mit dem Schmarrn. Ich bring dich erst mal in deine Koje. Dann schläfst du deinen Rausch aus, und morgen sehen wir weiter.«

3

»Sag mal, was war den vorhin mit Max los, Moni? So besoffen habe ich den ja noch nie erlebt.« Anneliese im lässigen, sandfarbenen Overall von Michalsky blickte ihrer besten Freundin im kurzen Schwarzen von Patrizia Pepe neugierig über den Rand ihres Champagnerglases hinweg in die leuchtend blauen Augen.

»Keine Ahnung. Ich habe mich auch gewundert«, erwiderte Monika kopfschüttelnd. »So viel hat er doch gar nicht getrunken. Vier Bier und drei oder vier Ouzos. Normalerweise verträgt er das, ohne mit der Wimper zu zucken. Na gut, einen kleinen Schwips hat er dann schon, aber doch keinen solchen Bombenrausch wie vorhin. Ich habe schon ein ganz schlechtes Gewissen, weil wir ihn allein nach Hause gehen ließen.«

»Vielleicht ist er ja krank?«, erwiderte Anneliese, ohne auf die Sache mit dem schlechten Gewissen einzugehen. Sie war schon immer der Meinung, dass ausgewachsene Mannsbilder für sich selbst verantwortlich waren und damit basta.

»Wie krank?«

»Na ja, ein Virus, ein Infekt. Das kann doch sein. Da ist man total fertig, und vertragen tut man auch nichts mehr.«

»Ich weiß nicht. Dann hätte er doch was gesagt. Oder zumindest Fieber gehabt.« Monika blickte nachdenklich auf die kleinen Gasperlen, die vom Boden ihres Glases an die Oberfläche stiegen. Gasperlenspiel statt Glasperlenspiel, dachte sie mit einem flüchtigen Lächeln.

»Schon komisch.«

»Aber wirklich.«

»Wollen die Damen tanzen?« Ein fescher junger Mann im maßgeschneiderten dunklen Anzug mit ebenso dunklen, glattgekämmten Haaren stand wie aus dem Nichts nebst feschem Freund vor ihrem runden Stehtischchen und strahlte sie mit einem charmanten, blendend weißen Lächeln an.

Ja, holla. Die Jungs hier in der ›High Society Bar‹ werden echt immer noch besser, registrierte Anneliese. Sie und Monika gingen an ihren gemeinsamen Frauenabenden seit Jahren immer wieder gern auch in den kleinen exklusiven Club in der Münchner Innenstadt. Hier konnte man sich wenigstens schick anziehen und fühlte sich deswegen nicht gleich overdressed. Schauspieler, Prominenz und das große Geld gaben sich vor allem am Wochenende ein buntes Stelldichein. Angenehme Abende bis in den frühen Morgen, ohne großes Discogetöse oder sonstiges Remmidemmi waren die Folge.

»Tanzen? Warum nicht. Was meinst du, Moni?« Anneliese umspielte mit den Fingern ihr Champagnerglas und warf mit einer behutsamen Kopfbewegung die Haare ihres vorgestern bei Vidal Sassoon frischgestylten blonden Pagenkopfes nach hinten.

»Im Moment nicht. Ich mach mir gerade zu viel Gedanken um Max.« Monika trank einen Schluck und lächelte den beiden dunkelhaarigen Kavalieren freundlich ablehnend zu.

»Ach, komm. Hab dich nicht so. Max weiß sich schon zu helfen. Er ist erwachsen. Oder etwa nicht?« Anneliese bedachte sie mit einem langen auffordernden Blick.

»Na gut. Hast recht. Lass uns tanzen. Soll er halt nichts trinken, wenn er es nicht verträgt.«

»Eben.«

Sie reichten ihren galanten Verehrern die Hände und ließen sich von ihnen zur Tanzfläche führen. Eine Salsa wurde gespielt. Gott sei Dank was Schwungvolles, dachte Monika. Hoffentlich haut es mich mit meinen neuen High Heels nicht um. Zum Tanzen taugen die normalerweise nicht so gut.

Oh, là, là, sagte sich Anneliese, Gott sei Dank was Erotisches. Dass ich doch immer wieder auf diese südländischen Typen abfahre. Da kann man wohl nichts machen. Ist halt nun mal so. Wahrscheinlich liegt es in meinen Genen.

»Hey, Finger weg! Was soll denn das?«, beschwerte sich Monika bei ihrem Tanzpartner, kurz nachdem sie losgelegt hatten. Sie schob seine Hand von ihrem Po weg.

»Nun sei doch nicht so zickig, Mädchen. Die Salsa ist nun mal ein erotischer Tanz. Da wird immer ein bisschen gefummelt«, erwiderte er mit einem strahlend weißen Macholächeln und packte erneut zu.

»Geht's Ihnen zu gut?« Monika befreite sich aus seinem Griff und schlug dem aufdringlichen Burschen mit der flachen Hand ins Gesicht. »So etwas Unverschämtes ist mir hier drinnen noch nie passiert!«, rief sie dem Ober, der gerade in der Nähe stand, empört zu, während sie im Eiltempo zu ihrem Tisch zurückstapfte.

Ihr Galan, sein Freund und Anneliese blieben mit offenem Mund stehen, wo sie gerade waren. Dann stürmte Anneliese ihrer Freundin hinterher. »Was hat der Kerl dir getan, Moni? Sag schon«, wollte sie wissen, als sie ebenfalls bei ihrem kleinen Bistrotischchen angelangt war.

»Er hat mir an den Hintern gefasst.« Monika schnaubte vor Wut.

»Na ja ...«, wollte Anneliese sie beschwichtigen.

»Nichts da ›na ja‹, Annie. Ich hasse es, wenn mich fremde Typen einfach so betatschen. Das ist widerlich!«

»Hast ja recht. Die zwei sehen zwar gut aus, aber in der Birne scheinen sie nicht viel zu haben. Eigentlich ist es das erste Mal, dass uns hier drinnen solche Hohlköpfe begegnen. Ach, du Scheiße, jetzt kommen sie auch noch her.« Anneliese stieß Monika ihren Ellenbogen in die Rippen und zeigte auf ihre zwei geschniegelten Tanzbären, die gerade mit lässigen Schritten im Anmarsch waren. Einziger Unterschied zu vorhin: Sie lächelten dabei nicht mehr charmant.

»Sag mal, spinnst du total, Alte, mir einfach eine runterzuhauen!« Monikas Extanzpartner baute sich direkt vor ihr auf. Ihre Fingerabdrücke leuchteten immer noch rot auf seiner linken Wange. Sein kleinerer Freund trat neben ihn. Wohl zur Verstärkung.

»Was soll das jetzt?«, blaffte ihn Anneliese an, die wiederum ihrer Freundin zur Seite stand. Ihre Augen funkelten zornig. »Haben Sie immer noch nicht genug?«

»Wann ich genug habe, entscheide ich immer noch selbst, blöde Fotze«, erwiderte er in Richtung Anneliese. Dabei fixierte er Monika mit einem Blick, den er wohl für unglaublich gefährlich hielt.

»Sie glauben anscheinend ernsthaft, dass uns Ihr schlechtes Benehmen in irgendeiner Form Angst macht, was? Schleicht euch, Burschen, aber ganz schnell. Sonst gibt's gleich noch eine aufs Maul. Hamma uns?«, fauchte Monika unbeeindruckt.

»Hilfe! Herr, Ober! Wir werden belästigt«, rief Anneliese in Richtung Tresen. Doch der Barmann tat so, als hätte er nichts gehört, und begann damit, Gläser zu waschen. »Hast du das gesehen, Moni? Der schaut einfach weg. Ein Skandal. Hilfe! Warum hilft uns denn niemand?«

Kein Ober und keiner der anwesenden, sogenannten vornehmen Gäste nahm Notiz von den beiden hysterischen Weibern, die man zwar schon ab und zu hier gesehen hatte, die aber auf keinen Fall dazugehörten. Wenn man hier dazugehören wollte, musste man schon einen Fernsehsender besitzen oder eine Baufirma oder eine bekannte Berühmtheit sein oder zumindest Stadtrat. Aber zwei aufgetakelte kleine Vorstadtmiezen. Lächerlich. Die Burschen bei ihnen drüben würden schon wissen, warum sie ihnen den Kopf zurechtrücken wollten. Schließlich war die eine gerade sogar handgreiflich geworden.

»Passt schon, Annie. Alles feige Wichser. Mit den zwei Gipsköpfen hier werden wir locker allein fertig.« Monika streifte ihre roten High Heels ab, nahm die Jiu-Jitsu-Grundstellung ein, die sie jahrelang bis zum Erreichen des schwarzen Gürtels eingeübt hatte, und sah ihre beiden Angreifer abwechselnd auffordernd an. »Na, kommt schon Jungs. Greift schon an. Eure Blicke betteln ja förmlich nach Prügel.«

»Das brauchst du mir nicht zweimal zu sagen«, erwiderte der Größere von beiden. Er holte zum Schlag aus, doch ehe er sich's versah, lag er auf dem Boden. Monika kniete über ihm und hielt ihn mit einem für ihn äußerst unangenehmen Handgelenkhebel in Schach.

»Wie war das?«, tönte sie höhnisch. »Du wolltest dich bei mir entschuldigen. Nur zu.« Sie verdrehte seine Hand noch mehr, bis er vor Schmerzen aufschrie.

»Lass los, du Fotze. Ich bring dich um.«

»Ach, wirklich? Und wie willst du das anstellen?« Sie drehte erneut etwas weiter. »Und du rührst dich nicht von der Stelle«, wandte sie sich währenddessen an seinen kleineren Freund, der die Szenerie ungläubig beobachtete. »Sonst breche ich deinem Kumpel die Hand und dir danach den Arm. Ist das klar?«

»Ist klar. Kein Problem. Ich entschuldige mich auch, wenn Sie das wollen.« Er blickte abwechselnd untertänig lächelnd von Monika zu Anneliese.

»Dein sauberer Freund hier soll sich entschuldigen«, erklärte ihm Monika. Sie ließ ihr rechtes Knie in den Brustkorb ihres Gegners krachen, der daraufhin erneut laut aufschrie.

»Okay. Ich entschuldige mich, Fotze«, haspelte er. »Aber hör endlich auf. Du brichst mir ja noch den ganzen Arm.«

»Ich entschuldige mich, Madame, heißt es.« Monika drückte ihr Knie noch etwas fester zwischen seine Rippen.

»Ja, ja. Ich entschuldige mich, Madame.«

»So etwas wird nicht wieder vorkommen.«

»Von mir aus. So etwas wird nicht wieder vorkommen. Aber jetzt lass mich endlich los.«

»Wie heißt das Zauberwort mit den fünf Buchstaben?«

»Bitte?«

»Na gut.« Monika löste ihren Griff und stand auf. »Sonst noch Probleme?«, erkundigte sie sich bei den beiden, während sie wieder in ihre Schuhe schlüpfte.

»Nein. Auf keinen Fall. Wir sind sozusagen schon weg«,

erwiderte der Kleinere von beiden. Er half seinem Kollegen auf die Beine, dann trollten sie sich eilig Richtung Ausgang.

»Gehen wir auch, Rambo?«, fragte Anneliese grinsend.

»Ich habe keine große Lust, länger in einem Scheißladen zu bleiben, in dem Frauen nicht mal geholfen wird, wenn sie lebensgefährlich bedroht werden.«

»Ich auch nicht. Lass uns aber noch zehn Minuten warten, bis die zwei Idioten das Weite gesucht und gefunden haben.«

»Okay. Trinken wir unsere Flasche leer und dann nichts wie raus hier. Herrje, wenn du nicht so gut kämpfen könntest, hätten wir gerade ganz schön alt ausgesehen.« Annelieses Blick drückte nichts als reine Bewunderung aus.

»Das stimmt allerdings!« Monika krönte ihren Triumph mit einem stolzen Lächeln. »Das jahrelange Jiu-Jitsu-Training lohnt sich doch immer wieder.«

»Wenn wir das Max erzählen, will er bestimmt gleich morgen Abend noch mal mit uns hierher kommen, um unter dem Personal aufzuräumen. Bestimmt will er sehen, ob die auch so feige sind, wenn es um ihre eigene Haut geht.«

»Aber da dürfen wir vorher auf keinen Fall zum Griechen. Sonst kommen wir mit ihm nicht weit.« Monika lachte laut auf.

Anneliese stimmte ein. Dann tranken sie jede einen großen Schluck aus ihren Champagnergläsern.

»Guten Abend, die Damen. Mein Name ist Dorer. Ich bin der Geschäftsführer hier.« Ein großer, leicht übergewichtiger dunkelhaariger Bayer in bodenlanger dunkelbrauner Lederhose und weißem Trachtenhemd unter einer exklusiven Filzjacke ohne Ärmel hatte sich neben sie gestellt. An den Füßen trug er mit kleinen bunten Glasperlen geschmückte Indianermokassins. Er blickte sie ohne das geringste Lächeln in seinem glattrasierten Gesicht an.

»Ach, Herr Dorer. Das passt ja wunderbar«, erwiderte Anneliese mit spitzem Ton. »Werden eigentlich täglich Frauen in Ihrem sogenannten Etablissement hier angegriffen? Und hilft denen dann auch niemand? Eine schöne Wirtschaft habt ihr hier beieinander. Ja, pfui Teufel.«

»Meine Damen, ich bin nicht gekommen, um mit Ihnen zu diskutieren, sondern, um Sie zu bitten, mein Lokal zu verlassen. Und zwar auf der Stelle. Wir lieben hier keine unangenehmen Zwischenfälle. Der Champagner geht aufs Haus.« Seine Miene blieb während dieser für die beiden Freundinnen völlig überraschenden Ansage absolut regungslos.

»Was?«, kam es von Monika und Anneliese unisono. Sie starrten ungläubig in seine Richtung.

»Sie wollen uns rauswerfen, weil wir angegriffen wurden? Sind Sie noch ganz dicht?« Monika hatte sich als Erste wieder im Griff. Kopfschüttelnd blickte sie von Dorer zu Anneliese und zurück. Der muss wahnsinnig sein, dachte sie. Anders ist das Ganze gar nicht möglich. Sieht man schon daran, wie er sich anzieht. »Warum hat uns denn niemand geholfen, als die Burschen uns angegriffen haben? Wollen Sie uns das vielleicht mal erklären?«

»Bitte gehen Sie, meine Damen. Sonst rufe ich die Polizei.«

»Jetzt wird's mir aber zu bunt.« Anneliese konnte nicht mehr an sich halten. »Ich glaub, ich bin im falschen Film.

Sind denn hier alle total verrückt geworden? Rufen Sie doch die Polizei, Sie Blödmann. Dann werden wir schon sehen, wer hier wegen unterlassener Hilfeleistung vor den Kadi geschleppt wird. Also los!«

Sie und Monika sahen sich an und wussten nur, dass hier heute Abend etwas Ungeheuerliches ablief. Das alles war nichts als eine ganz üble Verschwörung gegen sie, bei der nun endgültig alles außer Kontrolle zu geraten schien.

»Was soll das Ganze, Herr Dorer? Die beiden jungen Männer haben uns belästigt, und daraufhin haben wir uns gewehrt. Was soll daran falsch sein?« Monika versuchte es noch einmal in ruhigerem Tonfall.

»Nichts ist daran falsch, gnädige Frau, denke ich zumindest. Aber wir wollen hier keine prügelnden Gäste. Ich wiederhole es noch einmal: Bitte gehen Sie – oder ich rufe die Polizei.« Er stand vor ihnen wie eine Kastanie im Biergarten. Riesig und unerschütterlich. Und höchst selbstgerecht sah er dabei obendrein aus. Ein richtiger eingebildeter Depp halt, wie aus dem Bilderbuch.

»Wissen Sie was, guter Mann? Sie dürfen uns mal gern haben. In zehn Minuten gehen wir. Aber vorher trinken wir unser Getränk noch aus. Da können Sie sich auf Ihren Holzkopf stellen und mit den Füßen wackeln, solange Sie wollen. Wenn Sie meinen, deshalb die Polizei holen zu müssen, dann steht Ihnen das frei. Sie haben ja einen ausgewachsenen Vogel. Auf Wiederschauen.« Anneliese drehte dem Barbesitzer ihren Rücken zu und schenkte ihre Gläser noch mal voll.

»Wie Sie wünschen, meine Damen.« Dorer holte ungerührt ein silberfarbenes aufklappbares Handy aus der Innentasche seiner Jacke. »Ja, Polizei? Heribert Dorer hier, von der ›High Society Bar‹, gleich beim Vierjahres-zeiten«, sprach er kurz darauf hinein. »Ja genau, Rich-tung Marienplatz. Wir haben hier zwei Randalierer, die das Lokal trotz mehrmaliger Aufforderung nicht verlas-sen wollen. Würden Sie bitte eine Streife vorbeischicken? Dankeschön. Auf Wiederhören.« Er steckte sein Tele-fon wieder ein und blieb regungslos neben Anneliese und Monika stehen.

4

»Wache! Wache! Hier ist abgesperrt. Ja, spinn ich denn? Was ist den hier los? Wache!« Max hielt sich den Kopf vor Schmerzen. Wieso saß er in einer Zelle? »Hey! Hört mich denn niemand? Ja, Herrschaftszeiten noch mal. Lasst mich sofort hier raus, ihr Wahnsinnigen!«

Nichts. Keine Reaktion. Er schlurfte von der grauen Stahltür zu seiner Pritsche zurück und streckte sich stöhnend darauf aus. Was war nur geschehen? Er konnte sich nicht im Mindesten daran erinnern, wie er hierhergekommen war, und an den gestrigen Abend auch nicht. Er war mit Monika und Anneliese beim Griechen gewesen, so viel drang noch zu seinem Bewusstsein durch. Dass er Kalamari vom Grill mit Tsatsiki gegessen hatte, wusste er auch. Aber wie es nach dem zweiten Bier weitergegangen war, wollte ihm ums Verrecken nicht mehr einfallen. Nach zwei Bier einen Vollrausch? Da stimmte doch was nicht. Ich vertrage doch normalerweise locker das Dreifache, sagte er sich.

Sein Handy ließ das Lied vom Tod ertönen. Gott sei Dank. Wenigstens das Telefon hatten sie ihm gelassen. Er sah auf die Uhr. Kurz vor neun. Wer mochte das sein? Er ging ran.

»Max! Du glaubst nicht, was Anneliese und mir passiert ist.« Monikas Stimme strotzte vor Empörung.

»Aha!« Was sollte er sonst sagen?

»Stell dir vor, sie haben uns aus der ›High Society Bar‹ rausgeworfen.«

»Ich mag den Scheißladen sowieso nicht«, erwiderte er.

Seine Kopfschmerzen waren nahezu unerträglich. »Habe ihn noch nie gemocht. Die haben so einen arroganten Sack als Chef. Nicht mein Fall. Was ist daran so schlimm?«

»Schlimm ist, dass die ganze Sache völlig ungerechtfertigt war, und dass uns zwei übereifrige Streifenbeamte auch noch mit aufs Revier genommen haben, wo wir bis um drei Uhr morgens unsere Aussage machen mussten. Gott sei Dank gaben sie uns recht, und Gott sei Dank muss ich heute nicht arbeiten, weil Montag ist und meine kleine Kneipe Ruhetag hat. Aber trotzdem, Max …« Sie keuchte vor Wut.

»Das findest du also schlimm, Moni?«

»Ja, natürlich. Dir ist das natürlich wieder egal. Stimmt's?«

»Wie kommst du darauf?«

»So halt.«

»Aha.«

»Eben.« Sie schnaufte ärgerlich auf.

»Soll ich dir mal sagen, was wirklich schlimm ist?«

»Nur zu. Ich bin ganz Ohr.« Monika konnte einen unglaublich zickigen Tonfall an den Tag legen, wenn sie wollte.

»Wirklich schlimm ist, dass ich hier mit den brutalsten Kopfschmerzen meines Lebens und vollgekotztem T-Shirt in einer Zelle sitze und nicht weiß warum und dass keine Sau auf mein Rufen antwortet und dass ich mich an gestern Abend seit dem zweiten Bier an nichts mehr erinnern kann. An rein gar nichts. Das ist wirklich schlimm, Moni!« Max hatte in ruhigem beherrschtem Tonfall gesprochen, da er sich für den ausufernden Wutausbruch, der in seiner Situation normalerweise mehr als gerechtfertigt gewesen wäre, viel zu schwach fühlte.

»Was sagst du da? Wo bist du?« Monika klang gleich noch etwas aufgeregter.

»In einer Gefängniszelle.«

»Aber wieso?«

»Keine Ahnung. Sag ich doch gerade.«

»Weißt du auf welchem Revier?«

»Nein.«

»Schau doch mal zum Fenster raus.«

»Das ist zu hoch oben.«

»Ach, du Scheiße. Hast du Franzi schon angerufen?« Sie hörte sich auf einmal nur noch erschrocken und besorgt an. Die Streitlust schien ihr vergangen zu sein.

»Nein, ich bin gerade erst aufgewacht, und dann hast gleich du angerufen.« Max hielt sich mit der freien linken Hand die linke Schläfe, um den pochenden Schmerz darin etwas erträglicher zu machen, aber es half nicht viel. »Ich habe noch nicht mal meine Blutdrucktabletten dabei. Aspirin sowieso nicht. Was mach ich nur, wenn die mich hier elendiglich verrecken lassen? Ich könnte einen Herzanfall bekommen.« Er spürte, wie sein Puls schneller schlug und sich ein merkwürdig beklemmender Druck auf sein Brustbein legte.

»So schnell kriegt man keinen Herzanfall, alter Hypochonder. Du bist doch gut durchtrainiert. Aber das mit den Blutdrucktabletten ist unverantwortlich. Das können die nicht machen. Ich ruf gleich mal Franzi an. Der soll herausfinden, wo du bist und dich da schleunigst rausholen. Okay?«

»Das wäre furchtbar lieb von dir. Ich wollte ihn gerade schon selbst anrufen. Mir geht es gar nicht gut.« Max stöhnte wie ein sehr, sehr alter Mann.

»Aber so viel hast du gestern doch gar nicht getrunken. Merkwürdig«, meinte sie noch nachdenklich.

»Keine Ahnung.«

»Ich melde mich später wieder. Mach dir keine Sorgen. Irgendwie hole ich dich da raus.« Sie sprach jetzt schnell und entschlossen.

»Danke, Moni. Bis dann.«

»Bis dann.«

»Genau.« Max legte auf und schloss stöhnend die Augen. Moment mal, kam es ihm in den Sinn. Da ist doch was gewesen, beim Nachhausegehen. Jetzt erinnere ich mich daran. Ein paar Beine auf dem Boden. Richtig. Ich bin drübergestolpert. Genau, eine tote Frau war das, mit roten Haaren. Jetzt weiß ich es wieder. Und dann waren da diese beiden Rambo-Polizisten, die mich mit der Waffe bedroht haben. Aber was war dann? Herrschaftszeiten noch mal, wie bin ich bloß hier reingekommen? Haben die mich etwa mitgenommen? Schaut ganz so aus. Meinen die am Ende, dass ich die Rothaarige umgebracht habe? Habe ich? Verdammte Scheiße, warum kann ich mich bloß an nichts erinnern.

Eine halbe Stunde später näherten sich Schritte. Dann drehte sich ein Schlüssel im Türschloss und jemand öffnete.

»Na, du alte Rauschkugel. Ausgeschlafen?« Franz' Blick schwankte zwischen Mitgefühl und leiser Überheblichkeit.

»Franzi? Wo bin ich, verdammt noch mal? Und wieso hat man mich eingesperrt?« Max richtete sich ruckartig auf. Er sah seinen Freund, der frisch rasiert in einem hellen Sommeranzug aus kräftigem Leinen vor ihm stand, fragend an.

»Ich habe dich eingesperrt. Zu deiner eigenen Sicherheit. Du hast zu randalieren angefangen, als ich dir gesagt habe, dass du dich auf die Pritsche legen sollst. Du warst ja mehr als hackedicht.«

»Hat Moni dich angerufen?«

»Hat sie. Und sie hat mir auch gesagt, dass du beim Griechen gar nicht so viel getrunken hättest. Gut, dass ich dir gestern Nacht gleich noch von unserem Doktor habe Blut abnehmen lassen, nachdem ich dich so gut es ging abgewaschen habe. Wer weiß. Vielleicht hat dir ja jemand K.-o.-Tropfen ins Bier geschüttet oder so was. Das können wir dann auf jeden Fall nachweisen.«

»So, so. Kann man das?« Max war stinksauer. Sein bester Freund sperrte ihn ein. Selbst in seinen schlimmsten Alpträumen hätte er sich so etwas nicht ausmalen können. Sauerei. Absolute Riesensauerei, fluchte er inwendig vor sich hin. »Und was passiert jetzt?«

»Wie meinst du das?« Franz zog erstaunt die Brauen hoch.

»Was machen wir?«

»Nichts. Wir gehen in mein Büro, und du versuchst dich an gestern Abend zu erinnern. Weißt du noch, dass ich dich hergebracht habe?«

»Keine Ahnung.«

»Weißt du von deiner Kotzerei in meinem Auto?«

»Null.«

»Und das von der Toten? Weißt du das noch?«

»Ich habe da nur so eine dunkle Ahnung. Ich bin über ihre Beine gestolpert, glaube ich. Irgend so was.«

»Lass uns gehen. Ich habe auch Aspirin im Schreibtisch. Okay?«

»Na gut, Franzi. Gehen wir.« Da bin ich ja gespannt, was Franzi von mir wissen will, dachte Max. Meint er etwa, ich hätte etwas mit dem Tod der Rothaarigen zu tun? Das meint er doch nicht wirklich? Oder? Stöhnend erhob er sich von seiner harten Schlafunterlage und schlurfte hinter seinem alten Freund und Exkollegen auf die Tür zu. Der Schweiß brach ihm dabei aus. Ganz bestimmt hatte ihn jemand vergiftet. So schlecht war er nach dem Griechen noch nie beieinander gewesen. Sein Handy musizierte.

»Max? Hat Franz dich rausgeholt?« Monika klang besorgt.

»Ja, Moni, alles klar. Danke. Wir gehen gerade in sein Büro. Und dann wird sich die ganze Geschichte hoffentlich aufklären. Irgendwie geht es wohl auch um eine tote Frau. Ich erzähl dir alles, sobald mich mein feiner Exkollege wieder laufen lässt.« Max' vorwurfsvoller Seitenblick konnte Franz, der neben ihm herlief, auf keinen Fall entgehen.

»Gut. Soll ich dich auf dem Revier abholen?«

»Musst du nicht. Ich schau später bei dir vorbei.«

Sie legten auf. Er blieb kurz stehen, um das winzige Telefon in seiner Jeans zu verstauen, und legte dann einen Zahn zu, um Franz wieder einzuholen.

»Ein sauberes T-Shirt von mir habe ich dir übrigens von daheim mitgebracht«, meinte der, sobald sie wieder auf gleicher Höhe waren. »Es ist vielleicht etwas kurz, aber die Weite sollte ja auf jeden Fall passen.«

Beide mussten unwillkürlich grinsen. Franz war gut zwei Köpfe kleiner als Max, glich das aber mit seinem gut doppelten Bauchumfang wieder aus.

»Vielen Dank, Herr Wurmdobler. Oder soll ich lieber

gleich Scherge der Macht zu dir sagen? Sperrt der seinen besten Freund in eine Zelle. Unglaublich so was.« Max war eigentlich überhaupt nicht nach Grinsen zumute. Er hörte deshalb auch gleich wieder damit auf und machte stattdessen ein finsteres Gesicht.

»Beruhige dich wieder, Max, ich erkläre dir gleich alles. Dann wirst du mir sogar dankbar sein.« Franz öffnete die Tür zu seinem Büro und trat ein. Max folgte ihm.

»Hier das Hemd. Du stinkst immer noch wie ein Iltis, Alter.« Der dicke kleine Hauptkommissar warf seinem durchtrainierten Exkollegen ein schwarzes T-Shirt mit dem Aufdruck ›Dieser Körper wurde von Bier und Knödeln geschmiedet‹ zu und setzte sich hinter seinen Schreibtisch.

»Zu kurz. Und jetzt?«, erkundigte sich Max, nachdem er es übergestreift und ebenfalls Platz genommen hatte. Sein eigenes T-Shirt beförderte er in eine Plastiktüte, die Franz ihm reichte.

»Jetzt erzählst du mir am besten, was du von gestern noch alles weißt.« Franz sah ihn neugierig an.

»Nicht viel.«

»Mach's mir doch nicht so schwer, Max. Du bist blutverschmiert neben einer Leiche aufgefunden worden. Das musst du doch noch wissen.«

»Weiß ich auch noch. Ich bin auf die Frau draufgefallen. Sie war schon tot, glaube ich jedenfalls. Ich kann mich einfach nicht genau daran erinnern.« Er stützte seine Ellenbogen auf den Knien auf und legte seinen Kopf in beide Hände.

»Versuch's trotzdem.«

»Ich weiß nur, dass ich beim Griechen zwei Bier und

Kalamari vom Grill gehabt habe. Dann weiß ich nichts mehr, außer, dass ich eben über diese Rothaarige gestolpert bin. Wahrscheinlich auf dem Heimweg.«

Das Telefon auf Franz' Schreibtisch läutete. Er hob ab. »Wurmdobler. Ja? Na, Gott sei Dank. Habe ich doch gleich gewusst. Danke«, sagte er erleichtert und legte auf.

»Was gibt's?«, fragte Max mit gespannter Miene.

»Gute Neuigkeiten. Zum Tatzeitpunkt warst du noch beim Griechen. Moni und Anneliese haben gerade beide den Kollegen gegenüber ausgesagt, dass du bis eins mit ihnen dort warst. Das Opfer wurde aber schon um zwölf umgebracht, haben die von der Rechtsmedizin gerade gemeint. Also kannst du es nicht gewesen sein.«

»Ach, echt? Und warum kann ich mich an nichts erinnern?«

»Da rufen wir jetzt mal im Labor an, was die über deine Blutwerte herausgefunden haben.« Franz hob erneut den Hörer an sein Ohr. »Wurmdobler, Kripo München«, meldete er sich forsch, als am anderen Ende abgehoben wurde. »Es geht um Herrn Raintalers Bluttest von heute Nacht. Unser Doktor hier hat ihn eingereicht. Max Raintaler. Verdacht auf K.-o.-Tropfen. Gut, ich warte.« Er hielt die Sprechmuschel zu und wandte sich an Max: »Sie schaut kurz nach.«

»Von mir aus«, erwiderte der, von der ganzen Situation inzwischen mehr als genervt. Er wollte nur noch in sein Bett. Sonst nichts. »Da bin ich aber mal gespannt.«

»Ja? Aha. Wie heißt das?« Franz kniff angestrengt die Augen zusammen. »Temazepam sagen Sie? … Aha, gut … Ach, ja … Und das verursacht auch Gedächtnisverlust? … Aha, ja, sehr gut, vielen Dank, wunderbar.« Er legte auf.

»Und?«, erkundigte sich Max.

»Man hat dir definitiv K.-o.-Tropfen verpasst. Jetzt weißt du auch, warum du nichts mehr weißt.«

»Na, sauber. Wer macht denn so was? Und vor allem warum?« Max blickte ratlos mit dem Kopf schüttelnd zu Boden.

»Normalerweise irgendwelche Leute, die junge Mädchen vergewaltigen oder ihre Opfer ausrauben wollen.« Franz dozierte wie ein Oberlehrer an der Polizeischule.

»Das weiß ich auch, Herr Superklugscheißer. Aber bin ich ein junges Mädchen oder schau ich nach Geld aus?«

»Nein, wirklich nicht. Heute morgen schon gar nicht.« Franz grinste. »Vielleicht war es jemand, den du in deiner aktiven Zeit hinter Gitter gebracht hast? Wir werden schon rausfinden, was da los war.«

»Ich werde das auf jeden Fall. Das mit dieser Leiche nehme ich ebenfalls persönlich. Man legt einem Max Raintaler nicht ungestraft eine tote Frau in den Weg. Da kannst du Gift darauf nehmen, Franzi.« Logisch erwische ich den Kerl, der das getan hat, dachte Max inwendig weiter. Auf jeden Fall. Und Franzi bekommt auch seine Strafe verpasst, dafür, dass er mich für einen Mörder gehalten und eingesperrt hat. Von wegen, ich hätte randaliert und er hätte mich nur vor mir selbst schützen wollen. Diesen lahmen Spruch nehme ich ihm nicht ab. So ein Schmarrn. Hält der mich für völlig verblödet? »Wie hat man sie eigentlich umgebracht?«

»Jemand hat ihr mit einem großen Messer die Halsschlagader durchtrennt.«

»Wisst ihr, wie sie hieß?«

»Maria Spengler. Ihren Ausweis hatte sie noch bei sich.

Und eine relativ volle Geldbörse auch. Raubmord scheidet somit wohl aus. Moment mal. Oder doch nicht. Schlüssel hatte sie nämlich keine bei sich.«

»Du meinst, dass jemand sie umgebracht hat, um in ihre Wohnung zu kommen und die auszuräumen?«

»So ähnlich.«

»So was höre ich zum ersten Mal. Ein Einbrecher muss doch keinen Mord begehen, er bricht einfach ein.«

»Stimmt auch wieder.«

»Es kann ein Mord im Affekt gewesen sein. Wie so oft, wenn Messer im Spiel sind. Vielleicht ist ihr Mann oder Freund daheim ausgerastet und hat sie dann in die Einfahrt geschleppt. War sie überhaupt verheiratet oder hatte sie einen Freund?« Max verzog kurz irritiert das Gesicht, weil ihm gerade ein deftiger Geruchsschwaden aus der Plastiktüte mit seinem T-Shirt darin, die neben seinem Stuhl lag, in die Nase stieg.

»Verheiratet war sie definitiv nicht. Über einen Freund wissen wir nichts.«

»Verwandte?«

»Soweit wir wissen, nein. Außerdem fällt so was doch auf.«

»Was? Verwandte?«

»Schmarrn. Wenn man jemanden nachts durch die Gegend schleppt.«

»Im Dunkeln eher nicht, Franzi. Und im Kofferraum eines Autos schon gar nicht. Habt ihr Spuren vom möglichen Täter am Tatort gefunden?«

»Nein. Absolut nichts. Nicht einmal einen aktuellen Fußabdruck im Grasstreifen.«

»Zeugen natürlich auch null.«

»Null.« Franz zuckte nur mit den Achseln.

»Wo hat sie gewohnt? War sie aus Untergiesing?«

»Sie wohnte in der Birkenau.«

»Aha, nicht weit von unserem Griechen also.«

»Genau.«

»Na gut. Ich hau dann ab. Oder gibt es noch was?«

»Nein. Geh in aller Ruhe duschen. Ruf mich aber gleich an, sobald dir doch noch etwas einfällt. Die Frau aus dem Labor hat gemeint, dass man sich manchmal nach einer gewissen Zeit wieder an die Sachen erinnert, die man wegen der K.-o.-Tropfen vergessen hat.«

»Na dann. Servus, Franzi.« Max erhob sich ohne zu lächeln von seinem Stuhl und ging auf die Tür zu.

»Servus, Max. Bis bald«, rief ihm Franz hinterher.

Das glaube ich weniger, dachte Max mit grimmigem Gesicht. Schon gar nicht, bevor du dich nicht bei mir fürs Einsperren entschuldigt hast, Herr Oberwichtigtuer Wurmdobler.

5

Unten auf der Straße vor dem Präsidium atmete Max erst einmal tief durch. Was für eine Nacht. Betäubt, über ein Mordopfer gestolpert, gekotzt und dann auch noch eingesperrt. In einem schrägen Actionfilm hätte es auch nicht abgefahrener zugehen können. Gott sei Dank war wenigstens das Wetter schön. Nur ein paar Föhnwolken standen am Münchner Himmel, es war angenehm warm. Er warf die Plastiktüte mit seinem verdreckten T-Shirt in den nächsten Mülleimer. Waschen würde er es nicht können, da er nicht wusste, wie seine Waschmaschine funktionierte, und bevor es ihm die ganze Bude verstank, bis Monika oder seine nette alte Nachbarin Frau Bauer Zeit hatten, sich der Sache anzunehmen, lieber weg damit. Er würde sich demnächst ein neues leisten. So teuer waren die Dinger auch wieder nicht. In der Fußgängerzone gab es immer mal wieder Sonderangebote. Drei Stück zum Preis von einem oder so.

»Was hat sich Franzi nur dabei gedacht, mich einfach einzusperren?«, murmelte er vor sich hin. Seit dem Kindergarten waren sie wie Brüder, und Franz sollte eigentlich wissen, dass sein bester Freund keinen Mord beging. »Vielleicht habe ich mich wirklich aufgeführt wie ein Depp. Trotzdem. Dann hätte er mich auch einfach nur beruhigen können. Einen Freund sperrt man, bloß auf einen vagen Verdacht hin, nicht einfach in eine Zelle und lässt ihn darin verrotten.«

Er spazierte durch die Fußgängerzone zum Marienplatz und dann über den Viktualienmarkt Richtung Gärtnerplatz. Auf dem Markt roch es wie immer nach Gewürzen, Blumen, Obst und Käse. Köstlich. Ihm wurde bewusst, dass er Hunger hatte. Eine Rote mit viel Senf wäre jetzt genau das Richtige. Voller Vorfreude steuerte er das Wurst- und Schinkenparadies in der Metzgerzeile an und gesellte sich zu den Wartenden. Ein Mord in Untergiesing. Wer tut denn so etwas?, ging es ihm, wie schon die ganze Zeit über, erneut durch den Kopf. Gleich heute Abend werde ich mit meinen Ermittlungen beginnen. Franzi mit seinem schwerfälligen Polizeiapparat braucht viel zu lange. So einen Mörder muss man gleich schnappen, bevor noch mehr passiert. Und den Kerl, der mich betäubt hat, erwische ich auch. So viel ist sicher.

»Leider sind alle gebratenen Würste aus, mein Herr. Es dauert eine Weile, bis die neuen fertig sind.« Die attraktive junge Frau in der engen roten Kittelschürze hinter der Verkaufstheke bedachte ihn mit einem bedauernden Blick.

»Ausgerechnet, wenn ich an der Reihe bin, Herrschaftszeiten.« Max stampfte ärgerlich mit dem Fuß auf.

»Warten Sie fünf Minuten, dann haben Sie Ihre Rote. In Ordnung? Ich beeile mich.« Hektisch stapelte sie den frischen Nachschub auf den Grill.

»Na gut.« Max wusste zwar, dass es mindestens zehn Minuten dauern würde, bis die Bratwürste vor ihm einigermaßen durch waren, aber jetzt war er schon mal der Erste in der Reihe, da konnte er auch gleich stehen bleiben, bevor er sich woanders wieder hinten anstellen musste. Vielleicht hängt beides ja zusammen, nahm er seinen gedanklichen Faden wieder auf. Es kann doch gut sein, dass der Mörder der Frau vorher beim Griechen war und mir diese Scheiß-K.-o.-Tropfen ins Bier geschüttet hat.

Aber warum hätte er das tun sollen? Gute Frage, Raintaler. Das gilt es ja gerade herauszufinden.

»Warten Sie schon lange?« Ein blonder Engel in einem tief ausgeschnittenen weißen Sommerkleid riss ihn aus seinen Überlegungen.

»Ja, äh, nein … Also, die nächsten Würste sind angeblich in fünf Minuten fertig«, antwortete er überrascht. Die war aber hübsch. Da sah der ganze Tag doch gleich schon wieder viel besser aus.

»Oh je, so lange noch. Ich habe solchen Hunger.« Sie zog einen wunderschönen Flunsch mit ihren knallrot bemalten Lippen. Doch gleich darauf besann sie sich offensichtlich eines Besseren und lächelte ein bezauberndes Engelslächeln.

»Ich habe auch noch nichts gefrühstückt«, meinte Max. Er rieb sich den leeren Bauch.

»Wollen Sie vielleicht lieber mit mir in ein Café gehen und dort etwas essen?« Immer noch lächelnd klimperte sie lustig mit ihren langen Wimpern.

»Na ja …« Er zögerte. Einerseits freute er sich schon auf seine Wurst. Andererseits war sie wirklich hübsch, man beachtete nur mal ihre saphirblauen Augen. Nett zu sein schien sie auch. Vielleicht war es das letzte Mal in seinem Leben, dass ihn ein so reizendes Geschöpf ansprach und zu einem gemeinsamen Frühstück aufforderte. Er gab sich einen Ruck. »Okay. Wo gehen wir hin?«

»Beim Gärtnerplatz kann man draußen sitzen.«

»In dem kleinen Eckcafé?«

»Genau da!«

»Gut. Gehen wir.« Ihr Gesicht erinnerte ihn an eine bekannte Schauspielerin. Der Name fiel ihm gerade nicht ein, das würde aber bestimmt bald der Fall sein. Bisher war er noch auf jeden Namen gekommen, der ihm zuerst nicht einfallen wollte. Na gut, auf fast jeden. Allerdings noch nie, wenn er vorher K.-o.-Tropfen geschluckt hatte. Das war eine Premiere.

An ihrem Ziel angekommen, schnappten sie sich einen der kleinen Tische und setzten sich mit Blick auf das Staatstheater. Die Stühle des In-Cafés, das sich besonders durch seine arroganten und langsamen Kellnerinnen auszeichnete, wie viele In-Lokale in München, erwiesen sich als klein, wackelig und unbequem. Innerhalb des Rondells in der Mitte des Platzes blühten wie jeden Sommer massenhaft die verschiedensten Blumen. Autos, Fahrradfahrer und Stadtbusse kreisten eifrig darum herum. Fußgänger aller Altersklassen und Geschlechter kreuzten quer darüber hinweg.

»Was bringt eine so gut aussehende Frau dazu, wildfremde alte Männer anzusprechen?«, fragte Max ehrlich verwundert, als sie bei der besonders hochnäsigen jungen Serviererin bestellt hatten. Er Espresso und Spiegeleier mit Speck, sie ein Croissant mit Marmelade und Milchkaffee.

»Gut aussehende ältere Männer«, erwiderte sie lachend. »Nur gut aussehende! Ich weiß nicht. Mir war einfach danach. Finden Sie mich deswegen aufdringlich?« Sie legte den Kopf schief und blickte ihn neugierig an.

»Nein, Schmarrn. Ich war nur überrascht. Noch dazu, weil ich eine wirklich harte Nacht hinter mir habe und furchtbar aussehen muss.«

»Finde ich überhaupt nicht.« Sie lächelte erneut.

»Oh, danke, danke.« Die lügt doch, dachte Max.

Ich muss total beschissen aussehen, und riechen tu ich bestimmt auch nicht gerade gut. Eher richtig übel. Was will sie bloß von mir? Merkwürdig. Egal, man muss die Feste feiern, wie sie fallen, heißt es doch. Also, was soll's? Nehme ich sie halt als Geschenk des Himmels nach einer dunklen Zeit in der Hölle.

»Willst du mich ficken?«, fragte sie ihn unvermittelt.

»Was?« Er glaubte sich verhört zu haben. Debil grinsend beugte er sich mit der Hand hinter dem Ohr nach vorn, um sie besser verstehen zu können.

»Ficken! Sex!« Sie fixierte ihn wie die Schlange die Feldmaus kurz vor dem tödlichen Biss.

»Nein, im Moment eigentlich gerade nicht«, erwiderte er. »Ich hatte eine harte Nacht.« Die Sache hier war doch nicht wahr. Das erlebte er nicht wirklich. Oder saß er gerade einer Riesenverarsche auf und irgendwo stand eine versteckte Kamera?

»Na, gut.« Während sie sich erhob, überreichte sie ihm eine Visitenkarte. »Wenn du mal Lust auf mich haben solltest, ruf mich an. Tschau.« Noch ehe er antworten konnte, hatte sie sich umgedreht und war ums Eck verschwunden.

»Da brat mir doch einer einen …«, murmelte Max total verduzt dreinblickend. Er hatte schon viel erlebt, aber das hier schlug alles. Automatisch steckte er das Kärtchen in seine Gesäßtasche.

»Hey, Max! Was machst du denn hier am helllichten Tag in der Stadt? Warst du einkaufen?« Josef Stirner stand vor ihm, sein schnauzbärtiger Freund und Vereinskollege beim FC Kneipenluft und seines Zeichens Millionenerbe, der es nicht mehr nötig hatte zu arbeiten. Wie meistens zur Sommerzeit trug er Bluejeans, weißes T-Shirt und ein beige-farbenes Leinensakko. Seine Designersonnenbrille hatte er wie ein Diadem auf die schwarzen kurzgeschorenen Haare hochgeschoben, die Füße steckten unbestrumpft in bequemen dunkelbraunen Slippern. Max sah erstaunt zu ihm hoch. Wo kam der denn auf einmal her? Egal. Hauptsache ein Freund. Oder würde gleich die nächste böse Überraschung kommen und Josef war vielleicht aus irgendeinem unerfindlichen Grund sauer auf ihn?

»Das Gleiche könnte ich dich auch fragen. Du glaubst nicht, was mir gerade passiert ist, und heute Nacht.« Max wischte sich erschöpft mit dem Handrücken den Schweiß von der Stirn. »Magst du dich setzen?«

»Logisch. Ich habe Zeit. Wollte nachher bloß noch Fisch am Viktualienmarkt holen. Ich mach mir heute Abend Fisch.«

Gott sei Dank, Josef war so wie immer, gut drauf und gesprächig.

»Ach, wirklich, Fisch?«

»Ja, Fisch.«

»Ja, super, äh ... Josef.«

»Fisch ist gesund.«

»Weiß ich.«

»Macht gescheit und schlank.«

»Stimmt.«

»Also, erzähl schon. Was ist dir so Unglaubliches passiert?«

»Ja, äh, gerade ... da hat mich eine absolut heiße blonde Traumfrau an der Wurstbude am Viktualienmarkt ange-macht und gefragt, ob ich mit ihr frühstücken gehen will.«

»Ist doch gut.« Josef grinste beifällig.

»Fand ich auch. Aber dann hat sie mich hier eben gefragt, ob ich sie ficken will, gleich nachdem wir bestellt hatten. Es ist keine zwei Minuten her.«

»Ficken? Hat sie wirklich ficken gesagt?«

»Ja.«

»Echt? Genial.« Josef grinste erneut.

»Josef! Sie wusste noch nicht mal, wie ich heiße.« Max grinste nicht.

»Na und?«

»Und als ich Nein gesagt habe, ist sie blitzartig aufgestanden und verschwunden.«

»Schön blöd.« Josef schüttelte, weiterhin grinsend, den Kopf. »So was lässt man sich doch nicht entgehen.«

»Das war garantiert eine Prostituierte. Stell dir vor, und auch noch mitten in der Stadt, im Sperrgebiet.«

»Oder sie war komplett notgeil. Das soll's ja auch geben.« Josefs Grinsen wurde immer noch breiter. Er schien kein Wort von dem zu glauben, was Max gerade erzählte. »Und was war heute Nacht? Bist du von Außerirdischen entführt worden?«

»Wie, heute Nacht?«

»Du hast doch gesagt, dass dir heute Nacht auch etwas passiert ist.«

»Ach so, ja logisch …« Max nahm den Espresso entgegen, den ihm die Kellnerin mit den Speckröllchen an den Hüften gerade überheblich dreinglotzend vor die Nase hielt. Nachdem sie mit einem genervten Stöhnen auch noch seine Eier mit Speck und den Milchkaffee samt Croissant auf dem Tisch abgestellt hatte, entfernte sie sich, so gemächlich wie sie gekommen war, und Max sprach weiter. »Stell dir vor, Franzi hat mich in eine Zelle gesperrt. Hast du Hunger?« Er deutete auf die Sachen der Blonden.

»Gern.«

»Du hast gern Hunger?«

»Ich nehme es gern, Max. Für wen war das?« Josef zog fragend die Brauen hoch.

»Die Blonde hat es bestellt.« Max rollte genervt die Augen.

»Ach so, klar.«

»Warum hat dich Franzi in die Zelle gesperrt? Aus Spaß? Habt ihr Handschellenspielchen mit heißen Blondinen gemacht?« Josef konnte gar nicht mehr aufhören zu grinsen. Sein Mund reichte inzwischen von einem Ohr zum anderen, und sein schwarzer aufgewirbelter Schnurrbart stand als Folge davon mit den Enden fast senkrecht nach oben.

»Von wegen Spaß. Ich war total zu.«

»Also doch Spaß.«

»Sicher nicht.« Max senkte seine Stimme. »Jemand hat mich mit K.-o.-Tropfen ausgeknockt, und dann bin ich auch noch auf dem Heimweg über eine Frauenleiche gestolpert, und gekotzt habe ich auch. Und dann hat mich Franz zum Ausnüchtern in eine Zelle gesperrt, weil er dachte, ich wäre total blau.«

»Ach, darum riecht's hier so streng.« Josef lachte laut.

»Das ist kein Witz, Josef. Es ist alles genau so passiert, meint Franzi jedenfalls. Solche K.-o.-Tropfen können sogar Spätschäden anrichten, habe ich gehört.« Max machte ein ernstes Gesicht. Ihm war überhaupt nicht nach Lachen zumute.

»Ohne Schmarrn?« Josef zweifelte offensichtlich immer

noch an der Horrorgeschichte. Was auch weiter nicht verwunderlich war, schließlich hatte sein Freund und Vereinskollege schon oft genug ähnliche Späße zu allen möglichen Gelegenheiten gemacht.

»Ohne Schmarrn. Es ist alles passiert, und ich bin eigentlich nur noch müde und will unter meine Dusche.« Max sah jetzt fix und fertig aus. Er war leichenblass im Gesicht und fiel regelrecht in sich zusammen.

»Ja gut, Max. Dann entschuldige bitte mein albernes Getue. Soll ich dich heimfahren? Ich parke gleich da hinten in der Reichenbachstraße.« Josef deutete Richtung Süden. Er glaubte Max jetzt. Schließlich kannte er seinen Freund gut genug, um zu wissen, wann bei dem der Spaß endgültig vorbei war.

»Würdest du das tun?«

»Logisch.«

»Das wäre genial. Lass mich nur noch aufessen und bezahlen. Du bist natürlich auf das Croissant und den Kaffee eingeladen.« Max wäre zwar auch zu Fuß gegangen, um seinen Kopf noch weiter auszulüften, aber die Vorstellung, gemütlich im Sitzen heimkutschiert zu werden, war zu verführerisch. Zumal es ihm wirklich nicht besonders gut ging.

»Alles klar. Und? Machst du dich auf die Suche?«

»Nach wem?«

»Nach dem Typen, der dir die Tropfen ins Bier getan hat.«

»Logisch.«

»Und die Frauenleiche? Was war mit der?«

»Ermordet.«

»Ein Fall für Max Raintaler?«

»Auf jeden Fall.« Max schlug mit der flachen Hand auf den kleinen runden Tisch.

»Wenn ich dir irgendwie helfen kann, lass es mich wissen.« Josef legte ihm freundschaftlich die Hand auf die Schulter.

»Wieso denn das? Meine Fälle haben dich bisher doch noch nie interessiert.« Max runzelte erstaunt die Stirn.

»Ich stehe neuerdings auf Kriminalfälle.«

»Aha. Und wieso?«

»Ich habe da neulich von einer Bekannten so ein paar Krimis geschenkt bekommen, die mir wirklich gefallen haben.«

»So, was denn zum Beispiel?«

»Titel weiß ich gerade keinen, aber sie gefielen mir.«

»Deutsche Krimis?«

»Auch.«

»Na dann. Ach, Herrschaftszeiten, jetzt weiß ich es.«

»Was?« Josef blickte ihn überrascht an.

»Wie sie ausgesehen hat.«

»Wer, die Blonde?«

»Ja.« Max trommelte unruhig mit den Fingern auf der Tischkante herum.

»Und wie?«

»Wie die Monroe. Wie die gute alte Marilyn.«

»Respekt. Was für Spätschäden bekommt man denn genau?«

»Von Marilyn?«

»Nein, von diesen K.-o.-Tropfen.«

»Keine Ahnung. Ich bin Detektiv, kein Arzt, Josef.«

»Wahrscheinlich ist man oft K.o., oder?«

»Wahrscheinlich.«

6

Josef stoppte seinen 7er-BMW direkt vor Max' Haustür. Der bedankte sich fürs Heimbringen, stieg aus und winkte seinem Kumpel noch mal zum Abschied zu, bevor er im Inneren des vierstöckigen alten Mietshauses verschwand. Im zweiten Stock angekommen, holte er seinen Schlüssel aus der Jeans und machte sich daran aufzusperren. Dann wurde alles schwarz um ihn herum.

Das Nächste, was er sah, war das schmale faltige Gesicht von Frau Bauer, seiner netten alten Nachbarin. Sie rief offenbar irgendetwas. Er konnte genau sehen, wie sie ihren Mund bewegte, hören konnte er jedoch nichts.

»Halt, Herr Raintaler! Nicht wieder in Ohnmacht fallen! Bleiben Sie hier!«

Jetzt verstand er sie, und ihre Hand, die seine Wange unsanft tätschelte, spürte er auch. »Frau Bauer. Was ... ist denn?« Er sah sich vorsichtig um, da sein Kopf höllisch schmerzte, und bemerkte, dass er auf dem Boden vor seiner Wohnungstür lag.

»Ich weiß es auch nicht genau, Herr Raintaler. Als ich gerade die Treppe hinaufkam, lagen Sie auf einmal hier. Sind Sie krank?« Besorgt blickte sie auf ihn hinab.

»Nein, ja, vielleicht, ... Frau Bauer. Ich weiß es nicht genau. Könnte sein.« Die K.-o.-Tropfen kamen ihm in den Sinn.

»Soll ich einen Arzt rufen?«

»Nein. Es geht schon wieder. Nur mein Kopf tut sauber weh.«

»Warten Sie, ich hole Ihnen eine Schmerztablette von

meinem Bertram. Der hat immer welche da, wegen seinem Rücken.«

»Das wäre sozusagen genial.« Max setzte sich stöhnend auf und lehnte sich mit dem Rücken gegen die Wand neben seiner Tür. Was war denn das schon wieder?, fragte er sich. War er einfach umgekippt? Oder hatte ihm jemand eins auf den Schädel gehauen? Vorsichtig tastete er seinen Kopf ab und entdeckte dabei oben rechts eine veritable Beule, die gerade zu pochen begann. Also doch, jemand hatte ihn niedergeschlagen. Oder war er einfach so nach hinten umgekippt und dabei hart mit dem Kopf auf den Boden geprallt? Eine Spätfolge der K.-o.-Tropfen? Wie auch immer, auf jeden Fall war das Ganze reichlich unerquicklich. Milde ausgedrückt.

Frau Bauer, wie meistens mit ihrer grauen Kittelschürze und einer weißen Bluse bekleidet, kehrte mit zwei Schmerztabletten und einem Glas Wasser zurück. Sie reichte ihm beides mit zittrigen Händen. »Hier, Herr Raintaler. Schlucken Sie die und dann legen Sie sich am besten erst einmal ins Bett. Soll ich wirklich keinen Arzt rufen?«

»Nein. Wie spät ist es eigentlich?«

»Zehn nach elf.«

»Aha.« Halb so wild. Dann war ich nur zwei, drei Minuten weg, dachte er. Unten in Josefs Autoradio waren gerade die Nachrichten vorbei, als ich ausstieg. »Ich leg mich eine Weile hin und dann bin ich wieder fit«, fuhr er fort. »Sie werden es schon sehen. Vielen Dank.« Er schluckte die Tabletten, gab ihr das Glas zurück und stand langsam auf. Nachdem er eine Weile gewartet hatte, bis ihm nicht mehr ganz so schwindelig war, verabschiedete er sich von seiner zerbrechlichen Nachbarin, öffnete seine Wohnung und ging hinein.

Die alte Dame blieb besorgt stehen, bis er seine Tür hinter sich zugezogen hatte. Dann drehte sie sich kopfschüttelnd um und kehrte zu ihrem Bertram zurück.

»Nach Alkohol hat er gerochen, der Herr Raintaler«, berichtete sie, als sie bei ihm am Küchentisch angelangte, wo er gerade das Kreuzworträtsel in der Tageszeitung löste. »Wie so manches Mal halt. Aber ich habe noch nie gesehen, dass er davon umgefallen wäre. Schließlich ist er ein Münchner und verträgt einen Stiefel. Merkwürdig. Ja mei, wenn er keinen Arzt will. Was soll man tun?«

»Hör auf, Mädi«, erwiderte er. »Max kommt schon klar.«

Der blonde Exkommissar und jetzige Privatdetektiv stand währenddessen bereits in seinem Badezimmer, zog seine stinkenden Klamotten aus und warf sie auf den riesigen Haufen Wäsche neben seiner Waschmaschine. Monika oder Frau Bauer würden sich der Sache demnächst annehmen. Wie immer. Aber halt. Was war das? Eine Visitenkarte und ein Zettel, den er zuvor noch nie gesehen hatte, fielen aus der Gesäßtasche seiner Jeans. Die violette Karte, die auf dem Wäschestapel lag, war von Marilyn. Vielmehr hieß die aufgekratzte Dame von vorhin mit richtigem Namen Gesine Sandhorst. Sie wohnte nicht weit von ihm in der Thalkirchnerstraße in Sendling. »Dass ich dich jemals anrufe, glaub ich ja nicht«, grantelte er. »Da muss vorher schon viel passieren.« Dennoch deponierte er den bedruckten kleinen Karton zunächst auf seinem Badezimmerschränkchen, um ihn später im Schlafzimmer zu den anderen Adressen zu legen, die sich dort im Laufe der Jahre in seinem Nachtkästchen angesammelt hatten. Schließlich konnte man nie wissen, was die Zukunft noch alles daherbrachte.

Aber was war mit dem Zettel? Den hatte ihm wohl jemand in die Tasche gesteckt. Etwa derjenige, der ihn ohnmächtig geschlagen hatte? Er bückte sich und hob ihn auf. ›I krigg di, Arschäloch‹, stand in ungelenken Buchstaben darauf. Bingo. Das musste der Typ sein, der ihn umgewuchtet hatte. Sah ganz so aus, als wäre er Ausländer oder auf jeden Fall starker Legastheniker oder Analphabet. Er musste ihm im Treppenhaus aufgelauert haben. Aber woher hatte er gewusst, wann Max nach Hause kommen würde? Oder hatte er es gar nicht gewusst? Hatte er vielmehr die ganze Nacht und den ganzen Morgen dort auf ihn gewartet? Aber woher hatte er eigentlich gewusst, wo Max wohnte? War es etwa derselbe Mensch gewesen, der ihm die K.-o.-Tropfen beim Griechen ins Glas geschüttet hatte? Bestimmt. Herrschaftszeiten, zweifellos gab es jemanden da draußen im schönen hochsommerlichen München, der ihm nicht wohlgesonnen war. Aber wer sollte das sein und was könnte die Person gegen ihn haben? Soweit er sich erinnerte, hatte er in letzter Zeit mit niemandem besonders großen Streit gehabt. Das Übliche. Aber wirklich nichts Großes. Oder schlug hier seine Vergangenheit als Kommissar bei der Kripo noch einmal zurück? Bevor er vor gut drei Jahren in Frühpension gegangen war, hatte er etliche Gauner hinter schwedische Gardinen gebracht. Wollte sich etwa jetzt einer von denen an ihm rächen? Möglich wär's, Raintaler, sagte er sich und stieg nachdenklich unter die Dusche. Während ihn die heißen harten Wasserstrahlen aus seinem neuen Regenwasserduschkopf trafen, ging es ihm langsam besser.

Nachdem er wieder trocken war, legte er sich zwei Stunden aufs Ohr. Danach rief er, einigermaßen wiederhergestellt, Monika an, um ihr seinen Kaffeebesuch innerhalb der nächsten Stunde anzukündigen. Sie hatte Zeit. Er zog Bluejeans, schwarzes T-Shirt und seine neuen Slipper mit den Luftpolstersohlen an, in denen er unglaublich bequem gehen konnte. Als er kurz darauf seine Haustür öffnete, lief er geradewegs Frau Bauer in die Arme, die ihm wie so oft Kuchen vorbeibringen wollte. Zumindest ließ das halb volle Backblech in ihren Händen eindeutig darauf schließen.

»Ja, Frau Nachbarin, fast hätte ich Sie umgerannt«, stieß er aus, während er eine Vollbremsung einlegte. »Kuchen? Etwa Käsekuchen? Für mich? Aber Sie sollen doch nicht immer ... Ich wiege bald 200 Kilo, wenn Sie so weitermachen.«

»Ach was, Herr Raintaler. Mein Bertram und ich können nicht mehr. Und Ihnen wird ein anständiges Stück davon gut tun. Gerade nach Ihrer Ohnmacht vorhin.« Sie lächelte wie ein Weihnachtsengel auf Erdenurlaub und hielt ihm das herrlich nach feinsten Zutaten duftende Backwerk hin.

Abgesehen davon, dass sie ihm gelegentlich bei seiner Wäsche oder beim Putzen half, brachte Frau Bauer ihm mindestens einmal in der Woche etwas zu essen. Entweder Kuchen oder Gulasch oder am Sonntag auch einmal ein Stück Schweinsbraten mit Knödel. Das hatte seinen guten Grund. Max war der Neffe von Tante Isolde – Frau Bauers bester Freundin –, die vor drei Jahren gestorben war. Seine Tante wiederum war seine letzte Verwandte gewesen, weil Max' Eltern drei Jahre vor ihr ebenfalls verstorben waren. Bei einem Autounfall in Italien. Und seit Max dann nach Isoldes Tod in deren kleine Eigentumswohnung, die sie ihm vererbt hatte, eingezogen war, fühlte sich Frau Bauer für sein Seelenheil verantwortlich. Schließlich kannte sie ihn genau wie seine verstorbene Tante von klein auf. Erst als er vor ungefähr 20 Jahren bei der Polizei angefangen hatte, hatte sie begonnen, ihn zu siezen. Herr Bauer dagegen duzte ihn nach wie vor.

»Ja gut. Da sage ich vielen Dank. Das trifft sich gut. Gerade wollte ich zu meiner Monika auf einen Kaffee.« Max grinste. »Ich bringe Ihnen das Backblech heute Abend zurück«, fuhr er über seine Schulter hinweg fort, während er in seine Küche eilte, um es dort abzustellen und ein paar Stücke für sich und Monika in eine kleine Tupperschachtel zu packen. Seine langjährige Teilzeitfreundin würde sich sicher sehr darüber freuen.

»Wie geht es dem Kopf?«, erkundigte sich Frau Bauer anteilnehmend, als er zurück bei ihr im Treppenhaus war.

»Besser. Mir muss wohl einer eins draufgegeben haben.«

»Was? Ein Verbrecher hier in unserem Haus?« Ihre Stimme klang erschrocken, aufgeregt und neugierig zugleich.

»Sieht ganz so aus. Und K.-o.-Tropfen hat man mir gestern Abend auch ins Bier geschüttet. Irgendwer hat es wohl auf mich abgesehen.« Er machte ein düsteres Gesicht.

»Ja, um Himmels willen, Herr Raintaler. Passen Sie bloß auf sich auf. Sind Sie denn gerade wieder einmal auf gefährlicher Verbrecherjagd?«

»Eigentlich nicht. Zumindest bis vorhin noch nicht.« Er fasste sich demonstrativ an die Beule auf seinem Kopf.

»Und jetzt? Doch?« Ihre wasserblauen Augen blickten ihn fragend an.

»Ja. Ich suche einen Mörder, der eine Frau in Untergiesing auf dem Gewissen hat. Und den brutalen Kerl, der mir an den Kragen will, möchte ich natürlich auch gern erwischen. Wer weiß, vielleicht sind die beiden ja sogar ein und dieselbe Person.«

»Ein echter Mörder? Mein Gott, wie aufregend, Herr Raintaler. Lassen Sie sich bloß nicht unterkriegen.« Sie schüttelte ihren erhobenen Zeigefinger.

Max musste grinsen. Er nannte sie für sich immer wieder seine ›Miss Marple‹. Nicht so füllig wie das Original, aber mindestens genauso neugierig. »Natürlich nicht, Frau Bauer. Ich bringe die Kerle schon zur Strecke. Ganz sicher. Also, dann. Danke noch mal für den Kuchen und auf Wiederschauen.«

»Gern geschehen. Alles Gute. Und liebe Grüße von mir an Ihre Monika.«

»Mach ich.« Er eilte die Treppe hinunter und trat auf die Straße hinaus. Es war heiß, aber nicht zu heiß, bewölkt aber nicht zu bewölkt. Ein idealer Tag also, um zu Fuß zu ›Monikas kleiner Kneipe‹ hinüberzugehen. Er würde einen kleinen Umweg über den Flauchersteg machen und unten bei der Floßlende wieder auf seine und Monikas Isarseite wechseln, um ein Stückweit in Richtung seiner Wohnung zurückzugehen. Jetzt erst mal einen schönen Espresso, genau.

7

Monika saß in Stoffturnschuhen, Jeans und rotem Schlabber-T-Shirt unter der ausladenden Kastanie im Biergarten vor ihrer kleinen Kneipe und winkte Max lächelnd zu, während er sich ihr näherte.

»Hallo, Moni, gut schaust du aus«, begrüßte er sie, als er bei ihr angekommen war. »Schau mal, Kuchen.«

»Hallo, Max. Käsekuchen? Von Frau Bauer?«

»Ja.«

»Du wirst noch kugelrund dank deiner Nachbarin.« Sie tätschelte mit der flachen Hand seinen kleinen Bauchansatz.

»Könnte schlimmer sein. Ich muss nur wieder öfter radeln gehen, dann ist das ruckzuck weg.« Er setzte sich zu ihr. Sie küssten sich zur Begrüßung auf die Wangen, einmal links einmal rechts, wie das in München seit einiger Zeit so gut wie jeder tat. Früher war dieser Brauch ausschließlich den Russen vorbehalten gewesen und vielleicht noch frisch verliebten Liebespaaren. Doch heutzutage küssten und busselten sich die Leute in München gegenseitig zur Begrüßung, dass es nur so eine Freude war. Freunde küssten ihre Freunde, Bekannte ihre Bekannten und Bekannte dieser Bekannten, auch wenn sie die nicht gut oder gar nicht kannten. In der Arbeit küssten sich die Kollegen und Abteilungsleiter untereinander. Der Bürgermeister küsste seine Parteifreunde und Untergebenen, genau wie der Ministerpräsident, Lehrer küssten ihren Direktor und ihre Schüler, Schauspieler küssten ihre Schauspielerkollegen und ihre Regisseure sowie die Jungs und Mädels vom

Set-Catering, Kunden küssten ihren Metzger, die Supermarktkassiererin, den Tankwart, den Schuster, den Briefträger, Wirte und Wirtinnen küssten ihre Gäste. Kurz und gut, so gut wie jeder küsste so gut wie jeden, jederzeit und überall, egal ob daheim, auf der Straße oder sonst wo.

»Wie geht's dir? Du schaust angegriffen aus.« Monika strich ihm sanft mit den Fingern durch die Haare.

»Es ging mir schon besser. Diese K.-o.-Tropfen sind ein echtes Scheißzeug. Mir ist immer noch leicht schlecht.«

»K.-o.-Tropfen?«

»Hat dir Franzi etwa nichts davon erzählt?«

»Nein.« Sie schüttelte mit verwirrtem Blick den Kopf.

»Dieser Volldepp. Mit dem habe ich sowieso noch eine Rechnung offen. Sperrt der seinen besten Freund in eine Zelle und haut einfach ab, der Saukerl. Und dann sagt er dir nicht mal, was mit mir los war. Den kauf ich mir, Moni. So viel ist sicher.« Max bekam einen roten Kopf vor Ärger. Die ganze Zeit hatte er nicht mehr an seinen Exkollegen und alten Freund gedacht, doch jetzt kochte die Wut noch mal richtig in ihm hoch.

»Der Reihe nach, Max. Was war los?« Sie legte behutsam ihre Hand auf seinen Arm.

»Mir muss gestern jemand beim Griechen K.-o.-Tropfen ins Bier getan haben.«

»Und deshalb warst du so voll? Annie und ich haben uns schon gewundert. Du hast ja gar nicht so viel getrunken. Aber warum hat Franzi dich denn dann eingesperrt? Er hätte dich doch auch heimfahren können.«

»Hätte er, wenn ich nicht über eine erstochene Frau gestolpert wäre.«

»Äh, wie?« Sie zog verwundert die Brauen hoch.

»Auf dem Heimweg lag eine Frau auf dem Gehsteig, und ich bin drübergeflogen. Ihr Name ist Maria Spengler. Dann kam Franzi und hat wohl gedacht, ich hätte sie erstochen, und er hat mich eingesperrt. Das war's.«

»Ja, so ein Depp. Du bringst doch niemanden um. Oder doch? Schlaf ich etwa seit Jahren mit einem Mörder?« Monika lachte laut los, weil sie natürlich genau wusste, dass alles der Fall sein konnte, nur das nicht. Max war im Grunde genommen der gutmütigste Mensch, den man sich vorstellen konnte, auch wenn er sich manchmal aufführte wie ein Irrer, zum Beispiel, wenn man ihn ungerecht behandelte. Aber Max und ein Mord. Niemals.

»Ich lach später, Moni. Im Moment bin ich viel zu grantig.«

»Warte mal. Wie hast du gesagt, hieß die Tote?«

»Maria Spengler.«

»Maria Spengler. Etwa die Mary? Ach, du Scheiße. Wenn es wirklich die Mary ist, muss ich sofort Annie anrufen. Wie sah sie denn aus?« Sie riss erschrocken die Augen auf.

»Normal. Schlank.«

»Und sonst? Lass dir doch nicht alles aus der Nase ziehen.«

»Rote Haare, und sie hat in der Birkenau gewohnt.«

»In der Birkenau? In Untergiesing?« Sie hielt erschrocken die Hand vor den Mund.

»Ja, schon.« Max zuckte mit den Achseln.

»Oh Gott, Max. Das ist sie! Sie ist eine alte Schulfreundin von Annie. Ich muss ihr gleich Bescheid sagen.«

»Ohne Schmarrn?«

»Ohne Schmarrn.«

»Aber du hast doch auch mit Annie Abi gemacht. Da müsstest du diese Maria doch ebenfalls kennen.« Er beobachtete nachdenklich einen Marienkäfer, der gerade quer über den Tisch krabbelte.

»Nein«, fiel es Monika ein, »sie ist durchgefallen und an eine andere Schule gewechselt, als ich noch nicht mit Annie in einer Klasse war. Annie hatte danach nie mehr großen Kontakt mit ihr. Aber ein paar Mal haben sie sich getroffen, und ich habe sie bei der Gelegenheit auch einmal kennengelernt.«

»Ja, Herrschaftszeiten. So ein Mist. Ausgerechnet eine Bekannte.« Er schnipste das kleine weißgepunktete Tier auf den grauen Kiesboden unter ihnen. Dort rappelte es sich kurz zurecht und flog geschockt von dannen.

»Keine Bekannte, eine alte Freundin!« Monika eilte in den kleinen dunklen Schankraum, nahm hinter dem Tresen mit zitternden Fingern ihr tragbares Telefon aus der Halterung, wählte und kehrte zu Max in den Biergarten zurück. »Annie? Hallo, Moni hier. Pass auf, Annie, es ist was Schreckliches passiert.«

»Der Arsch von gestern Abend will dich verklagen«, kam die trockene Antwort.

»Nein, was ganz anderes. Du kennst doch die Maria Spengler, die Mary.«

»Logisch. Sie war ja mit mir in der Klasse.«

»Ja, Annie … es ist nämlich so … sie ist, äh … tot.«

»Was? Geh erzähl doch keinen Schmarrn, Moni.« Annie lachte ungläubig.

»Doch. Sie ist tot. Der Max hat sie in Untergiesing gefunden. … Annie?«

»Ja, ja. Ich bin schon noch da. Ich muss mich bloß setzen.« Anneliese hauchte den letzten Satz nur noch. Offensichtlich blieb ihr vor Schreck die Stimme weg.

»Soll ich bei dir vorbeikommen?«, erkundigte sich Monika mit einfühlsamem Tonfall.

»Nein, Moni. Geht schon. Es ist nur … wie ein Schock. Ich habe Maria in den letzten paar Jahren gar nicht mehr so oft gesehen. Sie war in so einer Bürgerinitiative engagiert und hatte kaum noch Zeit zum Ratschen.« Annies Stimme war zurückgekehrt.

»Bürgerinitiative? Gegen oder für was sind die denn?« Monika, die die ganze Zeit über in ihrem kleinen Biergarten hin- und hergelaufen war, setzte sich neben Max.

»Es hat, soweit ich weiß, etwas mit den kleinen alten Häusern in der Birkenau zu tun, die abgerissen werden sollen. Maria wohnte in so einem Haus. Wird Max den Mörder suchen?«

»Annie fragt, ob du den Mörder von Maria suchst?«, wandte sich Monika an Max, der gerade ein Stück Kuchen aß, um sich von seiner immer noch in ihm gärenden Wut auf Franzi abzulenken.

»Logisch. Fast wäre ich wegen der Sache in den Knast gewandert. So etwas macht man nicht ungestraft mit einem Max Raintaler. Das darfst du glauben«, erwiderte er mit vollem Mund und spuckte dabei großräumig Kuchenbrösel in den Kies zu ihren Füßen.

Monika nahm es mit einem leicht angeekelten Gesichtsausdruck zur Kenntnis. »Ja, er macht sich auf die Suche, Annie.«

»Sehr gut. Dieses Schwein muss erwischt werden. Sag Max, dass ich ihm auch etwas dafür bezahle, wenn er den

Mörder findet.« Anneliese hatte bei ihrer Scheidung vor einigen Jahren eine große Villa und ein mittelgroßes Vermögen zugesprochen bekommen, deshalb konnte sie solch ein Angebot ohne Weiteres machen.

»Ich sag's ihm. Kommst du nachher zu mir?«

»Ja, gern. Auf den Schock kann ich ein Glas vertragen, von was auch immer.«

»Also dann, bis später.« Monika legte auf. Dann wandte sie sich erneut an Max. »Sie würde dich sogar bezahlen, wenn du dich auf die Suche nach dem Mörder machst.«

»Das muss sie nicht. Ich löse den Fall auch so, weil ich ihn persönlich nehme.«

»Geh, so ein Schmarrn. Geld genug hat sie doch. Und oft genug kostenlos geholfen hast du ihr auch schon. Denk nur an Kitzbühel und ihre verschwundene Tochter Sabine. Nimm es. Da hätte ich nicht mal ein schlechtes Gewissen.«

»Meinst du?«

»Logisch. Schließlich wollen wir alle leben. Deine Pension ist nicht gerade viel, und das kleine Erbe von deiner Tante Isolde ist irgendwann auch aufgebraucht.« Monika kannte Max' finanzielle Verhältnisse besser als er selbst. Seit Jahren stachelte sie ihn deshalb an, für die Lösungen seiner Fälle als Privatdetektiv ein Honorar zu verlangen, anstatt seine Dienste jedermann immer wieder kostenlos anzubieten.

»Stimmt eigentlich.« Max hörte auf, Brösel zu spucken, da er seinen Kuchen verputzt hatte. Stattdessen bekam er einen lauten Schluckauf.

»Das kommt davon, wenn man so schnell reinhaut und nichts dazu trinkt«, kommentierte Monika seine kleine

Malaise. »So ein Käsekuchen ist doch trocken. Du hättest wenigstens warten können, bis ich dir einen Espresso mache.« Sie schüttelte missbilligend den Kopf, wie es normalerweise Mütter taten, wenn sich ihr Nachwuchs nicht erwartungsgemäß benahm.

»Machst du mir jetzt einen?« Er ignorierte ihren Tadel und blickte sie grinsend an.

»Na gut.« Monika musste ebenfalls grinsen. Eigentlich mochte sie es selbst nicht, wenn sie sich wie eine Glucke aufführte. Freiheit für jeden und alles, war ihr Wahlspruch seit der Studentenzeit. Insbesondere galt das für ihre Beziehung mit Max, die aus ihrer Sicht ohne jegliche Verpflichtungen funktionieren sollte. Aber andererseits konnte sie sich einfach nicht zurückhalten, wenn Max sie wie gerade eben mit seinem kindischen Benehmen konfrontierte.

»Wie gut kannte Anneliese diese Maria eigentlich?«, rief er ihr hinterher, während sie in ihrem kleinen Lokal verschwand, um ihm seinen Espresso zu holen.

»Habe ich dir doch gesagt. Sie waren Schulfreundinnen!«, rief sie zurück.

»Weiß Annie etwas über sie, was für den Mord wichtig sein könnte?«, fragte er weiter, als sie mit seiner kleinen, mit Blumenmotiven bemalten Lieblingsespressotasse vom Flohmarkt und ein paar bunt bedruckten Zuckertütchen zurückkehrte. Sie hatte ihm die Tasse vor Jahren einmal geschenkt, er hatte sie in ihrem Lokal gelassen und trank seitdem ausschließlich aus ihr.

»Keine Ahnung.« Monika zuckte mit den Schultern. »Maria war wohl in einer Bürgerinitiative engagiert, wegen den kleinen Häusern, die in der Birkenau abgerissen werden sollen.«

»Na, das ist doch schon mal was. Weiß sie, wer dort alles plattmachen will?«

»Nein. Glaube ich nicht. Jedenfalls hat sie nichts gesagt.«

»Egal. Das finde ich raus. Was machst du heute noch?«

»Nachher kommt Annie vorbei, und heute Abend bin ich in der Stadt.«

»Ach? Einfach so? Gehst du auf den alten Peter und schaust dir die Umgebung an, oder was?« Er zog erstaunt die Brauen hoch und sah sie neugierig an.

»Nein.«

»Was dann?« Seine Neugierde wich langsam aufkeimendem Misstrauen.

»Ich treffe da jemanden.« Sie wich seinem Blick aus.

»Und darf man vielleicht erfahren, wer dieser Jemand ist?« Was ist denn mit ihr los?, dachte er. Sie druckst doch sonst nicht so herum.

»Nur, wenn du mir versprichst, nicht wieder auszuflippen.« Sie drehte ihm ihr Gesicht zu und schaute ihm ernst in die stahlblauen forschenden Ermittleraugen.

»Hätte ich denn einen Grund dazu?« Jetzt wird es mir aber gleich zu blöd. Ich bin doch noch nie ausgeflippt. Na ja, ein-, zweimal vielleicht, aber dann auch zu Recht. Hat sie etwa einen Neuen?

»Nein, ja, … keine Ahnung.« Sie zögerte, kaute auf ihrer Unterlippe herum.

»Triffst du dich mit einem Mann?« Konnte doch gut sein. Er wurde doch sowieso seit Jahren nur als treues Anhängsel geduldet. Heiraten wollte sie ihn auf jeden Fall nicht, das hatte sie ihm oft genug zu verstehen gegeben.

»Ja.« Sie begann nervös mit ihren Fingern zu spielen.

»Na, dann freu dich doch. Vielleicht ist es ja endlich mal einer, den du sogar nah genug zum Heiraten an dich ranlässt.« Postwendend kam ihm die Galle hoch. Wusste ich's doch, sagte er sich. Sie hat einen Neuen, und etwas Ernstes ist es außerdem, sonst hätte sie es wie gewöhnlich erst gar nicht erwähnt. Schau an, schau an. Jahrelang hält sie mich als Teilzeitfreund am langen Gängelband, und dann kommt irgendein anderer Depp daher, und es heißt: Raintaler ade. Aber nicht mit mir. Bevor sie mich verlässt, verlasse ich sie. So viel ist sicher.

»Es ist nichts Ernstes, Max.« Sie lächelte unsicher.

»Na, da bin ich aber beruhigt.« Er lachte höhnisch auf. Wieso lügt sie jetzt auch noch? Hat sie überhaupt kein Schamgefühl?

»Ach, das verstehst du nicht«, protestierte sie. »Ich habe ihn neulich kennengelernt, und er war mir gleich sympathisch. Er ist ein total netter junger Kerl und sieht super aus. Aber ich will wirklich nur mit ihm essen gehen, sonst nichts.«

»Sonst nichts? Das glaubst du doch selbst nicht, Moni.« Was sollten denn diese ganzen Lippenbekenntnisse? Die hatte es so doch noch nie gegeben. Er hatte also recht damit, dass es etwas Ernstes war. Normalerweise hatte sie genau wie er ihre kleinen Techtelmechtel gehabt, und dann war es auch wieder gut gewesen. Er hatte meistens erst viel später davon erfahren, wenn überhaupt. Verdammter Mist. Das hatte ihm heute gerade noch gefehlt. Er musste aufpassen, dass er nicht gleich durchdrehte.

»Jedenfalls ist es nicht so wie beim stadtbekannten Playboy Max Raintaler, der alle naslang ein anderes Häschen im Bett hat«, konterte sie angriffslustig mit funkelndem

Blick. Ihre Gesichtsfarbe nahm dabei einen gefährlich roten Ton an.

»Stimmt. Du willst dagegen nur einen Burschen in dein Bett zerren.« Er hatte sich halb von seinem Stuhl erhoben. Es reichte für heute. Seine Nerven begannen schon zu vibrieren. Erst diese unsägliche Scheiße mit Franzi letzte Nacht und jetzt das hier. Er würde besser gehen, bevor er noch handgreiflich wurde. Gute Lust dazu hatte er.

»Du weißt genau, dass das nicht stimmt, Max«, echauffierte sie sich und wurde dabei immer lauter. »Ich bin nicht wie du. Ganz sicher nicht, obwohl ich könnte, wenn ich wollte, weil ich immer darf, wie ich will. Das lass ich mir von keinem verbieten. Auch von dir nicht. Und eins lass dir gesagt sein. Der Gordon ist ein total freundlicher Mensch, was du auf keinen Fall bist, du, du … selbstgefälliges Arschloch, du blödes!«

»Gordon! Ich lach mich schlapp. Was soll denn das für ein Name sein? Flash Gordon etwa? Alles klar. Das ist mir alles zu blöd.« Max stand ganz auf. Er ballte die Fäuste. »Ich wünsch dir viel Spaß in deinem weiteren Leben. Mich kannst du gepflegt am Arsch lecken. Scheinst ja eh nichts von mir als Mensch zu halten. Auf Nimmerwiedersehen.« Er stapfte wütend zum Ausgang hinaus. Einen kleinen Seitensprung ließ er gern gelten, aber das hier war eindeutig etwas anderes, sonst würde sich Monika nicht so aufspielen. Er hatte es ein für allemal satt. Andere Mütter hatten auch schöne Töchter.

»Alles klar, Max Raintaler. Lass dich bloß nie wieder hier blicken, du arroganter Depp. Wir sind fertig miteinander.« Monika erhob sich ebenfalls, reckte ihre Faust in den Himmel und starrte ihm zornerfüllt hinterher.

Max entschloss sich, an der Isar entlang Richtung Grünwald zu gehen. Er legte einen Zahn zu, bis er begann, seine Wut und grenzenlose Enttäuschung herauszuschwitzen. Das war also der Dank nach über 20 Jahren Gemeinsamkeit. Man wurde gegen einen jüngeren und besser aussehenden Kerl ausgetauscht. Einfach so, mir nichts, dir nichts. Dass Monika die Wahrheit gesagt haben könnte, und nur mit diesem Gordon essen gehen wollte, zog er gar nicht in Betracht. Er war sich sicher, sie gut genug zu kennen, um zu merken, was mit ihr los war. Sie hatte sich innerlich von ihm abgelöst. Eindeutig. Wann war das geschehen? Warum hatte er nichts gemerkt? War er wirklich so ein arrogantes und selbstgefälliges Arschloch, wie sie gesagt hatte? Aber wieso hatte sie dann so viele Jahre lang mit ihm gelacht, ihm vertraut, ihn geküsst? Wieso war sie so zärtlich mit ihm gewesen, wie niemand sonst auf der Welt? Das durfte doch alles gar nicht wahr sein. Spielte ihm etwa sein Bewusstsein einen bösen Streich und er hatte sich den Streit mit ihr nur eingebildet? Würde er gleich zu Hause in seinem Bett aufwachen und feststellen, dass alles nur ein böser Traum war? Hatten am Ende diese verdammten K.-o.-Tropfen Schuld an dieser grauenhaften Vision? Herrschaftszeiten. Sie hatten doch so viel Schönes miteinander erlebt. Er dachte an ihre Urlaube in Italien, an ihren bereits verstorbenen, gemeinsamen Freund Giovanni, an heiße Nächte unter weißen Sternen wie im Kitschfilm. Mit einem Mal begann er zu weinen. Monika wollte nicht mehr. Niemals hätte er das für möglich gehalten. Er wäre doch so gern mit ihr alt geworden. Sollte wirklich alles zwischen ihnen vorbei sein?

»Und so einer bringt man auch noch Kuchen mit«, murmelte er schluchzend.

8

»Eine Leberkässemmel, bitte.« Max zeigte auf den knusprig braunen Laib in der Wärmeauslage der kleinen Untergiesinger Eckmetzgerei, die gerade einmal jeweils 100 Meter vom Griechen und vom Tatort entfernt war. Er hatte sich gleich nach dem Frühstück noch einmal an beiden Plätzen umgesehen und versucht, vor seinem geistigen Auge seinen Heimweg zu rekonstruieren, dabei aber keine großartigen neuen Erkenntnisse gewonnen. Jetzt hatte er Appetit auf etwas Deftiges. Bier machte eben hungrig.

»Gern, der Herr. Darf es sonst noch was sein?« Die ältere Verkäuferin im blauen Verkaufskittel blickte ihm forschend ins zerknitterte Gesicht.

»Danke, nein.« Er lächelte freundlich, obwohl ihm seine pochenden Schläfen selbst die kleinste Bewegung seiner Gesichtsmuskulatur übel nahmen. Auf die unguten Ereignisse von gestern hin hatte er noch in ›Rosis Bierstuben‹ vorbeigeschaut und sich dort einige Halbe samt dazugehörigem Obstler einverleibt. Gezählt hatte er die Getränke nicht. Aber es mussten viele gewesen sein, da die 50 Euro, die er vorher noch im Geldbeutel gehabt hatte, heute Morgen nicht mehr darin gewesen waren. Wer hatte eigentlich behauptet, dass Alkohol beim Vergessen half? Kein Wort wahr. K.-o.-Tropfen halfen beim Vergessen. Alkohol definitiv nicht. Der ganze Horror mit Franz und Monika stand ihm genau wie gestern klar vor Augen. Mit einem kleinen Unterschied allerdings. Zusätzlich zu seinen quälenden Erinnerungen hatte er heute auch noch grässliche Kopfschmerzen.

»Senf?« Sie lächelte artig zurück.

»Ja, mittelscharfen, bitte.«

»Gern.«

»Sagen Sie mal, gute Frau. Haben Sie zufällig die Maria Spengler aus der Birkenau gekannt?«, fragte er, während sie den Senf auf seine Leberkässcheibe strich.

»Die Mary? Natürlich kenn ich die. Aber wieso reden Sie in der Vergangenheit von ihr?« Die Verkäuferin zog erstaunt die Brauen hoch.

»Sie ist tot.«

»Was, die Mary tot? Das gibt es doch gar nicht.« Die ältere Frau ließ vor Schreck die kleine Senftüte fallen. Sie hob die Hände an ihren Kopf. »Die hat doch immer bei uns eingekauft. Unseren Hackepeter hat sie regelrecht geliebt. Ist das wirklich wahr?«

»Ja, leider. Sie wurde nicht weit von hier umgebracht.«

»Oh Gott. Wie schrecklich. Und warum fragen Sie nach ihr?«

»Ich bin Privatdetektiv und untersuche den Fall im Auftrag einer Freundin von Maria Spengler. Raintaler ist mein Name.« Max zückte seine Detektivlizenz und hielt sie über den Verkaufstresen.

»Ach so. Aha. Ja dann …« Ratlosigkeit machte sich in ihrem Gesicht breit. »Und wie kann ich Ihnen da helfen, Herr Raintaler?«

»Wissen Sie irgendetwas über sie, das mir bei der Aufklärung des Mordes helfen könnte?«

»Äh, wie meinen Sie das?«

»Können Sie mir zum Beispiel sagen, wie die Bürgerinitiative heißt, in der Frau Spengler mitgemacht hat?«

»Bürgerinitiative? Hm …«

»Der Verein wegen der kleinen Häuser in der Birkenau. Die sollen doch abgerissen werden. Hat Sie Ihnen denn nie davon erzählt?«

»Ach so, das. Wegen den neuen Eigentumswohnungen, die die da bauen wollen.« Sie deutete auf den Bahndamm, hinter dem sich das besagte Areal in nördlicher Richtung befand.

Max folgte ihrem ausgestreckten Arm mit den Augen. »Genau.« Gott sei Dank habe ich zwei Aspirin und meine Blutdrucktablette genommen, dachte er. Sonst würde ich das hier heute keine weitere Sekunde aushalten.

»Ja, da weiß ich nichts drüber. Tut mir leid.«

»Aha. Macht nichts.« Er verzog sein Gesicht zu einer freundlichen Leidensgrimasse. »Was haben die nur mit dem Hans-Mielich-Platz gemacht?«, fuhr er kopfschüttelnd fort und zeigte nun ebenfalls zum Fenster hinaus, auf den großen Platz vor der Eisenbahnunterführung. »Der schaut ja furchtbar aus.«

»Eine Betonwüste, die keiner braucht«, kam prompt die grantige Antwort.

»Fragt sich bloß wieso?«

»Keine Ahnung. Vielleicht hat irgendwem die Wiese nicht gefallen, die vorher da war.« Sie zuckte die Achseln.

»Nichts als Schmarrn auf dieser Welt.« Max schüttelte erneut den Kopf.

»Genau.« Sie nickte zustimmend und lächelte ihn an. Offenbar freute sie sich darüber, dass sie bezüglich geschmackloser Bausünden beide ein und derselben Meinung waren. »Aber warten Sie mal«, fuhr sie wesentlich zugänglicher als zuvor fort. »Da fällt mir gerade was ein. Meine Kollegin, die Traudi, kann Ihnen bestimmt weiterhelfen. Wegen der Birkenau, meine ich.« Sie winkte der jungen rothaarigen Frau am anderen Ende des Tresens auffordernd zu, woraufhin diese sich sofort in Bewegung setzte.

»Was gibt's, Irmi?«, wollte sie wissen, als sie bei ihnen angekommen war.

»Der Herr hier sucht die Leute vom Bürgerprotest gegen den Baufirmadeppen, Traudi.«

»Aha. Haben Sie auch ein Haus in der Birkenau? Warum habe ich Sie dann noch nie gesehen? Ich wohne nämlich dort«, wandte sich die attraktive junge Verkäuferin vorsichtig an Max.

»Kennen Sie die Bürgerbewegung, in der Maria Spengler war?«, erkundigte sich der, ohne ihre Fragen zu beantworten.

»Wer sind Sie denn? Und wieso ›war‹? Die Maria ist immer noch in unserer Initiative, soweit ich weiß.« Sie blickte ihn unverwandt an.

»Der Herr Raintaler ist Privatdetektiv«, klärte Irmi ihre Kollegin mit gewichtiger Miene auf. »Und die Maria ist tot«, fügte sie fast flüsternd hinzu.

»Was? Wirklich? Ja, Herr im Himmel. Das ist ja schrecklich.« Traudi wurde schlagartig leichenblass und begann am ganzen Leib zu zittern. »Die Maria tot? Die war doch so nett. Wer tut denn so was?« Sie starrte Max wie vom Blitz getroffen an.

»Genau das möchte ich herausfinden«, erläuterte er.

»Ich bin in derselben Bürgerinitiative wie die Maria. Wie die Maria war, besser gesagt«, erwiderte sie nach einer

Weile kopfschüttelnd. Trauer mischte sich in den anfänglichen Ausdruck des Schreckens in ihrem Gesicht. Langsam schien ihr das ganze Ausmaß der Katastrophe immer mehr bewusst zu werden.

»Haben Sie ein paar Minuten für mich Zeit? Darf ich Sie ums Eck auf einen Espresso einladen?«, erkundigte er sich.

Traudi schaute ihre Kollegin Irmi fragend an.

»Ich übernehme solange für dich. Kein Problem«, meinte die nur. »Aber bleib nicht so lang.«

»Danke, Irmi.« Sie zog ihre Kittelschürze aus, unter der sie Bluejeans und eine gelbe Bluse trug, legte sie auf einen kleinen Hocker hinter dem Verkaufstresen und verließ die Metzgerei mit Max, der vorher noch seine Leberkässemmel von Irmi überreicht bekam. Sie gingen ums Eck zu der kleinen Eisdiele in der Hans-Mielich-Straße, vor der der Besitzer ein paar kleine runde Tische und weiße Plastikstühle zum Eisessen und Kaffeetrinken aufgestellt hatte. Meist waren alle Plätze besetzt, denn der Espresso dort schmeckte vorzüglich, genau wie das Eis, doch sie bekamen gleich einen freien Tisch in der Sonne. Max holte zwei Espressi und setzte sich damit zu ihr.

»Sie kannten Maria Spengler also. Ich bin übrigens der Max.« Er reichte ihr die Hand zum offiziellen Gruß.

»Freut mich, Max. Traudi Markreiter. Ich kannte sie sogar relativ gut.« Sie lächelte freundlich, aber nach wie vor zurückhaltend, ergriff seine Hand und schüttelte sie. »Schließlich arbeiteten wir seit Langem gegen diesen miesen Immobilienhai Woller zusammen. Und eine Nachbarin von mir war sie auch. Ihr Haus steht gleich rechts neben meinem.«

»Woller? Wer ist das? Will er etwa die Häuser in der Birkenau abreißen?«

»Ja. Er ist Bauunternehmer und Immobilienmakler. Und er will stattdessen neue, teure Eigentumswohnungen hinstellen. Seine Firma, die ›Woller GmbH‹ in der Innenstadt, ist nicht weit von der Frauenkirche, gleich gegenüber dem Bayrischen Hof am Promenadeplatz.«

»Danke schön, Traudi.« Er notierte ihre Angaben auf dem kleinen Notizblock, den er für solche Fälle immer bei sich trug. Die genaue Adresse würde er auf seinem neuen Handy mit Internetzugang nachschauen.

»Hatte Maria irgendwelche Feinde?« Er trank einen Schluck Espresso und verzog kurz verzückt die Mundwinkel. Ein wunderbares Getränk. Irgendetwas machten diese Italiener auf jeden Fall richtig, Herrschaftszeiten.

»Die Maria? Nie im Leben. Jeder hat sie gemocht. Sie war der reinste Engel.«

Auch Engel müssen anscheinend fallen, dachte er. »Aber irgendwer muss etwas gegen sie gehabt haben, sonst wäre sie nicht ermordet worden«, gab er danach laut zu bedenken. »Hatte sie eigentlich einen Freund?«

»Nicht, dass ich wüsste. Aber der Woller hatte etwas gegen sie. Ganz bestimmt. Dieses Schwein würde alle in der Initiative, glaube ich, am liebsten tot sehen.« Traudi platzte wütend mit ihrer Anschuldigung heraus. Sie ballte ihre Hände zu Fäusten und schüttelte mit einer ruckartigen Kopfbewegung ihre lockige rote Mähne nach hinten.

Die ist stocksauer, so viel steht fest, sagte sich Max. Wäre ich wohl auch an ihrer Stelle. Diese Immobilienfritzen zerstören überall nur noch den Wohnraum der Einheimischen und treiben sie damit aus der Stadt. Die sauteuren Eigentumswohnungen, die sie dann hinstellen, kann sich ein normaler Mensch gar nicht mehr leisten. Nur noch die Geldigen, die inzwischen aus aller Herren Länder nach München kommen, wegen der tollen Umgebung und der tollen Jobs. Ja mei, das ist wohl der Lauf der Dinge. Zumindest in so einem System, wie wir es haben, in dem es fast nur noch ums Finanzielle geht und sonst um nicht viel.

Aber wirklich fesch sieht sie aus, diese Traudi. Rote Locken, grüne Augen, Hammerfigur. Wenn ich zurzeit nicht so beziehungsgenervt wäre, könnte ich mir durchaus vorstellen, sie mal zum Abendessen einzuladen. Was Moni kann, das kann ich schon lange. »Na, dann werde ich mir den Herren mal vornehmen«, erwiderte er. »Maria hatte ähnliche Haare wie Sie. Haben alle Frauen in der Bürgerinitiative so schöne rote Haare?«

»Nein, nur Maria und ich.« Sie grinste verlegen. »Und Elli, meine andere Nachbarin in der Birkenau. Sie hat das Haus links von meinem. Auch von ihren Eltern geerbt, wie Maria und ich. Aber ich bin die einzige echte Rothaarige von uns dreien. Elli und Maria haben nachgeholfen.«

»Und gefärbt.«

»Ja.«

»Weil sie aussehen wollten wie Sie?«

»Wir waren einmal zusammen vorne beim Griechen und haben aus Gaudi überlegt, dass drei rothaarige Nachbarinnen doch mal was anderes wären.«

»Ist Elli auch bei der Bürgerinitiative dabei?«

»Logisch.«

»Aha.« Das war ja eine richtige Erbengemeinschaft bei denen. Früher musste man sich sein Eigenheim noch selbst vom Mund absparen. »Gut, dann sag ich vielen Dank, Traudi. Falls Ihnen noch etwas Wichtiges zu Frau Spengler einfällt, rufen Sie mich bitte an. Okay? Nette Turnschuhe übrigens.« Er zeigte auf ihre weißen Sneaker, trank rasch seine Tasse leer und reichte ihr lächelnd seine Visitenkarte.

»Danke für das Kompliment. Mache ich gerne«, erwiderte sie.

Hatte er da etwa so etwas wie Interesse an ihm durchgehört? Sie sah ihn auf einmal auch so seltsam an. So, als hätte sie gerade erst entdeckt, dass er eigentlich gar nicht so unattraktiv war. Trotz seines Katerschädels und seiner 50 plus. Sollte er sie vielleicht doch bei Gelegenheit einmal zum Essen einladen? Am besten gleich heute Abend? Warum nicht? Die Sache mit Monika war beendet, und er konnte ein bisschen Trost und menschliche Wärme gut gebrauchen, denn er war richtig fertig deswegen. Bestimmt hatte sie auch nichts dagegen einzuwenden, ein wenig über den Verlust ihrer Freundin hinweggetröstet zu werden. Aber war es andererseits nicht pietätlos, sie am selben Tag, an dem sie vom Tod ihrer Freundin erfahren hat, danach zu fragen? Egal. Was sollte es? Probieren ging über studieren.

»Äh, Traudi. Ich hätte da noch eine Frage …«

»Ja.«

»Dürfte ich Sie heute Abend zum Essen einladen?«

»Wie bitte?« Ihr Blick drückte nichts als pures Erstaunen aus.

»Ich würde gern mit Ihnen essen gehen.« Er legte seinen ganzen Charme in Stimme, Gesicht, Körperhaltung und Gestik.

»Ehrlich?«

»Ja.«

»Gern.« Sie lächelte erfreut.

»Und es ist, … ich meine, ist es auch in Ordnung wegen Maria?« Max konnte sehr einfühlsam und rücksichtsvoll sein. Monika wusste gar nicht, was für einen wertvollen Menschen sie da einfach so wegwarf.

»Ja. Wir haben uns zwar lang gekannt, Maria und ich, aber die dicksten Freundinnen waren wir nicht unbedingt. Das geht schon in Ordnung.« Sie legte ihre Hand auf sein Knie und blickte ihm lange in die Augen.

»Ja, … dann, äh, … super«, stammelte er überrascht. Da schau her. Sogar ans Knie fasst sie mir. Wie genial, er musste heute Abend nicht allein daheim oder in ›Rosis Bierstuben‹ oder beim kleinen Griechen drüben hocken. Und wie sie ihn anschaute. Als würde er ihr genauso gut gefallen wie sie ihm. Super. Da sah man wieder mal, dass die alten Spruchweisheiten immer zutrafen. Kaum schloss sich irgendwo eine Tür, ging irgendwo anders ein Fenster auf. Obwohl, arg jung war sie andererseits schon. »Ja gut, dann mach ich mich auf zu Woller. Und wir sehen uns heute Abend. Sollen wir zum Inder hinter der Isarbrücke gehen?«

»Gern.«

»Um sieben dort?«

»Sehr gern, Max.«

Sie standen auf und verabschiedeten sich mit Küsschen hier und Küsschen da. Wie auch sonst? Schließlich waren sie in München. Dann kehrte sie in ihre Metzgerei zurück, während sich Max Richtung Innenstadt entfernte.

Natürlich überfiel ihn unterwegs erneut der Seelenschmerz wegen Monika, schließlich waren sie lange Zeit zusammengewesen. Andererseits steuerte er aber sofort dagegen an, indem er sich sagte, dass es völlig sinnlos wäre, ihr hinterher zu weinen. So klar wie dieses Mal hatte sie ihm noch nie vor Augen geführt, dass sie immer nur machen würde, was sie wollte, und dass er deshalb von ihr keine Sicherheit in Bezug auf ihr Zusammensein zu erwarten hätte. Niemals. Bisher hatte er ihren unbändigen Freiheitswillen immer respektiert und akzeptiert, weil sie trotz allem eine Beziehung miteinander hatten, wenn auch eine offene. Diesmal jedoch erschien ihm alles in einem anderen Licht. Sie musste sich wirklich verliebt haben und wollte es ihm offensichtlich unbedingt auf die Nase binden. Ihr verdammter Ordnungs- und Ehrlichkeitszwang. Aber andererseits, besser so, als jahrelang hintergangen zu werden. Trotzdem, schöne Scheiße. Warum waren die Frauen nur so unberechenbar? Es schien doch gerade alles bestens zu laufen mit ihr und ihm.

Er überquerte die Wittelsbacher Brücke und warf dabei einen Blick auf die Surfer, die gleich nördlich davon seit Jahren eine hoch aufgetürmte Welle ritten. Die haben ihre Balance gefunden, dachte er. Zumindest solange, bis sie ins Wasser fallen. Dann gehen sie erst mal unter und müssen zusehen, dass sie das rettende Ufer erreichen. Danach folgt der nächste Versuch, bei dem sie sich bemühen, länger als vorher auf dem Brett stehen zu bleiben.

Alles war eins und eins war alles. Schon merkwürdig, wie sehr sich alles im Leben ähnelte. Man hätte glatt zum Philosophen werden können, wenn es nicht so endlos mühsam gewesen wäre, hinter die vielfältigen Geheimnisse des Daseins zu steigen. Denn kaum hatte man eine offenbarende Erkenntnis, wurde sie von einer neuen abgelöst. So war es doch. Oder?

9

Max hatte das Haus, in dem die ›Woller GmbH‹ das gesamte vierte Stockwerk belegte, gefunden und betrat durch die Glastür mit der Firmenaufschrift gegenüber dem Aufzug den Vorraum. Zielstrebig näherte er sich der blonden Dame im hellgrauen Kostüm, die gerade kopfüber in eine ihrer Schreibtischschubladen vertieft war. Einen guten halben Meter vor ihrem Empfangstresen blieb er stehen und räusperte sich. Daraufhin blickte sie zu ihm auf.

»Aber Sie, Sie, Sie sind doch ... die, die Marilyn«, stammelte er verwirrt. Alles hätte er hier erwartet, nur nicht die vermeintliche Prostituierte vom Viktualienmarkt, die ihm gestern Vormittag ihre Dienste angeboten hatte.

»Wie bitte?«, erwiderte sie mit hochgezogenen Brauen.

»Na, gestern. Viktualienmarkt. Muss ich noch mehr sagen?« Max verzog sein Gesicht zu einem kleinen Lächeln.

»Ach Gott, ja. Jetzt erkenne ich Sie wieder. Der hungrige Mann mit der Wurst«, platzte sie heraus. »Sie riechen heute gar nicht nach Erbrochenem. Schön. Was kann ich für Sie tun? Haben Sie mich etwa gesucht?«

»Gesucht habe ich Sie nicht. Und mein Geruch von gestern hatte Gründe, die ich Ihnen nicht erläutern muss. Ich sage nur so viel: K.-o.-Tropfen.« Er lief rot an, teils aus Wut, teils aus Verlegenheit. Ihr aufreizendes Grinsen ist genauso widerlich wie ihr ungewaschenes Mundwerk, dachte er. Besonders gut kann die Erziehung, die sie genossen hat, auf jeden Fall nicht gewesen sein.

»Aha«, quittierte sie seinen kleinen Vortrag, machte ein knallrotes Schmollmündchen und blickte ihn erwartungsvoll an.

»Ich hätte gern Herrn Woller gesprochen«, fuhr er in offiziellem Tonfall fort.

»In welcher Angelegenheit?«, kam es mindestens ebenso geschäftsmäßig von ihr zurück.

»Das würde ich ihm gern selbst sagen. Max Raintaler ist mein Name.« Er zückte seinen Detektivausweis und hielt ihn ihr hin.

»Ja, da schau her. Ein echter Privatdetektiv. Wenn ich das gestern schon gewusst hätte, Herr Raintaler, dann hätte ich mir mehr Mühe gegeben. Man sagt euch Jungs ja die tollsten Dinge im Bett nach.«

»Ach, wirklich? Tut man das?« Die ist doch nicht ganz dicht, schoss es ihm durch den Kopf. Macht mich schon wieder bloß bescheuert an und grinst dabei auch noch in einer Tour dreckfrech. Ist das hier am Ende vielleicht gar keine Baufirma, sondern eine getarnte Pornoproduktionsfirma? »Was ist nun mit Herrn Woller? Ist er da?«, fragte er mit ausdrucksloser Miene.

»Kleinen Moment, schöner Mann, ich sage ihm Bescheid.« Sie hob ihren Telefonhörer ab, während sie ihn weiterhin mit einer Mischung aus unverhohlener Unverschämtheit und offenkundiger Bereitwilligkeit zu so gut wie allem, das auch nur annähernd mit Sex zu tun hatte, angrinste.

Meine Herren, muss die es nötig haben, kam es ihm in den Sinn. Aber schon merkwürdig. So, wie sie aussah, konnte sie doch jeden x-beliebigen Deppen, der ihr über den Weg lief, ins Bett bekommen. Hatte sie vielleicht ein ganz anderes Problem? Zum Beispiel einen sauberen Hau an der Waffel? Amtlich vom Nervenkrankenhaus bestätigt? Es gab da doch diese offiziellen Wiedereingliederungsprogramme für psychisch Kranke. Egal. Ihr Bier. Hauptsache, er bekam seinen Termin bei Woller. Danach musste er sie nicht wiedersehen. Aber nichtsdestotrotz sah sie einfach hammerartig aus. Stiller Respekt zumindest dafür.

»Rainald? Hier ist ein Privatdetektiv, der dich sprechen will. – Was er will? Keine Ahnung. Mit dir sprechen, denke ich. – Gut, ich schick ihn rein.« Sie legte auf und zeigte auf die Tür links hinter ihrem Empfangspult. »Da geht's rein, Herr Detektiv. Meine Nummer haben Sie ja für alle Fälle. Okay?«, gurrte sie mit whiskygetränkter Stimmfarbe, schüttelte ihre schulterlange blonde Haarpracht und leckte sich lasziv über die Lippen.

»Danke«, erwiderte Max knapp. Die hat echt einen sauberen Vogel, sagte er sich. Aber einen ganz gehörigen. Herrschaftszeiten, was es nicht alles gibt. Er klopfte entschlossen an Wollers Tür und öffnete sie, nachdem er von innen die Aufforderung einzutreten vernommen hatte.

»Grüß Gott, Herr Woller. Raintaler mein Name«, stellte er sich vor, während er an den riesigen nussbraunen Schreibtisch des Bauunternehmers trat.

»Grüß Gott, Herr Raintaler. Setzen Sie sich doch, bitte. Was kann ich für Sie tun?« Der unglaublich beleibte, schwitzende Mann im dunklen Geschäftsanzug schnaufte wie ein Walross, als würde ihm das Sitzen an sich größte körperliche Anstrengung bereiten. Seine wenigen hellbraunen Haare hingen ihm tropfnass von der Halbglatze herab in die Stirn. Trotz seiner offenbar mehr als quälenden Atemnot brachte er es zustande, seine feuchten dicken Lippen zu schürzen und Max neugierig aus seinen kleinen dunkelbraunen Schweinsaugen anzusehen, nachdem dieser Platz genommen hatte.

»Ich arbeite gerade an einem Mordfall. Das Opfer ist eine gewisse Maria Spengler. Sie dürften sie kennen, hatten wohl schon einige Male mit ihr zu tun. Sie war Mitglied dieser Bürgerinitiative wegen der kleinen alten Häuser in der Birkenau in Untergiesing.«

»Maria Spengler? Die von der Bürgerbewegung?« Woller lief rot an, als würde er gerade das letzte Stück zum Zugspitzgipfel hinauf joggen. Dann wischte er sich mit einem weißen Stofftaschentuch, das er aus seiner Anzugjacke zauberte, über seine feucht schimmernde Stirn und das Gesicht. »Logisch kannte ich sie.« Er betrachtete nachdenklich die kleinen Staubflocken auf seinem Mousepad, die gerade von einem Sonnenstrahl zum Leuchten gebracht wurden. »Seit wann ist sie tot?«

Max konnte nicht sagen, ob sein Gegenüber von der Nachricht geschockt war oder ob sie ihn kalt ließ. Typisch Geschäftsmann halt, dachte er. So einer darf sich seine Gefühle nicht anmerken lassen, sonst geht er unter. »Sie wurde vorgestern ermordet.«

»Am Sonntag?«

»Ja.«

»Was ist passiert? Ich meine, wie …?

»Sie wurde erstochen.«

»Das tut mir leid, Herr Raintaler.« Woller hob bedauernd die Hände. »Aber was habe ich damit zu tun?«

Man hätte nicht sagen können, dass der Immobilienhai den bösen Blick hatte, aber angenehm war es auf keinen Fall, von ihm taxiert zu werden. Max konnte sich des Gefühls nicht erwehren, direkt vor einer Röntgenkamera zu stehen. Trotzdem ließ er sich nicht aus der Ruhe bringen. »Zunächst mal nichts, außer dass Sie ganz offensichtlich mit ihr verfeindet waren.«.

»Ach was, verfeindet. Papperlapapp. Gegner und Widerstände begegnen einem als Bauunternehmer immer wieder. Das ist ja gerade der Spaß an meinem Beruf. Aber deswegen bringt man doch niemanden um. Probleme lassen sich mit legalen Mitteln lösen, und mit Geld natürlich. Sie verstehen?« Während er sprach, katapultierte Woller einen Großteil der dicken Schweiß- und Spucketropfen, die zahlreich seine Unterlippe besiedelten, quer über seinen großen Schreibtisch hinweg. Direkt auf Max' schwarzes T-Shirt mit der Aufschrift ›Biertrinker‹.

»Natürlich verstehe ich. Mir ist durchaus bekannt, dass wir hier alle in einer Bananenrepublik leben. Ist ja auch ganz offensichtlich, schließlich laufen genug Affen herum. Auf allen Ebenen.« Max grinste unfreiwillig. Manchmal war man sogar mit den Ganoven dieser Welt einer Meinung.

»Köstlich, Raintaler. Den Spruch muss ich mir merken. Ich gebe Ihnen hundertprozentig recht. Affen und Volltrottel, wohin man schaut. Aber das Geld dieser Trottel soll in meinen Taschen landen, dann geht es mir gut.« Der Immobilienwirt und Bauunternehmer blies seine Wangen auf und prustete vergnügt los. Seine Augen verschwanden dabei völlig unter ihrer verfetteten Umgebung, und sein mächtiger Bauch samt der schwabbeligen Brust wackelte unter dem Anzug wie eine von Riesen zubereitete überdimensionale Götterspeise. Max fragte sich währenddessen ernsthaft, ob man hier im Büro wohl ein paar zusätzliche Stahlträger in den Boden eingezogen hatte, bevor der Bautycoon es beziehen durfte.

»Sie hatten also nichts gegen Frau Spengler?«, hakte er nach, sobald sich sein Gegenüber wieder beruhigt hatte.

»Natürlich hatte ich etwas gegen Sie. Wie gegen alle Affen und Äffchen dieser Bürgerinitiative, um bei unserem schönen Bild zu bleiben. Aber deshalb bringe ich, wie bereits gesagt, niemanden um.«

»Aber im Weg sind Ihnen die Leute. Und Maria Spengler war Ihnen ein besonderer Dorn im Auge, weil sie von Anfang an in der Initiative dabei war. Stimmt's?« Je länger Woller abstritt, etwas mit Marias Tod zu tun zu haben, umso mehr glaubte Max, dass es doch möglich sein konnte. Leute wie Woller waren professionelle Lügner. Die wussten genau, wie sie mit einer Befragungssituation umzugehen hatten. Nur eins wusste der fettleibige Firmenchef nicht. Nämlich, dass Max das als ehemaliger Kriminalhauptkommissar auch wusste.

»Ihre Antwort haben Sie bereits, Herr Detektiv.« Woller setzte ein ernstes Gesicht auf. Er verschränkte seine dicken Wurstfinger vor seinem Bauch. Für ihn war das Gespräch damit wohl am liebsten beendet.

»Wo waren Sie vorgestern Abend?« Max ließ nicht locker. Irgendwas stimmt nicht an dem Burschen, spürte er, so viel ist sicher. Fragt sich nur, was genau er zu verbergen hat. Wirklich den Mord an Maria? Oder hat er Angst davor, dass man ihm bei einer anderen Gaunerei auf die Schliche kommt?

»Ich wüsste zwar nicht, was Sie das angeht, aber egal. Vorgestern Abend war ich mit Frau Sandhorst zuerst in der Oper und dann noch bei mir zu Hause in Grünwald.«

»Und wer ist Frau Sandhorst?«

»Sie kennen sie.«

»Nicht, dass ich wüsste.« Max kratzte sich am Hinterkopf. Wollte der Kerl ihn jetzt auch noch vorführen?

»Meine Vorzimmerdame, Frau Gesine Sandhorst.«

»Ach, Gott, richtig. Stimmt ja.« Max erinnerte sich an die Visitenkarte, die immer noch auf seinem Badezimmerschränkchen lag. Herrschaftszeiten, was wollte die denn nur von diesem Unsympathen? Sie musste wirklich einen kompletten Hau haben. Jetzt war es sozusagen offiziell.

»Dann darf ich sie wohl auch fragen, ob sie mir Ihre Aussage bestätigt?«

»Natürlich, Herr Raintaler. Jederzeit. So, jetzt muss ich aber weitermachen. Affen und Äffchen abzocken, Sie verstehen?« Woller lachte scheppernd und deutete auf die Tür. »Machen Sie's gut.«

Die Audienz war endgültig vorüber. Max erhob sich von seinem Stuhl und verabschiedete sich. Im Vorraum angekommen näherte er sich noch einmal Frau Sandhorsts Empfangstresen.

»Eine letzte Frage hätte ich noch, Frau Sandhorst«, begann er, sobald er bei ihr angekommen war.

»Oh, so förmlich. Hat Ihnen der Chef meinen Namen verraten? Oder haben Sie zu Hause etwa meine Visitenkarte studiert? Nur zu, Herr Detektiv. Geht es um meine Oberweite?«

»Nein.« Max verdrehte genervt die Augen. Nicht zu fassen, dachte sie eigentlich auch mal an etwas anderes. »Ich würde gern wissen, wo Sie vorgestern Abend waren.«

»Das würde so mancher gern wissen. Und wo ich heute und morgen Abend bin, sicher auch. Meinen Sie nicht?«

Sie klimperte mit den Wimpern und machte erneut ihr hübsches Schmollmündchen.

»Ganz bestimmt, Frau Sandhorst. Aber vorgestern, das wäre mir wirklich wichtig. Wo waren Sie da?«

»Na gut, Herr Detektiv, wenn es Ihnen so wichtig ist. Ich war mit Rainald in der Oper und dann noch bei ihm in Grünwald.«

»Aha. Also stimmt es?« Unwillkürlich stellte sich Max Woller nackt vor und starrte sie fassungslos an.

»Sicher. Bei all seinem Gewicht hat der gute Wabbel-Rainald nämlich durchaus große Qualitäten als Liebhaber, müssen Sie wissen.« Sie deutete anzüglich grinsend auf Max' Schritt.

»So, muss ich das? Danke, Frau Sandhorst. Ich melde mich wieder, falls ich noch etwas wissen will.« Er musste hier raus. Gegen seinen Willen drängten sich seinem inneren Auge bereits wilde Bettszenen mit ihm und Gesine Sandhorst in der Hauptrolle auf. Schon verrückt, wie das männliche Unterbewusstsein funktionierte. Eigentlich war ihm ihre ganze überdrehte leicht vulgäre Art eher unangenehm, aber Sex mit ihr wäre anscheinend trotzdem eine mögliche Option für ihn gewesen. Es stimmte wohl doch, dass alle Männer rein schwanzgesteuert waren, wie es immer hieß. Bisher hatte er immer gedacht, er wäre diesbezüglich eine Ausnahme. So gründlich konnte man sich also täuschen, sogar in sich selbst. Herrschaftszeiten aber auch.

»Alles klar, Herr Kommissar. Geil, diesen Satz wollte ich schon immer mal sagen.« Sie lachte herzhaft und zeigte dabei zwei makellose Reihen weiß blitzender Zähne. »Machen Sie's gut und achten Sie immer auf Ihr Getränk.«

»Was?«

»K.-o.-Tropfen?«

»Ach so. Ja, ja. Wiederschauen.«

Dieser Woller kann mir erzählen, was er will, aber ich glaube ihm nicht, resümierte Max, als er unten auf dem Promenadeplatz ankam. Ganz bestimmt wollte er die Spengler liebend gern loswerden. Aber hat er sie wirklich umgebracht oder umbringen lassen? Oder verbirgt er irgendetwas anderes? An dem Burschen bleibe ich auf jeden Fall dran. Mal schauen, ob mir seine durchgeknallte Empfangsdame mehr über ihn verraten kann. Da muss ich wohl doch bald in den sauren Apfel beißen und mit ihr essen gehen. Im Büro redet sie sicher nicht über ihren Chef, noch dazu, weil sie offenbar mit ihm in die Kiste springt. Na ja. Rein körperlich ist sie ja auch eine echte Wucht. Aber das Gehirn will halt ebenfalls Nahrung, ein bis zwei Brosamen sollten da schon drin sein. Doch, doch. Ganz bestimmt. Zwei sollten es sein. Oder wenigstens einer. Mindestens.

10

»Servus, Josef. Max hier.«

»Servus, alter Freund, wie geht's?«

»Viel besser.«

»Super.« Josef klang ehrlich erfreut und erleichtert. Gute Freunde wie er waren halt einfach unbezahlbar.

»Pass auf, Josef. Ich ruf bei dir an, weil du gesagt hast, du wärest neuerdings an Kriminalfällen interessiert.« Max hielt sein Handy näher ans Ohr, damit er seinen Freund und Vereinskameraden beim FC Kneipenluft besser verstehen konnte. Der Straßenlärm auf dem Stachus war nahezu unerträglich.

»Ja, schon.«

»Ich bräuchte deine Hilfe. Sonst habe ich meine Fälle immer mit Franzi und Moni durchgesprochen, aber beides ist im Moment nicht möglich. Können wir uns deswegen im Biergarten treffen?«

»Wann?«

»In einer Stunde?«

»Wo?«

»Augustiner in der Arnulfstraße, am Eingang.«

»Okay. Bis gleich. Ich habe heute eh nichts anderes vor.«

»Bis gleich. Danke, Josef.« Max legte auf. Wenigstens einer hielt noch zu ihm. Außerdem schadete es dem arbeitsscheuen Millionenerben Josef sicher nicht, wenn er auch mal etwas zu tun bekam. Das mit der Fallbesprechung war nur die halbe Wahrheit gewesen. Er wollte Josef vor allem auch treffen, um ihm die Sache mit Monika zu erzählen. Das ganze Theater mit ihr machte ihm gehörig zu schaffen. Vielleicht hatte sein alter Schulspezi ja einen Tipp für ihn, oder er würde einfach bloß zuhören, während Max ihm sein Leid klagte. Das wäre im Moment auch schon viel wert gewesen. Allein wurde er mit der Sache im Moment auf jeden Fall nicht fertig.

Er machte sich in Richtung Biergarten auf. Bei normalem Tempo wäre er bereits in einer knappen Viertelstunde dort. Deshalb ließ er sich Zeit, schaute sich die Leute an, die ihm entgegenkamen und blieb immer mal wieder vor einem der zahlreichen Schaufenster am Straßenrand stehen.

»Hast du mal einen Euro, Alter.« Ein vollbärtiger Mann in versifftem, löchrigem T-Shirt und abgewetzter Hose stand vor ihm und blickte ihn Mitleid heischend an. Seine Augäpfel hatten die Farbe von Quitten, und die wenigen Haare auf seinem Kopf hingen vollständig verfilzt und eingestaubt bis zu seiner Nasenspitze hinunter. Er schielte leicht.

»Nein, leider.« Max machte einen Schritt zur Seite, damit er ihn nicht anrempelte, und schlenderte weiter. Irgendeinen Bettelbaron reich machen, das wäre ja noch schöner. Diese Burschen hatten doch alle eine Villa in Grünwald und einen Jaguar in der Garage oder sie gehörten zu einer professionellen Gang. Da wäre man ja blöd, wenn man denen etwas geben würde. Verdammte Gauner.

»Verflucht sollst du sein, Max Raintaler«, hörte er es hinter sich.

»Was war das?« Er hielt an, drehte sich um, ging auf den heruntergekommenen Tippelbruder zu und baute sich vor ihm auf. »Was hast du da gerade gesagt?«

»Verflucht sollst du sein, Max Raintaler.« Der Mann reckte ihm trotzig sein Kinn entgegen und starrte ihm furchtlos in die Augen.

»Woher weißt du, wie ich heiße?« Max blickte ihn verwirrt an. Wer mochte dieser abgehärmte Kerl nur sein? Einer von den Burschen, die er zu seiner Dienstzeit dingfest gemacht hatte? Jemand, mit dem er sich einmal privat angelegt hatte? Irgendetwas an ihm kam ihm bekannt vor, aber er konnte beim besten Willen nicht genau sagen, was.

»Schule.«

»Was ›Schule‹?« Max merkte gerade selbst, dass sein Ton unnötig barsch war. Er versuchte es mit einem flüchtigen Lächeln wieder gutzumachen.

»Ich kenne dich von der Schule her, Max Raintaler. Erinnerst du dich nicht an mich?« Der Mann stank unerträglich aus dem Mund, sobald er ihn aufmachte. Nach Eiter, Knoblauch und billigem Fusel.

»Nicht, dass ich wüsste. Was soll denn das für eine Schule gewesen sein?«

»Die Volksschule in Sendling, Max. Nicht weit vom Lokal deiner Eltern. Du hast mich doch oft genug zum Mittagessen in eure Wirtschaft mitgenommen. Na, klingelt's jetzt?« Der Bettler kratzte sich ausgiebig am Kopf. »Deine Mutter war eine so großzügige Frau, und ihr Sohn ist anscheinend ein so hartherziger Mensch geworden, dass er nicht einmal einen Euro für einen armen Schlucker wie mich übrig hat.«

Wer zum Teufel war dieser Kerl bloß? Warum musste er Max ausgerechnet heute über den Weg laufen, wo es ihm sowieso schon so dreckig ging? Offensichtlich hatte sich das Schicksal gegen ihn verschworen. Die Götter zürnten ihm und ließen ihre Strafe auf dem Fuße folgen. Aber was hatte er getan? Womit hatte er die ganze Scheiße in den letzten zwei Tagen verdient? Schlechtes Karma? Böse Geister? So angestrengt er auch nachdachte, es kam ihm kein einziger wirklich überzeugender Grund in den Sinn. Gab es am Ende gar keine Götter? Da fiel es ihm auf einmal wie Schuppen von den Augen.

»Willi? … Wilhelm Breitensteiner? Bist du das etwa?«, erkundigte er sich zögernd und sah noch einmal etwas genauer in das zerknitterte Antlitz seines Gegenübers.

»Genau der bin ich, Max. Der kleine Willi, der dich früher so bewundert hat. Du warst immer wie ein großer Bruder für mich. Deine Eltern hatten Geld, im Gegensatz zu meinen. Du hattest ein eigenes Zimmer und hast mich oft zu dir nach Hause zum Spielen mitgenommen.« Willi gab seine aggressive Körperhaltung auf und lächelte stattdessen ein schüchternes, fast zahnloses Lächeln. Er hielt Max seine verschmutzte schrundige Hand hin. Max überwand seine anfängliche Abscheu und ergriff sie.

»Ja, Herrschaftszeiten, Willi. Was hast du denn angestellt? Du siehst ja furchtbar aus«, platzte es aus ihm heraus. »Ich dachte immer, du hättest diese erfolgreiche Reinigungsfirma, diese ›Heinzelwichtel GmbH‹.«

»Die hatte ich auch. Bis vor fünf Jahren.«

»Was ist passiert?«

»Es lief alles super. Dann habe ich mich an der Börse verspekuliert, kurz darauf war meine Frau weg, Kinder hatten wir keine, dann musste ich wegen der Schulden mein Haus in Trudering verkaufen, mein Auto ebenso, wenig später Offenbarungseid, und jetzt bin ich hier.«

Willi zeigte ins betriebsame Rund der schönen ›Weltstadt mit Herz‹, die Schicksale wie seins ohne Weiteres zuließ, frei nach dem Motto: Irgendwer muss die Arschkarte schließlich ziehen, damit es dem Rest gut geht. In Afrika waren das seit Jahrzehnten die einheimischen Afrikaner, die nicht zur Königsfamilie gehörten, und in Deutschland eben die Obdachlosen und Hartz 4-Empfänger.

»So schnell geht das? Wieso hast du dir denn keinen Notgroschen zurückgelegt?« Max erinnerte sich nun wieder genau an seinen alten Freund. Sie hatten sich bald nach der Schule aus den Augen verloren, aber waren dennoch lose in Kontakt geblieben. Bis vor ungefähr fünf Jahren.

»Hat alles meine Frau. Bevor sie ging, hat sie sämtliche Konten leergeräumt.«

»Also, der Klassiker.« Max schüttelte ungläubig den Kopf.

»Genau. Das Übliche, was vielen der Jungs hier auf der Platte passiert ist.«

»Wie kann ich dir helfen, Willi? Du brauchst doch dringend anständige Kleider und was zum Schlafen.« Max runzelte besorgt die Stirn. Dieses Häuflein Elend vor ihm musste auf jeden Fall erst mal wieder anständig hochgepäppelt werden. Er konnte Willi unmöglich so hier stehen lassen. Alte Freunde ließ man nicht im Stich. Man hieß ja schließlich nicht Franz Wurmdobler, sondern Max Raintaler.

»Es reicht mir, wenn du mir einen Euro gibst, Max. Und wenn du dir die Leute, die dich um Geld anhauen, in Zukunft etwas genauer anschaust. Nicht alle sind Ganoven. Die meisten von uns haben wirklich nichts.« Willi fixierte Max mit dem rechten Auge. Oder war es das linke?

Egal. Er würde ihn auf jeden Fall sehen. Früher war es nicht anders gewesen. Nur merkwürdig, dass er die Sache mit den Augen nicht längst hatte operieren lassen. Als er noch Geld hatte natürlich. Das wäre doch sicher kein so großes Problem gewesen. Was sollte es? Im Moment gab es Wichtigeres.

»Blödsinn, einen Euro bekommst du nicht von mir. Du brauchst neue Klamotten, ein gründliches Bad, neue Zähne und ein Dach über dem Kopf. Und das gehen wir jetzt an. Ich ruf nur schnell Josef an, dass ich nicht in den Biergarten kommen kann. Moment.«

»Meinst du etwa den Josef Stirner?« Willi machte große Augen.

»Genau. Den Josef, der zwei Bänke hinter mir saß«

»Und was ist mit dem Franzi? Dem Wurmdobler? Lebt der noch?«

»Ja, aber auf den bin ich zurzeit nicht gut zu sprechen.« Max verzog das Gesicht kurz zu einer finsteren Grimasse.

»Warum? Ihr wart doch immer die besten Freunde.«

»Unsere Freundschaft pausiert gerade. Aber jetzt lass mich endlich telefonieren.«

Er erwischte Josef gerade dabei, als der sein Haus verlassen wollte, um wie verabredet in den Biergarten zu radeln. Max erklärte ihm, dass er nun doch nicht kommen könne, ihn aber morgen Vormittag wieder anrufe, und eine Überraschung hätte er ihm dann auch noch zu präsentieren.

»So, und wir zwei gehen jetzt erst mal zu mir, und da stellst dich unter die Dusche und bekommst frische Klamotten von mir. Die Größe müsste ungefähr passen«, wandte er sich mit einem kurzen prüfenden Blick an Willi, als er aufgelegt hatte. Er war fest entschlossen, auf der Stelle Gutes zu tun und seinen alten Schulkameraden zu retten, komme, was da wolle.

»Ich weiß nicht, Max …« Willi kaute unentschlossen mit den beiden verbliebenen, gelblich-braunen oberen Schneidezähnen auf seiner verkrusteten Unterlippe herum.

»Was weißt du nicht?« Max war bereits wild entschlossen ein Stückweit vorausgegangen. Jetzt drehte er sich noch einmal um.

»Ich habe mich so an das freie Leben hier auf der Straße gewöhnt. Ich glaube, in einer Wohnung würde ich mich eingesperrt fühlen.« Willi blickte nicht unbedingt drein wie jemand, der gerade aus der Hölle gerettet wurde. Im Gegenteil. Seine gesamte Körperhaltung erinnerte eher an einen zum Tode Verurteilten, der dorthin verbracht werden sollte.

»Eingesperrt? Geh, Schmarrn. Eingesperrt wirst du im Gefängnis. Wie ich vorgestern Nacht. Aus einer Wohnung kommst du doch jederzeit wieder heraus.« Max schüttelte verständnislos den Kopf.

»Stimmt schon, aber trotzdem. Ich glaube nicht, dass ich das will. Danke, aber nein.«

»Hör schon mit dem Schmarrn auf. Ich helfe dir, und dann wird alles wieder besser.«

»Aber es ist alles gut so, wie es ist. Glaub es mir. Ich möchte frei und unabhängig bleiben, wie die Wolken da oben. Und wie der Wind.« Willi erhob stolz sein Haupt. Er zeigte mit der Hand in den Himmel.

»Willst du mir jetzt vielleicht noch erzählen, dass es so romantisch auf der Straße ist? Herrschaftszeiten, Willi, ich biete dir ein Dach über dem Kopf, warmes Essen und ein Zimmer. Und ansonsten kannst gehen, wohin du willst, und kommen, wann du willst. Ums Geld musst du dir erst mal keine Sorgen machen. Das kriegen wir schon irgendwie hin.« Max wusste, dass er zumindest eine Zeitlang für Willi mitaufkommen konnte. Sein Erbe von Tante Isolde und seine Pension reichten dafür gerade aus. Wenn nicht, würde er halt wieder öfter mal als Musiker auftreten und etwas dazuverdienen. Das hatte er schließlich lange genug gemacht. Damals, in seiner Zeit als Kripobeamter und bereits davor, während des Studiums. Außerdem musste Willi über kurz oder lang auch wieder etwas arbeiten. Ihn dazu zu motivieren würde zwar bestimmt schwierig werden. Aber versuchen musste man es allemal.

»Ein Zimmer sagst du. Ganz für mich allein?« Willi kratzte sich erneut ausgiebig. Diesmal nicht nur am Hinterkopf, sondern auch im Nacken und an der Brust.

»Logisch. Bei meiner Nachbarin ist letzte Woche eins frei geworden. Sie hatte es an einen Griechen vermietet, der wieder nach Hause gefahren ist.« Max klopfte seinem alten Schulfreund aufmunternd auf die Schulter. Aber vorher besorgen wir dir ein Entlausungsmittel, dachte er währenddessen.

»Und ich kann kommen und gehen, wann ich will?«

»Logisch.«

»Gut, ich überleg es mir. Danke.« Willi ergriff erneut Max' Hand. Er schüttelte sie ausgiebig. »Aber jetzt muss ich erst mal ein paar Freunde treffen, und meine Sachen holen muss ich auch. Das geht alles nicht so schnell. Kann ich dich morgen anrufen?«

»Logisch. Kein Problem. Wir können aber auch gleich

zu mir gehen.« Max wunderte sich darüber, dass sich sein völlig verwahrloster alter Freund mit seinem Rettungsangebot so schwer tat. War der Mensch wirklich so ein Gewohnheitstier, dass er sogar kaum von der Straße wegzuholen war, wenn er sich erst einmal daran gewöhnt hatte? Bei Willi sah es jedenfalls ganz so aus. Er gab ihm seine Visitenkarte.

Willi steckte sie ein. »Ich ruf dich auf jeden Fall an, Max. Versprochen.«

»Alles klar. Nimm vorerst wenigstens mal das hier.« Max zog einen Fünfziger aus seiner Brieftasche.

»Aber das ist viel zu viel.« Willi blickte unentschlossen auf den Schein vor seiner Nase.

»Passt schon. Nimm es ruhig. Und ruf mich auf jeden Fall morgen an. Okay?«

»Mach ich. Danke noch mal.« Willi hielt freudestrahlend den Geldschein in die Höhe, steckte ihn aber gleich darauf schnell in seine Hosentasche zu Max Visitenkarte, bevor ihn eventuell noch einer der zahlreichen Taschendiebe sah, die sich nur allzu gern hier in der Innenstadt herumtrieben. Dann drehte er sich um und schlurfte hinkend davon.

»Der Willi – das hat er nicht verdient«, murmelte Max, während er sich nun doch noch zum Biergarten beim Hauptbahnhof aufmachte. Wo hätte er momentan auch sonst hingehen sollen? Zu Hause wartete niemand auf ihn, mit Monika war Schluss, und in seinem Mordfall würde er sich nach der Pleite bei Woller erst einmal eine Strategie zurechtlegen müssen, bevor er sinnvoll weitermachen konnte. Und seinen K.-o.-Tropfen-Täter würde er ebenso gut morgen noch suchen können oder der fand ihn, je nachdem. Außerdem war das Wetter traumhaft. Wenn das alles keine handfesten Gründe für ein oder zwei schöne Maß waren, was dann. Josef würde er nicht erneut anrufen. Der würde ihn sicher für verrückt erklären, wenn er ihm mitteilte, dass er nun doch Biertrinken ging. Außerdem saß der muntere Sunnyboy mit dem Riesenschnauzbart bestimmt längst irgendwo anders in der Sonne.

Merkwürdig ist es aber schon, dass sich der Willi so gehen hat lassen in den letzten Jahren, kam es ihm in den Sinn, während er in die Arnulfstraße einbog. So etwas tut man doch nicht. Da könnte sich ja jeder einfach so durchs Leben treiben lassen. Da reißt man sich halt zusammen und dann heißt es: Augen zu und durch. Ich lauf schließlich auch nicht von Angst gepeinigt durch die Gegend. Obwohl ich allen Grund dazu hätte, nach den zwei Anschlägen auf mich. Schließlich kann es mich jederzeit wieder erwischen.

11

»Ja, Josef. Was machst du denn hier?« Max hatte sich eine gut eingeschenkte Maß Bier an der Schenke geholt und war gerade dabei gewesen, sich einen Platz im bunten Gewurl des riesigen Biergartens gleich hinter dem Rundfunkhaus zu suchen, als er Josef an einem kleinen runden Tisch, nicht weit vom Eingang entfernt, entdeckte. Alle Stühle um ihn herum waren noch frei.

»Ich war auf dem Weg in den Biergarten, also bin ich auch hingefahren. Es gibt schließlich noch andere Leute außer dir, die man treffen kann.«

»Man sieht's.« Max deutete auf den leeren Tisch und grinste. »Darf man Platz nehmen?«

»Logisch. Und wieso kommst du jetzt auf einmal doch noch daher?« Josef zog sein beigefarbenes Leinensakko aus, das er wie üblich zu weißem T-Shirt und Jeans trug, und hängte es über seine Stuhllehne.

»Das sag ich dir gleich. Aber vorher musst du erraten, wen ich gerade getroffen habe.« Max machte ein geheimnisvolles Gesicht, während er sich neben seinem Freund und Vereinskameraden niederließ.

»Keine Ahnung. Bin ich Hellseher?« Josef zwirbelte seine Schnurrbartenden, damit sie besser in die Höhe standen.

»Den Willi Breitensteiner aus der Volksschule. Kannst du dich noch an ihn erinnern?«

»Nein. Wer soll das sein?« Josef zuckte nur mit den Schultern.

»Na, der Willi. Er hat dir, glaub ich, mal die Luft aus

dem Reifen gelassen, weil du ihn nicht beim Fußball mitspielen lassen wolltest.«

»Ach, der? Der freche Willi? Der mit den armen Eltern?«

»Genau der.« Max hob seinen Krug. Sie stießen erst einmal an und tranken.

»Und wie geht's ihm, dem Willi?«, erkundigte sich Josef, nachdem er sich mit dem Handrücken den Schaum vom Mund und aus dem Bart gewischt hatte.

»Nicht so gut.«

»Ist er krank?«

»Kann man so sagen. Er macht die Platte, wie es so schön heißt.«

»Er ist im Musikgeschäft? Das hätte ich ihm gar nicht zugetraut.« Josef schob anerkennend die Unterlippe nach vorn.

»Falsch, Josef. Er lebt auf der Straße.« Max setzte ein ernstes Gesicht auf. »Das nennt man so, die Platte machen.«

»Ohne Schmarrn?«

»Ohne Schmarrn. Wenn du mich fragst, ist er ein ganz armer Hund.«

»Aha. Ja, logisch. Glaube ich gern.«

»Ich habe ihm meine Nummer gegeben, damit er mich morgen anruft. Er könnte bei meiner Nachbarin wohnen. Aber er will nicht in einer Wohnung eingesperrt sein.«

»Und was machst du da jetzt?«

»Eigentlich wollte ich gleich mit ihm zu mir nach Hause fahren, deswegen habe ich dich auch angerufen und gesagt, dass ich nicht kommen kann. Aber dann hat er auf einmal das Weite gesucht.« Ich bin gespannt, ob Willi auch wirklich anruft, dachte Max. Am Ende säuft er sich mit meinem 50er so zu, dass er sich gar nicht mehr an unser Treffen erinnert. Zuzutrauen wäre es ihm, so wie er ausgesehen hat. »Ich glaube, dass er lieber unter freiem Himmel weiterleben will.«

»Auch im Winter?«

»Schätze schon.«

»Aber das ist doch viel zu kalt.«

»Finde ich auch.«

»Dann soll er halt zu mir ins Gartenhäuschen ziehen«, meinte Josef. »Da ist er unabhängig und hat den freien Himmel gleich vor der Haustür.«

»Das würdest du machen?« Max sah ihn erstaunt und erfreut zugleich an. Er war also nicht der Einzige, der sich um andere sorgte. Beruhigend. Gerade in der heutigen Zeit, in der doch sonst jeder nur an sich dachte, wie zum Beispiel Monika mit ihrem Gordon. Oder Franzi, der seinen besten Freund hinter Gitter brachte, nur weil er Angst um seinen Job hatte. Wahrscheinlich hatte er dabei schon die Schlagzeile vor Augen gehabt, der Volldepp: ›Hauptkommissar fängt mordenden Exkollegen‹.

»Logisch, Max. Ich habe Platz genug, und alten Freunden hilft man nun mal.«

»Ja, genial. Ich sag ihm Bescheid, wenn er mich morgen anruft.« Um eine Zentnerlast erleichtert, strahlte Max übers ganze Gesicht. Gott sei Dank. Er hätte Willi den Schlafplatz bei den Bauers zwar vermittelt, das war man einem alten Freund schließlich schuldig, wie Josef gerade gesagt hatte. Aber ein richtig gutes Gefühl hätte er nicht dabei gehabt. Immerhin lebte sein Klassenkamerad aus der fernen Vergangenheit seit Jahren auf der Straße. Da spielten mangelnde Hygiene und Alkoholexzesse sicher eine große Rolle. Am Ende lud er noch seine verlausten Kumpels zu irgendwelchen Gelagen auf sein Zimmer ein. Das war der alten Frau Bauer, die sofort jeden Krümel von ihrer Fußmatte im Treppenhaus kratzte, eigentlich nicht zuzumuten, wenn man es genau betrachtete. Außerdem würde Willi bestimmt zu allen möglichen Tages- und Nachtzeiten bei ihm klingeln, weil er entweder Gesellschaft, Geld oder etwas zu trinken brauchte, was erst recht eine mittlere Katastrophe gewesen wäre. Bei Josef dagegen wäre das etwas ganz anderes gewesen. Der Thalkirchner Sunnyboy und Millionenerbe hatte genug Geld, und in seinem Gartenhäuschen würde Willi niemanden stören. Sollte er dort Ungeziefer einschleppen, würde man die Hütte zur Not einfach abbrennen und eine neue hinstellen. Aber aus einem großen Mietshaus brachte man das Getier doch nie wieder raus. Das kroch doch durch alle Ritzen, und ruckzuck krabbelte es in jeder Wohnung herum.

Sie stießen erneut an und tranken jeder einen großen Schluck. Herrlich war es wieder einmal im Augustinergarten mitten in der Stadt. Man saß, vor der Sonne geschützt, im Schatten der uralten Kastanien, und das Bier vom Fass schmeckte so, wie nur Bier vom Fass schmecken konnte: einfach köstlich. Geschäftsleute, Studenten, Touristen, Einheimische, Kleine, Große, Dicke, Dünne, Glattrasierte, Bärtige, Alte, Junge, Frauen, Männer, Mädchen, Burschen lachten und schwatzten durcheinander oder schauten einfach nur vor sich hin. Nahezu alles, was die menschliche Natur an Variationen zu bieten hatte, war hier anzutreffen.

Gleich beim Eingang hatte Max sogar einen Eskimo gesehen. Oder war es ein Indianer gewesen oder einer aus der Mongolei? Das hätte natürlich ebenso gut sein können. Egal. Was sollte es? So genau nahm man es hier sowieso nicht mit der Herkunft. Entweder einer war ein ganzer Kerl und in Ordnung oder er war ein Depp. Weitere Unterschiede wurden normalerweise erst einmal nicht gemacht. Es sei denn, ein Auswärtiger kam den Einheimischen überheblich und neunmalgescheit. Das mochte man gar nicht. Da konnte es dann unter Umständen sogar richtig ungemütlich werden in der ansonsten urgemütlichen bayrischen Idylle.

»Wenn es das Bier nicht gäbe, müsste man es glatt erfinden«, meinte Max, nachdem ihre Krüge wieder auf dem Tisch gelandet waren. »Jetzt aber zu meinem Fall, okay?«

»Logisch. Deswegen sind wir ja hier, zum kriminellen Denken.«

»Kriminalistisch, Josef. Kriminell sind die Bösen.«

»Ach so, logisch, auch gut.« Josef sah ihn gespannt an.

»Also pass auf, Folgendes ist passiert. Eine Frau wurde in Giesing ermordet. Eine gewisse Maria Spengler. Mit einem Messerstich in den Hals.«

»Die, über die du vorgestern auf deinem Heimweg gestolpert bist und wegen der dich Franzi eingesperrt hat. Richtig?«

»Richtig. Die, wegen der mich der Herr Volldepp Wurmdobler in die Zelle gesteckt hat. Sie war Mitglied einer Bürgerinitiative, die sich gegen einen Immobilien- und Bautycoon vom Promenadeplatz zur Wehr setzt. Er heißt Woller, will halb Untergiesing plattmachen und neu aufbauen, damit er dort teure Eigentumswohnungen verkaufen kann, soweit ich das bis jetzt mitbekommen habe. Er hat aber ein Alibi für die Tatzeit. Rate mal, wer es ihm gibt?«

»Keine Ahnung. Bin ich Jesus?«

»Bist du nicht, aber ich hoffe, du liebst mich trotzdem.«

»Genauso wie den lieben Gott, Max. Nur seine Stellvertreter auf Erden mag ich nicht.«

»Tja, einige dieser Herren tragen einfach zu viel Liebe im Herzen. Vor allem für unschuldige Knaben.« Max grinste grimmig. Sachen gibt's, die gibt es eigentlich gar nicht, dachte er kopfschüttelnd. Nur noch widerlich solche Typen. Man sollte sie bis zum Sankt Nimmerleinstag wegsperren. Ohne Bibel und ohne Kreuz. Und vor allem ohne Messwein. Das wäre eine echte Strafe.

»Eben. Und wer ist es nun?«

»Wer ist was?«

»Wer gibt dem Baulöwen ein Alibi?«

»Ach so. Die Blondine vom Gärtnerplatz, Gesine Sandhorst. Gesine! Hammername, oder?«

»Die von gestern?«

»Genau.«

»Wie klein die Welt doch ist.« Josef verzog erstaunt und amüsiert zugleich die Mundwinkel.

»Das kannst du laut sagen.«

»Und die hat was mit diesem Woller?«

»Exakt.« Max schlug mit der flachen Hand auf den Tisch.

»Aha. Aber da hat sie doch bestimmt Sex mit ihm. Was wollte sie dann von dir?«

»Keine Ahnung, Josef. Vielleicht genügt er ihr nicht. Obwohl er gut doppelt so viel wiegt wie ich.«

»Kann natürlich auch sein.«

Der nächste Schluck Bier war fällig. Bei anstrengenden Gesprächen musste immer auf Flüssigkeitsnachschub in der Kehle geachtet werden. Am Ende wurde man sonst noch heiser. Das wussten die beiden Urmünchner bereits seit dem Gymnasium. Schon damals hatten sie besonders bei heißem Wetter, wie einige ihrer besten Freunde, oft genug regelmäßige erfrischende Biergartenbesuche der ermüdenden Teilnahme am Unterricht vorgezogen.

»Mein einziger Verdächtiger hat also ein Alibi, Josef. Außerdem hat mich gestern auch noch jemand ausgeknockt, nachdem du mich heimgebracht hattest.«

»Was? Wo denn? Wer tut denn so was? Den machen wir fertig.« Josef straffte mit einem Ruck seinen Oberkörper.

»Oben vor meiner Haustür. Keine Ahnung wer es war. Der Typ, der mir die K.-o.-Tropfen verpasst hat, vielleicht.« Max hob – diesbezüglich absolute Unwissenheit bekundend – die Arme.

»Also hast du es gerade mit zwei Ganoven gleichzeitig zu tun?« Josefs engagierter Blick hätte dem von Sherlock Holmes im Moment alle Ehre gemacht.

»Sieht ganz so aus.«

»Hast du das Alibi von diesem Woller noch mal überprüft? Ich meine, hat jemand bestätigt, dass er bei dieser Blonden war?«

»Sie hat es bestätigt.«

»Und? Sagt sie die Wahrheit?«

»Da bin ich mir nicht so ganz sicher. Woller ist ein Berufslügner, so viel ist klar. Aber von ihr würde ich das so nicht unbedingt sagen wollen.« Herrschaftszeiten. Josef war eine echte Hilfe. Ein wahres Naturtalent. Er stellte genau die richtigen Fragen. Woher hatte er das nur? Er hätte lieber mal zur Kripo gehen sollen, anstatt andauernd nur seinen Rasen zu sprengen. Da hätte er sich einen Namen machen können. So viel war sicher.

»Dann quetsch sie doch aus.«

Und jetzt auch noch der passende Tipp. Respekt. »Habe ich mir auch schon überlegt. Ich ruf sie gleich morgen früh mal an und verabrede mich mit ihr. Danke, Josef. Es hat sich wirklich gelohnt, dass wir über die Sache geredet haben. Bei dem Typen, der es auf mich abgesehen hat, werde ich wohl bis zum nächsten Anschlag warten müssen. Ich habe nicht die geringste Ahnung, wer das ist und warum er das tut.«

»Nach dem nächsten Anschlag könntest du aber tot sein«, gab Josef zu bedenken und kratzte sich nachdenklich am Kopf.

»Dann hätte er mich auch gleich beim ersten Mal umbringen können. Nein, Josef, ich glaube, er will mich absichtlich leben lassen. Irgendetwas scheint er von mir zu erwarten. Etwas, das nur ich für ihn tun kann.«

»Kann natürlich sein. Da kennst du dich besser aus, Max. Schließlich bist du der ehemalige Hauptkommissar.«

»Vielleicht hat es ja damit etwas zu tun.«

»Womit?«

»Damit, dass ich bei der Kripo war.«

»Jemand, den du drangekriegt hast?«

»Gut möglich.«

»Aber gefährlich ist die Sache trotzdem.« Josef hob seinen Zeigefinger und schüttelte ihn warnend.

»Wohl wahr. Habe ich dir das mit Moni eigentlich schon erzählt?« Max wechselte absichtlich das Thema. Die Sache mit den Anschlägen würde er selbst aufklären. Dazu brauchte er Josefs Hilfe nicht. Da waren in nächster Zeit nur Beharrlichkeit und absolute Aufmerksamkeit gefragt, dann würde ihm der Kerl früher oder später garantiert ins Netz gehen.

»Was ist mit Moni?«

»Sie hat sich gestern von mir getrennt.« Er machte ein ernstes Gesicht. Seine Stimme zitterte leicht. Als er es bemerkte, ärgerte er sich über sich selbst.

»Was, die Moni? Geh, red doch keinen Schmarrn, Max. Du und Moni, das ist doch wie München und das Hofbräuhaus. Eins ist nichts ohne das andere.« Josef lachte ungläubig.

»So war es, Josef. Ist es aber nicht mehr.«

»Ohne Schmarrn?« Josef wollte einfach nicht glauben, was er da hörte. Monika und Max waren seit ihrer gemeinsamen Studienzeit zusammen. Zugegeben, sie hatten schon immer eine etwas seltsame Partnerschaft, bei der jeder anscheinend tun und lassen konnte, was er wollte. Aber wenn es einmal einen Streit gab, hatten sie sich bisher immer wieder zusammengerauft. Warum sollte das diesmal nicht so sein? »Ja, und jetzt?«

»Weiß ich nicht. Ich schätze mal, ich kann sie ein für alle mal abschreiben, verdammte Scheiße.« Ohne es zu wollen, schossen Max die Tränen in die Augen.

»Rosen, bitte sehr?«

Max und Josef blickten zum Besitzer der Stimme mit dem ausländischen Akzent auf.

»Schauen wir vielleicht so aus, als würden wir uns

gegenseitig Blumen schenken, Meister?«, pflaumte Josef den dunkelhäutigen Asiaten, der an ihren Tisch getreten war, unwillig an.

»Für die schöne Frau?«, fuhr der mit einem freundlichen Lächeln unbeeindruckt fort.

»Ganz falsches Thema im Moment, Bürscherl. Verkauf deine Geranien woanders. Wir brauchen keine.« Josef deutete genervt auf den Nebentisch, an dem vor zehn Minuten eine Gruppe laut krakeelender Amerikaner mit ihren Frauen Platz genommen hatte.

»Geh, Josef. Sei nicht so streng. Der Mann macht doch auch bloß seine Arbeit. Er bettelt nicht, er will etwas verkaufen. Das geht schon in Ordnung«, mischte sich Max ein. »Eine Rote, bitte«, wandte er sich an den dauerlächelnden Inder oder Singhalesen und zückte seine Brieftasche.

»Danke schön, mein Herr«, erwiderte der, als Max ihm fünf Euro gab, legte die verlangte Ware auf den Tisch und trollte sich zu den Japanern hinüber.

»Das sind doch alles organisierte Banden, Max. Ich würde dem nicht mal eine Maß abkaufen, wenn ich in der Sahara festsäße. Außerdem sind die stacheligen Dinger im Blumenladen mindestens um die Hälfte billiger.« Josef zeigte mit einer verächtlichen Geste auf das edle Gewächs auf ihrem Tisch, von dem die ersten Blüten bereits abzufallen begannen.

»Weiß ich doch alles. Aber ich habe heute meinen großzügigen Tag. Außerdem kann ich die Rose gut gebrauchen.«

»Hast du später etwa noch ein Date?«

»Wer weiß?« Max hatte längst zu weinen aufgehört und

grinste nun stattdessen geheimnisvoll. Monika hatte er fast schon wieder vergessen. Oder verdrängt? Egal. Letztlich war sie selbst an allem schuld.

»Ja, ich glaub, ich spinn. Da sülzt mich der Kerl mit seinem angeblichen Liebeskummer voll, dabei hat er sich längst anders orientiert. Das ist doch nicht zu fassen.« Josef schlug sich mit der flachen Hand gegen die Stirn.

»Falsche Spur, Josef. Der Liebeskummer wegen Moni war nicht geschauspielert. Aber ich mach mich bestimmt nicht zum dauerjammernden Affen wegen ihr. Und bei meinem Date geht es in erster Linie um Ermittlungen in meinem Mordfall. Die Zeugin, die ich nachher zum Essen treffe, ist mindestens genauso wichtig wie Gesine Sandhorst.«

»Wer's glaubt, wird selig.« Josef hob seine Maß zum Mund. Er trank einen großen Schluck.

»Heiliger Josef klingt doch gar nicht schlecht«, scherzte Max und trank ebenfalls. »Kommt mir auch irgendwie bekannt vor.«

»Deinen Humor hast du auf jeden Fall wieder zurück. Dann wird sich alles andere sicher auch bald fügen«, murmelte Josef halblaut, nachdem sie ihre Krüge wieder abgestellt hatten.

»Hoffen wir's. Sonst bringt mich dieser Attentäter am Ende vielleicht doch noch um.«

12

Wieso laufen in dieser stinkreichen Stadt eigentlich so viele unfreundliche frustrierte Menschen herum?, ging es Max wie schon so oft durch den Kopf, während er, mit drei Maß Treibstoff intus, die Sonnenstraße Richtung Sendlinger Tor hinunterflanierte. Schau dir bloß mal diesen Typen mit der Aktentasche da drüben an. Mit diesem versteinerten Gesicht wird der nie froh. Oder die Frau mit ihrem kleinen Kind da vorn. Warum plärrt sie es an wie eine Verrückte, anstatt es auf den Arm zu nehmen? Normalerweise müssten sie doch strahlen vor Glück. Die Eingeborenen in Südamerika und Polynesien sollen total fröhliche Menschen sein, obwohl sie so gut wie nichts besitzen. Egal. Was geht's mich an?

Die Turmuhr der Matthäuskirche schlug einmal. Er sah kurz zu ihr auf. Halb sieben. Gemächlich überquerte er den Platz am Sendlinger Tor und bog in die Thalkirchner Straße ein. Noch gut zwei Kilometer, dann wäre er mehr als pünktlich beim Inder am Baldeplatz, wie mit Traudi verabredet. Schon die ganze Zeit über hatte er das Gefühl gehabt, dass er verfolgt wurde. Ein paar Mal hatte er bereits vor diversen Schaufenstern angehalten und sich unauffällig nach verdächtigen Figuren umgesehen, jedoch ohne Ergebnis. Wenn wirklich jemand hinter ihm her war, dann musste es ein absoluter Profi sein. Wer würde so jemanden engagieren? Woller fiel ihm ein. Der hätte einen Grund, weil er bestimmt mehr Dreck am Stecken hatte, als man ahnte. Und dann war ja da noch dieser Verrückte, der ihn niedergeschlagen hatte, und die Sache mit den K.-o.-Tropfen. Wobei das bestimmt nichts mit Woller zu tun hatte. Der hatte bis heute Vormittag noch gar nicht gewusst, dass es einen Privatdetektiv Max Raintaler gab. Oder doch? Schmarrn. Auf jeden Fall war es ein denkbar ungemütliches Gefühl, mitten in der Stadt auf dem Präsentierteller herumzuspazieren und nicht sagen zu können, aus welcher Richtung der nächste Angriff kommen würde, wenn denn einer geplant war.

Er kam zum alten Südfriedhof und entschied sich dafür, eine Runde durch die alten Grabstätten zu drehen. Bekannte Münchner Persönlichkeiten, nach denen auch viele Straßen der Stadt benannt wurden, lagen hier. Zum Beispiel der Erfinder des süßen Senfes Johann Conrad Develey, der Maler Max Emanuel Ainmiller, der Erfinder der Kurzschrift Franz Xaver Gabelsberger oder Max von Pettenkofer, der Begründer der modernen Hygiene. Ohne den täte sich heute wohl immer noch niemand die Hände waschen, wenn er auf der Toilette war, dachte Max amüsiert. Ob sie mir wohl eines Tages auch einen so imposanten Grabstein herstellen? Wohl kaum. Wen interessiert schon ein kleiner Exkommissar, Detektiv und Hobbymusiker. Außerdem wird hier sowieso längst niemand mehr beerdigt. Mich schaffen sie eher zum Ostfriedhof hinauf, wo zum Beispiel auch der Johann Rattenhuber liegt, der Chef der Leibwache vom Adolf Hitler. Ja, mei, so ist es halt. Nicht mal im Tod kannst du dir deine Gesellschaft aussuchen.

Er hatte auf einmal wieder ganz stark das Gefühl, dass er beobachtet wurde. Ohne sich etwas anmerken zu lassen, ging er langsam weiter Richtung Ausgang, trat auf die Kapuzinerstraße hinaus und blieb gleich links neben dem Tor stehen. Wenn wirklich jemand hinter ihm her war, würde der Verfolger in den nächsten Sekunden hier auftauchen, und dann würde er ihn zur Rede stellen. So viel war sicher.

Eine Minute verging, niemand kam. Eine weitere Minute verstrich. Nichts. Max wartete trotzdem weiter. Vielleicht hatte der Gauner die Falle geahnt und wartete ebenfalls, was allerdings ein Riesenschmarrn wäre, weil er Max auf diese Art, vorausgesetzt, der wäre weitergegangen, garantiert aus den Augen verloren hätte. Also doch kein Verfolger, sondern nur ein kleiner, nach den rätselhaften Ereignissen der letzten Tage, absolut verständlicher Anfall von Paranoia? Bestimmt.

Er verließ seinen Posten und begab sich Richtung Isar zum Baldeplatz. Auf dem Weg zum Inder drehte er sich noch zweimal unauffällig um, konnte aber niemanden entdecken, der ihm verdächtig erschienen wäre.

Obwohl es erst fünf vor sieben war, stand Traudi bereits vor dem Lokal und winkte ihm zu, während er sich ihr näherte. Sie trug ein hautenges weißes Minikleid, das ihre makellose Figur sowie ihre langen braunen Beine optimal zur Geltung brachte, und silbergraue Ballerinas dazu. Ihre roten Locken hatte sie hochgesteckt und den Mund mit knallrotem Lippenstift bemalt. Um ihren Hals hing eine weiße Perlenkette. Genial, eine junge Frau, die hammerartig aussieht und auch noch pünktlich ist, freute sich Max und legte einen Zahn zu.

»Servus, Traudi. Schön, dass Sie gekommen sind«, begrüßte er sie mit einem breiten Lächeln, als er kurz darauf bei ihr angelangt war und reichte ihr die inzwischen reichlich ramponierte Rose aus dem Biergarten.

»Oh, ein Rosenkavalier. Danke schön. Logisch bin ich

gekommen. Ich habe doch gesagt, dass ich komme. Servus, Max«, erwiderte sie und lächelte ebenfalls.

»Gehen wir gleich rein?«

»Gern. Hast du reserviert? Äh, … Sie natürlich.« Sie wurde rot.

»Logisch. Von mir aus können wir gern Du sagen.«

»Gern.«

Sie betraten das mit jeder Menge Kitsch geschmückte Lokal und blieben gleich hinter dem Eingang stehen. Max nannte dem herbeieilenden indischen Kellner seinen Namen, woraufhin der sie zu ihrem reservierten Tisch führte. Sie setzten sich, bestellten jeder ein Bier und begannen die Speisekarte zu studieren.

»Hast du schon mal Indisch gegessen?«, fragte Max.

»Ich war sogar schon ein halbes Jahr lang dort«, erwiderte Traudi. »Nach dem Abitur. Mit einer Freundin.«

»Maria?«

»Nein. Die war doch viel zu alt. Ich war mit Elli dort. Elli Breitwanger, meiner Nachbarin. Wir waren zusammen in der Schule, Elli und ich.«

»Dann kennst du Maria also nur von dieser Bürgerinitiative her?«

»Zuerst schon. Und dann waren wir auch zwei-, dreimal auf einen Wein beim Griechen. Und als Nachbarn sind wir uns natürlich auf der Straße begegnet. Aber recht viel mehr war da nicht. Wie kommst du eigentlich dazu, ihren Tod zu untersuchen?«

»Die beste Freundin meiner Ex hat mich beauftragt. Sie war eine Schulfreundin von Maria.«

»Ach, wirklich? Und wer ist deine Ex?« Sie sah ihn neugierig an.

»Hey, hey, hey! Wer fragt hier eigentlich wen aus? Na gut, Monika Schindler heißt sie.« Max wusste nicht, ob er lachen oder weinen sollte. Herrschaftszeiten. Das war wieder mal eine höchst merkwürdige Situation, in die er da gerade hineinschlitterte. Einfach unglaublich.

»Was? Die Moni Schindler? Die mit der kleinen Kneipe in Thalkirchen?«

»Genau die.«

»Da war ich schon ein paar Mal mit der Elli. Und wieso sind wir zwei uns dort noch nie über den Weg gelaufen?« Traudi legte angesichts dieser unerwarteten Umstände vertraut ihre Hand auf seinen Arm und gackerte fröhlich weiter.

»Stimmt. Das ist wirklich merkwürdig, dass wir uns da noch nie gesehen haben«, erwiderte Max.

Ihr Bier kam, und sie stießen zunächst einmal miteinander an.

»Auf den Zufall«, meinte sie nach wie vor bester Stimmung.

»Wollte ich auch gerade sagen«, erwiderte er.

»Und du und Moni, ihr seid wirklich nicht mehr zusammen?«, wollte sie wissen, nachdem sie getrunken hatten.

»Nein.«

»Schade. Sie ist eine so nette Frau.«

»Ach, wirklich? Ist mir nie aufgefallen.« Max wurde langsam unruhig. Würde nun etwa den ganzen Abend lang über gute alte Freundinnen gequatscht werden? Das würde er auf keinen Fall aushalten. Da wäre es auf jeden Fall besser gewesen, er machte sich gleich aus dem Staub.

»Oh je, da steckt der Stachel wohl noch tief in der Wunde. Ich wollte dich nicht nerven, Max. Lass uns über etwas anderes reden.« Traudi zog ihre Hand von seinem Arm zurück. Sie hörte auf zu lachen.

»Liebend gern. Die ganze Sache ist nämlich noch nicht so lange her, und ich reagiere im Moment leicht allergisch auf den Namen Moni.« Max rang sich ein gequältes Lächeln ab. Er trank gleich noch mal einen Schluck. »Erzähl doch lieber was von dir. Seit wann arbeitest du in der Metzgerei drüben?«

»Ich arbeite dort immer nur in den Semesterferien.«

»Schau an, schau an.« Er staunte nicht schlecht. Man sollte die jungen Leute von heute nie unterschätzen. »Was studierst du denn?«

»BWL.«

»Ach, wirklich. Das ist ja interessant.« Er betrachtete sie eingehend von oben bis unten. »Pass auf, Traudi. Mich würde ganz genau interessieren, was du alles über diesen Woller weißt, der euch die Häuser wegnehmen will«, fuhr er dann unvermittelt fort. »Und dann würde ich gern von dir wissen, ob Maria außer ihm noch andere Feinde gehabt haben könnte.«

»Über den Woller weiß ich nur, dass er alles in der Birkenau aufkaufen will. Er plant dort ein großes Bauprojekt. Dazu will er uns Hausbesitzer weghaben. Genaues weiß niemand, nur, dass es um sauteure Eigentumswohnungen geht.« Sie machte ein bierernstes Gesicht. Das hier war schließlich kein Spaß, vielmehr ging es um jede Menge Existenzen, die vernichtet werden sollten.

»Und ihr Anwohner wollt natürlich, dass er genug Geld ausspuckt, damit jeder von euch woanders etwas Adäquates finden kann.«

»So ungefähr. Einige lassen sich auch darauf ein. Aber

wir von der Bürgerinitiative wollen gar nicht verkaufen. Wir wissen genau, dass wir solche Immobilien, wie wir sie besitzen, zu einem annähernden Preis nie wieder in München bekommen würden. Da müsste der Woller schon zig Millionen springen lassen. Das haben wir ihm gesagt. Und deshalb ist er so sauer auf uns.«

»Bedroht er euch?« Er wurde hellhörig. Hatte sich Maria im Kampf um ihr Haus etwa zu weit vorgewagt und musste deshalb sterben? War er gerade dabei, Wollers Motiv zu entdecken?

»Nicht offiziell. Aber ab und zu tauchen neuerdings ein paar Schlägertypen in unserer Gegend auf und stänkern herum. Einen der Jungs von der kleinen Brauerei haben sie neulich sogar zusammengeschlagen. Die könnten von Woller kommen.«

»Was? Und das lassen sich die Burschen von der Brauerei gefallen?« Max kannte die jungen Leute, die in der Birkenau erfolgreich ihr leckeres Bier brauten. »Die haben doch beste Kontakte zum Fanblock der 60er. Da muss der Woller aber sauber aufpassen, dass er sich nicht mit den Falschen anlegt.«

»Da könntest du recht haben. Die Schläger haben sich schon länger nicht mehr blicken lassen. Vielleicht haben sie ihre Abreibung bereits bekommen.« Sie hatte rote Wangen bekommen. Das Thema wühlte sie offensichtlich auf.

»Oder er plant etwas Neues«, meinte er. »Hat Maria es besonders schwer mit ihm gehabt?«

»Sie hat sich ein paar Mal mit ihm getroffen. Danach hat sie immer wieder erzählt, dass er nicht mehr bezahlen würde, als er uns allen bereits angeboten hatte. Er wäre halt ein sturer Hund, hat sie gemeint.«

»Hm. Das klingt ja sehr interessant.« Hatten Maria und Woller sich doch näher gekannt, als er vorhin in seinem Büro zugeben wollte?

»Was darf ich zu essen bringen?« Der nach Patchouli riechende Kellner war an ihren Tisch zurückgekehrt, um die Bestellung aufzunehmen.

»Für mich Hühnchencurry, bitte. Und Papadam, dieses knusprige Fladenbrot«, erwiderte Traudi.

»Ich nehme dasselbe«, sagte Max. Wenn sie schon mal in Indien war, wird sie sicher etwas Leckeres ausgesucht haben, dachte er und gab dem Ober die Speisekarte zurück.

»Wieso hast du eigentlich dieses Lokal ausgesucht? Warst du überhaupt schon mal Indisch essen?«, erkundigte sie sich, da ihr nicht entgangen war, dass er die Karte nur oberflächlich überflogen hatte.

»Weil es am nächsten liegt.«

»Und wieso noch?« Sie sah ihn lange forschend an.

»Also gut, ich gebe es zu. Ich war noch nie beim Inder. Ich wollte dir mit etwas Exotischem imponieren. Ist wohl gründlich in die Hose gegangen.« Er wurde rot und blickte verlegen zur Seite. Ertappt, Raintaler. Die jungen Leute von heute sollte man wirklich nicht unterschätzen.

»Wie süß. Der harte Privatdetektiv wird rot.« Sie blickte ihm noch ein kleines Stück tiefer in die Augen, als sie es gerade getan hatte.

»Na ja. Es ist aber auch ganz schön heiß hier«, fuhr er eilig fort. Er wich ihrem Blick erneut aus. Herrschaftszeiten, am Ende bringt mich dieses süße Girlie noch ganz aus dem Konzept. »Hatte Maria außer Woller noch andere Feinde? Oder einen Streit mit jemandem? Auch die kleinste Kleinigkeit wäre hier wichtig.«

»Nichts Besonderes, Max. Wie ich es dir heute Morgen schon gesagt habe. Es gab sicher einige kleine Auseinandersetzungen innerhalb der Bürgerinitiative, aber deswegen bringt man doch nicht gleich jemanden um.«

»Hast du eine Ahnung, wegen welcher Kleinigkeiten sich die Leute gegenseitig abmurksen. Unvorstellbar.« Er lächelte, aber seine Augen lächelten nicht mit. »Während meiner Zeit bei der Kripo habe ich da Sachen erlebt, die würdest du nicht glauben, wenn ich sie dir erzähle.«

»Du warst bei der Kripo?« Sie staunte ihn ungläubig an.

»Ja. Stell dir vor. Die haben da sogar so lässige Typen wie mich in Jeans und T-Shirt.«

»Mit der Aufschrift ›Biertrinker‹?« Sie zeigte grinsend auf seine Brust.

»Nein, das ist mein ganz persönliches Markenzeichen.«

»Sag nur ein Beispiel.«

»Was für ein Beispiel?«

»Dafür, weswegen sich die Leute gegenseitig umbringen.«

»Willst du das wirklich wissen?«

»Ja.« Sie trommelte unruhig mit den Fingern auf der Tischplatte herum.

»Wie du meinst.« Max räusperte sich. »Das absolut Krasseste war ein 68-jähriger Mann, der seine Frau erschlagen hat, weil sein Frühstücksei zu hart war.«

»So was passiert wirklich?« Traudi hielt erschrocken die Hand vor ihren Mund.

»So was und noch viel mehr in dieser Art. Glaube mir.« Er schüttelte den Kopf. »Manchmal möchte man meinen, dass wir alle hier in einem riesigen Irrenhaus leben, und der liebe Gott, der Chefpsychiater, hat den Schlüssel nach draußen ins Paradies weggeworfen, weil er genau weiß, dass wir dort auch nur alles kaputtmachen würden.«

»Glaubst du wirklich, dass wir Menschen so schlimm sind?«

»Ja, das glaube ich. Sogar die Tiere und die Umwelt müssen unter uns leiden.«

»Aber wie kannst du mit so einer Meinung leben?«

»Weil ich nun mal lebe. Was sollte ich sonst tun? Mich aus Verzweiflung darüber umbringen?« Er sah sie fragend an.

»Natürlich nicht.« Sie trank nachdenklich einen Schluck Bier.

Das Essen kam. Es duftete herrlich und sah mindestens ebenso herrlich aus. Beide begannen mit großem Appetit zu spachteln. Als sie fertig waren, verabschiedete sich Traudi blitzartig ohne jede Vorankündigung.

»Ich muss morgen früh um halb fünf in der Metzgerei sein, Max. Vielen Dank für das Essen«, sagte sie, während sie aufstand und zu seiner Tischseite hinüberging, um ihm links und rechts ein kleines Küsschen zu geben.

»Soll ich dich nicht nach Hause bringen?«, erkundigte er sich leicht irritiert von ihrem plötzlichen Aufbruch.

»Nein. Bleib ruhig sitzen und trink aus. Ich komme schon zurecht. Tschau.« Sie winkte ihm noch einmal lächelnd zu und war schwuppdiwupp zur Tür hinaus.

»Was war denn das jetzt?«, fragte sich Max halblaut. »Die Welt wird anscheinend wirklich immer verrückter. Oder bin ich langsam einfach nur zu alt für den ganzen Scheiß?« Er nahm sein Bierglas zur Hand und leerte es in einem Zug.

13

Max trat auf den Gehsteig hinaus, nachdem er die Rechnung bezahlt hatte und von dem indischen Kellner aufgrund des hohen Trinkgeldes, das er dabei gegeben hatte, unter gefälligem Dauernicken und wortreichen Danksagungen zum Ausgang begleitet worden war. Natürlich hatte er sich das Ende dieses Abends anders gewünscht. Er fühlte sich einsam wegen der Sache mit Monika und hätte heute Nacht gern jemanden neben sich gehabt. Die hübsche rothaarige Traudi Markreiter hätte ihm gut gefallen, obwohl er andererseits genau wusste, dass sie, mit ihren vielleicht gerade mal 25 Jahren, streng genommen, viel zu jung für ihn war. Ihm fiel ein, dass er sie gar nicht nach ihrem genauen Alter gefragt hatte. Das würde er bei Gelegenheit auf jeden Fall nachholen.

Er ging zur Isar vor, wo er auf die Wittelsbacherstraße stieß, die ihn direkt nach Hause führen würde. Während er sie trotz roter Fußgängerampel überquerte, um am Flussufer entlang zu spazieren, kam ihm ein Bus entgegen, der logischerweise Grün hatte und dementsprechend schnell heranpreschte. Als der Fahrer Max auf der Straße entdeckte, drückte er noch mehr aufs Gaspedal, sodass der blonde Exkommissar wie der Teufel Richtung Gehsteig losspurten musste, um nicht von ihm überfahren zu werden. Wenn er gestolpert wäre, wäre er garantiert tot gewesen. Aber so wie es aussah, hatte sich der städtische Angestellte absolut im Recht gewähnt und den Tod eines Passanten, der zu Unrecht bei Rot die Straße betrat, dabei billigend in Kauf genommen. Soweit zu dem Irrenhaus, in

dem die Menschen herumturnten. Oder hatte der Dreckskerl Max mit voller Absicht überfahren wollen? Schmarrn.
Wie hätte der ihn denn abpassen wollen? Das war schließlich ein Linienbus. Selbst wenn er von einem Komplizen
hier in der Nähe per Handy erfahren hätte, das Max gerade
den Inder verlassen hatte, wäre das unmöglich zu bewerk-
stelligen gewesen. Außer es wäre ein extra angemieteter
oder gestohlener Bus gewesen. Aber es waren ja Fahrgäste
darin gesessen, wie Max hatte erkennen können. Außerdem, ein bisschen viel Aufwand, um jemanden umzubringen. Oder? Nein, nein. Das war wohl eher ein komplett gestörter städtischer Busfahrer des MVV, vielleicht
sogar ein ansonsten total gemütlicher Familienvater, der
seinem Frust ein bisschen Luft machen wollte. Zur Not
auch auf Kosten einer vorsätzlichen Tötung. Nichts weiter. Max schüttelte ärgerlich und nach wie vor geschockt
den Kopf. Nicht einmal das Nummernschild hatte er sich
gemerkt, weil alles so schnell gegangen war.

Man sollte dauerhaft eine Waffe tragen, dann hätte er
diesem kriminellen Deppen in die Reifen schießen können, und wenn er angehalten hätte, wäre er hingerannt
und hätte ihm die Knarre in den Mund geschoben und ihn
gefragt, ob er eigentlich gern lebe oder nicht. Hätte, hätte,
hätte, scheißegal, dachte er. Ich habe es ja Gott sei Dank
überlebt. Nächstes Mal passe ich besser auf und merke mir
das Nummernschild. Was soll's? Zum zweiten Mal an diesem Tag fragte er sich, weshalb sich München eigentlich
den Ruf einer ›Weltstadt mit Herz‹ verdient haben sollte.
Mit seinen städtischen Busfahrern konnte das auf jeden
Fall nicht zusammenhängen. So viel war sicher.

Während er gemütlich unter den Laternen entlang des

Isarufers weiterschlenderte, hörte er auf einmal Schritte hinter sich. Sie kamen langsam näher. Das nächste Attentat auf ihn? War es jetzt so weit? Wollte man ihn endgültig umbringen? Er begann zu schwitzen. Die ganze Situation wuchs ihm immer mehr über den Kopf. Er war normalerweise ein gutmütiger Mensch, der sich mit seinen Freunden verstand, Sport trieb, Gitarre spielte und sang und niemandem etwas Böses wollte. Im Moment jedoch änderte sich das. Seine Nerven spannten sich an, wie die Drahtseile, auf denen die Seiltänzer im Zirkus immer herumtanzten. Er war zu allem bereit. Im Notfall würde er jetzt, um sein eigenes Leben zu retten, auch töten. Ganz langsam drehte er sich um und entdeckte ungefähr 30 Meter entfernt eine schemenhafte Gestalt. Er blieb unauffällig im Schatten eines Baumes stehen, tat so, als suchte er etwas in seinen Taschen, ließ sie näher kommen. Dann war sie fast auf seiner Höhe. Er blickte auf und wollte nicht glauben, was er sah. Das war doch nicht möglich. War sie es wirklich? Oder setzten die Spätfolgen der K.-o.-Tropfen jetzt doch noch ein? Nein, sie war es tatsächlich. Irrtum ausgeschlossen. Gesine Sandhorst, Wollers Sekretärin und Geliebte, fesch gekleidet in kurzem weißem Rock und hellgrauem Jackett. An den Füßen trug sie cremefarbene Pumps mit halbhohen Absätzen. Sie kam immer näher und ging, ohne ihn zu beachten, an ihm vorbei. Bestimmt erkannte sie ihn im Dunkeln nicht. Was wollte die denn um diese Zeit hier? War sie es gewesen, die ihm vom Biergarten bis zum Südfriedhof nachspioniert hatte? Gab es wirklich so etwas wie Zufall? Oder folgten all unsere Schritte irgendwelchen unerklärlichen vorbestimmten Wegen, von denen keiner von uns jemals die Gelegenheit bekam abzuweichen?

»Frau Sandhorst? Sind Sie das?«, fragte er ins Dunkel hinein.

Sie blieb stehen. »Wer will das wissen?«, fragte sie zurück, während sie anhielt und sich langsam umdrehte. »Vorsicht. Ich bin bewaffnet.« Sie hielt eine längliche Dose in der Hand.

Wahrscheinlich Pfefferspray, sagte sich Max. Gegen den hirnamputierten Busfahrer vorhin hätte ihr das aber auch nicht viel geholfen. »Keine Angst, Gesine. Wir kennen uns. Ich bin's, Max Raintaler!«, rief er ihr zu.

»Herr Raintaler? Der müffelnde Detektiv vom Viktualienmarkt? Sind Sie es wirklich?« Zögernd machte sie ein paar Schritte auf ihn zu und blieb in ausreichendem Sicherheitsabstand wieder stehen.

»Ja, ich bin es wirklich. Und ich stinke nicht mal mehr. Höchstens nach indischem Essen und Bier.« Max trat langsam unter das Licht der nächststehenden Straßenlaterne. Er grinste sie mit weit ausgebreiteten Armen an, um gleich mal klarzustellen, dass er auf jeden Fall nicht bewaffnet war.

»Ja, ich fasse es nicht. Was machen Sie denn hier?« Gesine ließ die Hand mit der Spraydose sinken und kam auf ihn zu.

»Das könnte ich Sie genauso gut fragen«, erwiderte Max.

»Ich wohne hier in der Nähe.«

»Ich auch.« Also war sie ihm doch nicht gefolgt, sondern gerade auf dem Heimweg. Oder sie log, was genauso gut möglich war.

»Wirklich? So ein Zufall. Komisch, dass wir uns vorher noch nie begegnet sind.« Sie strich sich flüchtig eine besonders vorwitzige blonde Strähne aus dem Gesicht.

»Wir kennen uns ja erst seit gestern.«

»Stimmt auch wieder. Haben Sie noch Lust auf einen Drink, Herr Raintaler? Es ist gerade erst halb elf.« Sie kam noch ein paar Schritte näher und lächelte ihn freimütig an.

»Nur wenn Sie nicht wieder von Sex anfangen.« Max lächelte zurück. Sie ist wirklich eine echte Schönheit, dachte er. Vielleicht kann man auch einigermaßen vernünftig mit ihr reden, schließlich ist sie fast so alt wie ich. Möglich wäre es doch. Besonders lebensgefährlich sieht sie auf jeden Fall nicht aus.

»Mögen Sie keinen Sex?« Sie lachte herzhaft.

»Schon. Aber ich werde nicht gern dazu genötigt.«

»Ach, ihr Männer seid doch alle gleich. Ihr wollt uns erobern und rumkriegen, so oft es nur geht. Aber dreht eine von uns den Spieß einmal um, dann sucht ihr schnellstmöglich das Weite. Habt ihr denn wirklich solch wahnsinnige Angst davor, eure alberne Machosouveränität zu verlieren?«

»Schaut wohl so aus.« Er zog erstaunt die Brauen hoch. Einen derart eloquenten Vortrag hätte er ihr gar nicht zugetraut, und bestimmt hatte sie teilweise auch recht mit dem, was sie sagte. War sie am Ende gar nicht so einseitig, wie sie die ganze Zeit über getan hatte? Er sollte glatt die Probe aufs Exempel wagen und auf ein, zwei Bier mitgehen. Vielleicht würde es sogar ganz lustig werden. Außerdem traf es sich bezüglich seines Mordfalles äußerst günstig, dass er sie gerade traf. Schließlich hatte er jede Menge Fragen wegen ihrem Chef Woller an sie. Wenn sie etwas getrunken hatte, würde sie sicher noch gesprächiger werden, als sie es ohnehin bereits zu sein schien. »Gehen wir trotzdem auf ein Bier?«

»Logisch, Herr Raintaler. Obwohl ich einen eiskalten Weißwein vorziehe. Gleich ums Eck beim Roecklplatz ist ein kleiner bayrischer Italiener. Darf ich?« Sie legte den Kopf schief, streckte ihren Arm aus und hakte sich bei ihm ein.

»Und was macht der da, der kleine bayrische Italiener? Schenkt er im Freien Wein aus?«, scherzte er.

»Na gut, Klugscheißer. Ein kleines bayrisch-italienisches Lokal mit gutem Weißwein. Okay?«

»Sehr okay. Ich liebe italienisches Essen über alles. Solange es auch Bier gibt.«

»Gibt es. Ist ja halb bayrisch. Ich bin übrigens die Gesine.«

»Weiß ich, und ich bin der Max.«

»Weiß ich doch auch, Dodel. Habe es ja schon zweimal gehört.« Sie schmetterte ein glockenhelles Lachen in die Nacht. »Lass uns Du zueinander sagen, Schnüffler«, schlug sie vor, sobald sie sich wieder einigermaßen beruhigt hatte.

»Warum nicht.« Scheint wirklich so, als hätte sie das Herz am rechten Fleck, vermutete er. Vielleicht hat sie mir bei unseren ersten Treffen bloß eine Show vorgespielt. Oder es ging ihr nicht besonders gut, da macht man oft die verrücktesten Sachen. Zum Beispiel läuft man vor Busse, obwohl man Rot hat.

Sie bogen um die nächste Ecke und betraten kurz darauf das gemütliche kleine Lokal. Da alle Tische besetzt waren, setzten sie sich an die Bar und bestellten einen Weißwein und ein Helles.

»Du willst mich sicher weiter über meinen Chef ausfragen, Max. Sonst wärst du nicht mitgekommen. Habe ich recht?« Gesine trank einen Schluck Weißwein und fixierte ihn mit ihren wunderschönen saphirblauen Augen.

»Wie kommst du bloß darauf?« Max grinste.

»Das sagt mir mein Verstand.«

»Na, dann wird es wohl stimmen.« Er grinste eine Spur breiter.

»Was gibt es zu grinsen? Willst du mich etwa verarschen, Schnüffler?« Sie knuffte ihn lachend mit der Faust in den Oberarm.

»Auf gar keinen Fall, Gesine. Oder darf ich Marilyn zu dir sagen?«

»Du darfst fast alles bei mir.« Ihr verschleierter Blick bestätigte die Richtigkeit ihrer Ansage.

»Na, gut. Dann habe ich erst mal eine Frage, die dich betrifft. Wieso hast du mich so komisch angemacht, auf dem Viktualienmarkt? Du bist doch nicht wirklich so, oder?«

»Doch bin ich.« Sie kicherte albern. »Nein, bin ich natürlich nicht«, meinte sie dann eine Spur ernsthafter.

»Was war los?« Er blickte ernst drein. Seine Stimme besaß genau den Grad an Einfühlsamkeit, der sein Gegenüber zum Sprechen bringen würde. Das wusste er aus Tausenden von Verhörstunden als Kripobeamter. Es hatte bislang immer funktioniert, also würde es auch jetzt funktionieren.

»Eigentlich war ich stinksauer und tödlich genervt«, gestand sie.

»Wegen Woller?« Na also. Wusste ich's doch, es ging ihr nicht gut, dachte Max.

»Ja. Rainald hat da so eine bestimmte Vorliebe für Prostituierte, die nicht unbedingt mein Fall ist.« Sie sah verlegen zur Seite.

»Geht er in den Puff?«

»Nicht in den Puff. In einen teuren Sexklub. Andauernd.«

»Wieso bist du dann überhaupt mit ihm zusammen?« Herrschaftszeiten, Raintaler, sie hat doch wirklich etwas Besseres als diesen miesen Fettsack verdient. Das merkt man ja jetzt schon.

»Das lässt sich nicht so einfach sagen. Er hat mir einmal sehr geholfen, als ich sehr weit unten war.« Sie blickte ihn scheu von der Seite her an. Ihre Augen flackerten. Das Thema schien sie mitzunehmen.

»Drogen?«, hakte er nach.

»Auch. Alles Mögliche. Ich war fertig mit der Welt, saß auf der Straße und hatte nichts mehr außer meinem Körper. Muss ich noch mehr sagen?«

»Nein, natürlich nicht, Gesine. Und er hat dich da rausgeholt?«

»Ja.«

»Und seitdem stellt er Besitzansprüche an dich, macht aber trotzdem, was er will, stimmt's?«

»Stimmt genau. Woher weißt du das?«

»Das ist eigentlich normal in so einem Fall. Ich habe das bei der Kripo oft genug erlebt.«

»Du warst bei der Kripo?«

»Ja, aber jetzt bin ich nur noch Schnüffler.« Er schmunzelte.

»Na, schau mal an.« Sie zog staunend die Stirn kraus.

»Schlägt er dich?«, fragte Max weiter.

»Manchmal. Aber nicht schlimm. Er ist viel zu dick, um mich richtig zu verprügeln. Nur wenn er sich auf mich drauflegt, hatte ich schon ein paar Mal Angst, dass er mich zerquetscht.« Sie presste mit verdrehten Augen die Luft aus den Lungen.

Max lachte. »Das kann ich mir gut vorstellen. Und wieso verlässt du ihn nicht?« Er legte behutsam seine Hand auf ihren Arm.

»Er würde mich überall finden. Ich habe schon zweimal versucht abzuhauen. Seine Leute haben mich sogar in Rom aufgetrieben und wieder zu ihm zurückgebracht.«

»Schöne Scheiße. Als du mich Montagvormittag am Gärtnerplatz so komisch angemacht hast, warst du da deswegen sauer auf ihn, weil er in der Nacht im Sexklub war?«

»Ja. Erst hatte er mich großartig zu sich nach Grünwald bestellt und dann ist er die ganze Nacht über nicht heimgekommen. Er müsste nur noch mal kurz weg, hatte er am Telefon gemeint. Als er morgens total besoffen wieder aufkreuzte, habe ich angefangen, mit ihm zu streiten.«

»Logisch.« Woller hatte gelogen. Interessant.

»Eben. Ich sagte ihm, dass ich keine Lust hätte, mich mit irgendwelchen Krankheiten anzustecken, die er sich bei seinen miesen Nutten holt, und habe ihm geschworen, dass ich mit dem Nächstbesten, der mir einigermaßen gefällt, ins Bett gehen würde. Dann bin ich aus seiner Wohnung gestürmt und mit der Trambahn in die Stadt gefahren.« Sie atmete hektisch, trank zur Beruhigung einen großen Schluck Wein und knallte das leere Glas auf den Tresen zurück.

»Weißt du den Namen und die Adresse von dem Klub?«

»›Amazonas‹ heißt der Laden. Er ist irgendwo in Riem draußen, im Gewerbegebiet.«

»Noch einen Weißen, bitte«, wandte sich Max daraufhin an den kurzgeschorenen grauhaarigen Barkeeper. Einigermaßen gefällt! Ein besonders großes Kompliment für ihn war das nicht gerade. »Also hast du mir heute Morgen im Büro nicht die Wahrheit gesagt. Er war vorgestern gar nicht mit dir zusammen.«

»Ja. Er hat mich gezwungen zu lügen, falls mich jemand fragt. Sag ihm bloß nicht, dass ich dir das verraten habe. Er bringt mich glatt um.« Sie blickte ihn Hilfe suchend an, wie eine Ertrinkende, die nicht an den Rettungsring kam.

»Kein Problem. Er wird das nicht erfahren.« Max legte nachdenklich sein Kinn in die linke Hand. Woller hatte also kein Alibi für die Tatzeit. Zumindest nicht das von Gesine. Vielleicht stimmte es ja, dass er im ›Amazonas‹ gewesen war. Dann würde er sicherlich Zeugen genug haben, die das bestätigten. Aber was, wenn nicht? »Hat er sonst noch seltsame Hobbys, die dir schaden?«

»Nein.«

»Und beruflich? Wie sieht es da aus bei ihm?«

»Ich erfahre nicht viel über seine Geschäfte. Das regelt er allein. Außerdem würde ich nichts verraten, selbst wenn ich etwas wissen sollte. Das wäre mein sicheres Todesurteil.«

»Und warum erzählst du mir das alles?«

»Muss ich das wirklich noch sagen?« Sie sah ihn fragend an.

»Du willst von ihm weg.«

»Ja.«

»Und ich soll dir dabei helfen.«

»Ja.« Sie senkte ihren Blick.

»Wieso glaubst du, dass ich das tue?« Er zog erstaunt die Brauen nach oben.

»Ich vertraue dir.«

»Vertraust du jedem, den du kennenlernst, so schnell?«

»Nein. Bisher nur dir.«

»Warum?«

»Du hast ehrliche Augen.« Sie streichelte seine Wange. Der Weißwein kam. Sie stießen erneut miteinander an und tranken.

»Gehen wir zu mir oder zu dir?«, wollte sie wissen, nachdem sie ihre Gläser geleert hatten.

»Wir wollten doch nicht ...«, protestierte Max, kam aber nicht dazu, seinen Satz zu Ende zu reden, da sie ihn, bevor er sich wehren konnte, blitzschnell an den Schultern packte, zu sich herzog und heftig küsste. Als er wieder Luft bekam, schoss ihm nur eins durch den Kopf: So schnell können sich die Dinge ändern, und die Welt sieht auf einmal ganz anders aus. »Wieso hast du mich heute Vormittag in eurem Büro eigentlich immer noch so saublöd angemacht, von wegen, wie toll wir Privatdetektive bestückt wären und so.«

»Weil's stimmt.« Sie legte ihre Hand auf sein Knie. »Nein, das ist natürlich Schmarrn. Obwohl ...«

»Jetzt mal im Ernst, bitte.« Max musste grinsen, obwohl er es nicht wollte.

»Also gut. Es war so eine Art albernes Spiel für mich. Einfach so aus Blödsinn. Ich verstell mich manchmal gern. Außerdem gefällst du mir wirklich.«

»Einigermaßen!«

»Einigermaßen sehr!«

»Du hättest auch ganz normal mit mir reden können, Frau Hofschauspielerin.«

»Weiß ich. Aber anscheinend hatte ich mich schon zu tief in die Rolle reingesteigert. Kannst du mir noch mal verzeihen?« Sie legte den Kopf schief, zeigte ihre strahlend weißen Zähne und klimperte ausgiebig mit den Wimpern.

»Nur, wenn du heute Abend weiterhin so normal bleibst wie bisher.«

»Versprochen.«

»Da bin ich ja mal gespannt.«

»Also, was jetzt?« Ihre Hand fuhr ein Stückweit seinen Oberschenkel hinauf.

»Zu dir.«

14

Max schlug die Zeitung auf und begann darin zu blättern, während er den Espresso trank, den ihm Gesine gerade mit der Maschine auf der Anrichte ihrer kleinen Küchenzeile gemacht hatte, bevor sie ins Bad gegangen war. Natürlich war die Nacht mit ihr heiß gewesen, und natürlich war er als logische Konsequenz erst beim Morgengrauen neben ihr eingeschlafen. Gleich um halb acht hatte dann Gesines Wecker geklingelt, da sie wie jeden Tag ins Büro musste. Der Kaffee schmeckte vorzüglich.

Auf der Seite mit den lokalen Nachrichten hielt er inne und las: ›Der nächste Mord in Untergiesing. Eine junge rothaarige Frau wurde gestern am späten Abend von einer Spaziergängerin, die mit ihrem Hund Gassi ging, in einem Gebüsch beim Entenweiher tot aufgefunden. Da dies der zweite Mord in Untergiesing innerhalb kürzester Zeit ist und die Opfer nahezu identische Stichverletzungen am Hals aufweisen, geht Hauptkommissar Wurmdobler von der Münchner Kripo davon aus, dass es sich um ein und denselben Täter handeln könnte. Bei der Toten handelt es sich um die Studentin Elli Breitwanger aus der Birkenau in Untergiesing. Mehr war bislang aus Polizeikreisen nicht zu erfahren.‹

»So, so. Der kleine dicke Herr Hauptkommissar Volldepp geht von ein und demselben Täter aus«, murmelte Max mit einem grimmigen Lächeln. »Woher will er das denn wissen?« Aber halt mal, dachte er weiter. Elli Breitwanger? Das ist doch die Freundin von Traudi. Ach, du Scheiße. Ich muss sofort zu ihr. Nicht, dass ihr am Ende auch noch etwas zustößt. Außerdem muss sie mir alles über ihre Freundin erzählen. Herrschaftszeiten, der Fall wird immer heftiger.

Er zog sich hastig an und rief Gesine, die immer noch im Badezimmer war, im Hinauslaufen zu, dass er dringend beruflich wegmüsse, und dass er sie am Nachmittag im Büro anrufen würde.

»Alles klar«, rief sie zurück. »Vergiss mich nicht ganz!«

Vergiss mich nicht ganz? Was meint sie damit?, ging es ihm durch den Kopf, während er die Treppen hinunterstürmte. Glaubt sie vielleicht, dass ich abgehauen bin, weil ich nichts mehr mit ihr zu tun haben will? Sie muss wirklich ein paar richtig schlechte Erfahrungen gemacht haben.

Er trat auf die Straße hinaus und blieb für einen Moment stehen, um sich zu orientieren. Aha. Er befand sich in der Thalkirchner Straße, in der Nähe der Großmarkthalle. Alles klar, das war nicht weit von seiner Wohnung und auch nicht weit von der Untergiesinger Metzgerei, in der Traudi zurzeit aushalf, entfernt. Also zu Fuß gehen.

Verdammter Mist, ihre beste Freundin war getötet worden. Wahrscheinlich hatte Franz recht, und es handelte sich um ein und denselben Täter. Schließlich hatte Elli genau wie Traudi und Maria Spengler ein Haus in der Birkenau gehabt. Und sie war genau wie die anderen beiden Mitglied in der Bürgerinitiative gegen Woller gewesen.

Der Immobilienhai schien seinem Ziel immer näher zu kommen. Wenn noch ein paar Leute mehr aus der Initiative umgebracht wurden, würden die Übrigen so viel Angst bekommen, dass sie ihre Häuser und Wohnungen freiwillig aufgaben. Er musste einfach für die Morde verantwortlich sein. Wer außer ihm sollte sonst dahinterstecken? Alles andere wäre doch bloß ein dummer unerklärlicher Zufall gewesen. Zumindest sah es im Moment so aus.

Max betrat die kleine Metzgerei, entdeckte Irmi und fragte sie nach Traudi.

»Die ist heute zu Hause geblieben, Herr Raintaler. Sie hätte eine Erkältung, hat sie heute Morgen am Telefon gemeint«, erwiderte sie. Sie hatte den feschen Detektiv von gestern gleich wiedererkannt. »Darf's eine Fleischpflanzerlsemmel sein?«

»Nur, wenn es nicht zu lange dauert, Irmi. Ich muss dringend zu Traudi. Vielleicht ist sie in Gefahr.«

»Um Gottes willen. Was ist denn passiert?« Sie schlug entsetzt die Hände vors Gesicht.

»Erzähle ich Ihnen später. Jetzt habe ich es wirklich eilig. Wo wohnt denn die Traudi genau?«

»Eigentlich darf ich das nicht sagen.« Eine Spur von Misstrauen streifte ihren Blick.

»Bitte, Irmi. Es geht vielleicht um Leben und Tod.« Er sah sie ernst und eindringlich an.

»Also gut, Herr Raintaler. Birkenau 27«, raunte sie mit gesenkter Stimme. »Aber sagen Sie niemandem, dass Sie es von mir haben. Hier Ihr Fleischpflanzerl. Geht aufs Haus.« Sie reichte ihm die Tüte mit der Semmel.

»Danke vielmals!« Er riss sie ihr regelrecht aus der Hand und lief eilig damit zur Tür hinaus.

Keine fünf Minuten später stand er vor Traudis kleinem Haus, dem irgendwer in letzter Zeit einen sauberen weißen Anstrich verpasst haben musste, und klingelte Sturm. Die dunkelgrünen, ebenfalls offensichtlich frisch lackierten Fensterläden im Erdgeschoss waren geschlossen, genauso wie die grüne Jalousie der seitlich gelegenen Terrassentür. Hoffentlich ist sie da, bangte er innerlich. Ich würde es mir nie verzeihen, wenn ihr etwas passiert wäre. Vielleicht wurde sie von meinem Verfolger beim Inder gesehen oder, noch schlimmer, sie war diesem Messerstecher, der durch das Viertel läuft, im Weg, genau wie das bei Maria und dieser Elli offensichtlich der Fall gewesen war. Herrschaftszeiten, mach doch auf, Mädel. Bitte, lieber Gott, ich habe mich zwar lange nicht mehr bei dir gerührt, und unser Verhältnis ist vielleicht auch nicht gerade das beste, aber lass sie auf keinen Fall tot sein. Das würde mich heute komplett überfordern.

Er presste seinen Daumen so fest auf die Klingel, dass die Kuppe weiß wurde. Eine Minute später öffnete sich die Haustür, und Traudi trat, mit einer grünen Jeans und gelbem T-Shirt bekleidet, in ihren winzigen, blumenüberwucherten Vorgarten hinaus. An den Füßen trug sie riesige graue Filzpantoffeln. Sie sah damit aus wie eine Kreuzung aus Pumuckl und Franka Potente. »Max? Was machst du denn hier? Und wieso läutest du wie ein Verrückter? Ist was passiert?«

»Gott sei Dank geht es dir gut, Traudi. Hast du die Zeitung schon gelesen?«, antwortete er, während er das kleine Gartentor öffnete und sich ihr näherte.

»Nein. Die müsste noch draußen im Briefkasten stecken. Ich war, seit ich von unserem Essen heimkam, nicht draußen. Wieso?«

Er drehte noch einmal um und holte die Zeitung. Seine Miene dabei verhieß nichts Gutes. »Darf ich reinkommen? Ich muss dringend mit dir reden.«

»Klar, aber komm mir nicht zu nahe. Ich bin erkältet, habe mir wohl so eine Art Sommergrippe eingehandelt.« Sie hielt den Unterarm vor ihren Mund, als würde sie damit den Virenflug aus ihrem Rachen an die Luft hinaus unterbinden.

»Das tut mir leid für dich. Hat es gestern beim Inder etwa gezogen?« Er ging an ihr vorbei in den kleinen Flur mit der Stiege, die zum ersten Stock hinaufführte.

»Keine Ahnung. Ich habe nichts gemerkt. Da geht's ins Wohnzimmer. Der Lichtschalter ist gleich links.« Sie deutete auf die weiße Holztür rechts von Max, schloss die Haustür hinter sich und kam ihm nach.

»Duster wie in einer Gruft ist es hier. Machst du nie die Fensterläden und die Terrassentür auf?«

»Logisch. Ich war heute bloß noch gar nicht hier unten, deshalb sieht es so gruselig aus. Setz dich doch. Möchtest du einen Kaffee?« Sie deutete einladend auf die kleine gemütliche Eckcouch mit den bunt bedruckten Kissen darauf, deren Farbe er wegen des Schummerlichts nicht genau erkennen konnte.

»Hast du Espresso?«

»Ja. Ich kann dir schnell einen machen.«

»Das wäre super. Dann habe ich wenigstens etwas, womit ich mein spätes Frühstück hinunterspülen kann.« Er hielt seine inzwischen kalte Fleischpflanzerlsemmel hoch, von der er bis jetzt noch keinen Bissen genommen hatte. »Aus eurer Metzgerei.«

Sie lächelte bestätigend, öffnete die Fensterläden der beiden großen Wohnzimmerfenster sowie die Jalousie der Terrassentür und verschwand in ihrer Küche. Max sah sich derweil in dem mittelgroßen Raum mit den zahllosen alten Möbelstücken um. War ihr Vater etwa Antiquitätenhändler gewesen? Staubwischen könnte sie mal, dachte er, und gründlich absaugen. Hier sieht es so schmuddelig aus wie bei mir, wenn Moni oder Frau Bauer länger nicht mehr geputzt haben, wobei sich das mit Moni wohl endgültig erledigt hat. Aber sonst, echt saugemütlich. Klein, aber mein, und dann auch noch die sonnige Terrasse und der bunte Garten, super. Die Bude würde ich jederzeit gegen meine Zweizimmerwohnung ohne Balkon in Thalkirchen eintauschen. Auf jeden Fall. Das wäre die reinste Sünde, wenn man so etwas abreißt. Ein eigenes Haus nicht weit von der Innenstadt. Wo gibt es das denn sonst noch in München?

Wenig später war sie mit zwei Tassen, Zucker, Milch, kleinen Löffeln und einer großen Thermoskanne auf einem runden roten Plastiktablett zurück. »So bleibt er länger heiß«, klärte sie ihn auf, während sie die Sachen auf den kleinen Couchtisch stellte.

»Das ist aber schon Espresso?« Er beargwöhnte misstrauisch die riesige Kanne. Wie viel hatte sie denn gemacht? Einen Liter etwa?

»Logisch. Ein sehr guter sogar. Habe ich mir mal aus Italien mitgebracht. Willst du mir nicht endlich sagen, was los ist?«

»Nur, wenn du dich setzt, Traudi.«

»So schlimm?«

»Ja.« Seine Stimme klang rau.

»Lass mich vorher nur kurz die Fenster aufmachen. Es riecht so muffig hier.«

»Gern.«

»Dachte ich mir.« Sie lachte verlegen.

Max lachte nicht. Er fühlte sich alles andere als wohl in seiner Haut. Fieberhaft überlegte er, wie er ihr den Tod ihrer Freundin möglichst schonend beibringen konnte.

Als sie die Fenster weit geöffnet hatte, kehrte sie zu ihm zurück, schenkte ihnen ein und nahm schräg gegenüber von ihm auf der Couch Platz. »Was ist denn nun so dringend?«

»Es geht um deine Freundin Elli.« Er betrachtete ausführlich seine Fingernägel.

»Elli? Was ist mit ihr? Nun sag doch schon.« Leise Panik ließ ihre Stimme beben. Wahrscheinlich ahnte sie bereits, was kommen würde.

»Sie lebt nicht mehr.« Er blickte auf und sah ihr ernst und mitfühlend in die Augen.

»Elli ... ist ... tot?« Sie starrte ihn ungläubig an.

»Ja, leider.«

»Du verarschst mich doch. Das ist ein ganz schlechter Scherz. Stimmt's?« Ihre Hände begannen unkontrolliert zu zittern. Sie stieß beinahe ihre Tasse damit um.

»Leider nicht, Traudi. Elli wurde umgebracht, genau wie Maria Spengler.«

»Nein. Bitte nicht. Elli ist meine beste Freundin. Sag, dass das nicht wahr ist.« Sie schaute unruhig im Zimmer umher, so als würde die Verstorbene gleich jeden Moment neben ihr auftauchen.

»Es ... ist wahr.« Er rutschte zu ihr hinüber und legte tröstend den Arm um sie.

»Nein!« Sie krümmte sich und schrie mit Leibeskräften den Schmerz aus ihrer Seele hinaus. »Sie darf nicht tot sein. Hörst du? Elli darf einfach nicht tot sein. Wir wollten nächstes Jahr zusammen in den Urlaub fahren, und ab Oktober wollten wir einen Yogakurs zusammen besuchen, und Weihnachten wollten wir auch wieder zusammen feiern, wie jedes Jahr. Das geht einfach nicht, dass sie tot ist. Verstehst du?« Mit tränenüberströmtem Gesicht blickte sie zu ihm hoch.

»Natürlich verstehe ich dich. Du glaubst gar nicht, wie leid mir das für dich tut. Und für Elli natürlich auch.« Auch Max stiegen die Tränen in die Augen. Er wusste genau, wie sich ihr Verlust gerade anfühlen musste. Letztes Jahr war ein guter Freund von ihm umgebracht worden, Giovanni, der das ›Giovannis‹ am Tierpark gehabt hatte. Max hatte den Täter zwar erwischt und seiner gerechten Strafe zugeführt. Aber die Trauer über den Tod des lebenslustigen italienischen Restaurantbesitzers, genialen Hobbyfußballers und Pizzabäckers lag nach wie vor wie ein nebliger Schleier über seinem Leben.

»Oh Gott, meine liebe Elli ist nicht mehr da. Ich glaube, ich drehe gleich durch.« Ihr Gesicht drückte Wut, Angst und Trauer zugleich aus.

»Hast du denn die Jungs von der Kripo heute Nacht oder heute Morgen nicht gehört?«, wunderte sich Max. »Die müssen doch einen Riesenradau nebenan gemacht haben. Also, auf jeden Fall müssen sie da gewesen sein. Ich habe ihre Siegel an der Haustür gesehen, als ich hergekommen bin.«

»Ich habe gar nichts mitgekriegt. Ich schlafe zur anderen Seite hinaus. Also, nicht zu Ellis Haus hinüber, sondern zu Marias, und ich schlafe mit Ohrstöpseln wegen der Besoffenen und der Autos, die hier nachts durchkommen. Ist das wirklich wahr, Max? Elli ist ganz bestimmt tot? Meine Elli? Irrtum ausgeschlossen?« Sie schluchzte erneut laut auf.

»›Die rothaarige Elli Breitwanger aus der Birkenau in Untergiesing‹. Hier steht es schwarz auf weiß. Und das Haus deiner Freundin wurde von der Kripo versiegelt.

Wer sollte es also sonst sein? Oder ist Elli etwa verreist?« Er schlug die Zeitung, die er auf den Couchtisch gelegt hatte, auf und zeigte ihr den Artikel im Lokalteil.

»Nein, ist sie nicht. Mein Gott, Elli! Du darfst nicht tot sein!« Traudi brüllte zum zweiten Mal los wie ein angestochener Stier.

Vielleicht rufe ich besser einen Arzt, dachte er. Sonst bekommt sie am Ende noch einen Nervenzusammenbruch oder einen Herzinfarkt oder noch schlimmer, ich bekomme einen. Oh je, da fällt mir ein, ich habe heute früh meine Blutdrucktablette nicht genommen. Schöner Mist. Na ja. Wird schon schiefgehen.

Er begann zu schwitzen. Schon als Kripobeamter hatte er nur äußerst ungern den Angehörigen die Nachricht vom Tod eines Opfers nahegebracht. Und dies hier war eine doppelt belastende Situation, da er die beste Freundin der Toten auch noch mochte.

»Das Schwein, das das getan hat, mach ich fertig!«, plärrte Traudi auf einmal heiser. »Ich bring die Sau um.«

»Zumindest bringen wir ihn hinter Gitter, sobald wir wissen wer es war, Traudi.« Er tätschelte beruhigend ihren Rücken. Obwohl es ihn schon auch manchmal in den Fingern juckte, das Gesetz selbst in die Hand zu nehmen, war er viel zu sehr Exkommissar, um sich ernsthaft zu Racheakten gegenüber Verdächtigen hinreißen zu lassen. Schon gar nicht, wenn er das Opfer nicht persönlich gekannt hatte. »Ich würde mich gern mal bei Elli umsehen.«

»Natürlich. Das machen wir, Max. Ich habe einen Schlüssel. Wir gehen rüber und finden raus, wer das war. Und dann bring ich die Drecksau um!« Sie sprang auf und starrte ihm mit einem irren Blick ins Gesicht.

»Du hast einen Schlüssel?«

»Logisch. Elli hat meinen und ich habe ihren. Damit jede jederzeit die andere besuchen kann. Sie hatte genau wie Maria keine Familie, und Blumen müssen schließlich auch gegossen werden, wenn die eine oder die andere mal weg ist.« Traudi wischte sich zum wiederholten Male die Tränen aus den Augen.

»Na gut, dann hol ihn her. Vielleicht finden wir wirklich ein paar Hinweise.« Franzis Jungs von der Kripo machten zwar auch gute Arbeit, aber er hatte es schon früher, als er noch im Dienst gewesen war, oft genug erlebt, dass ihrer Aufmerksamkeit etwas entgangen war.

»Ich muss ihn nicht holen. Ich habe ihn hier in meiner Hosentasche an meinem Schlüsselbund«, krächzte Traudi inzwischen fast stimmlos und klopfte dabei kraftlos mit der flachen Hand auf ihre Jeans. Sie nahm ein Papiertaschentuch aus der Schachtel auf dem Couchtisch und schniefte gründlich hinein. »Aber dürfen wir das überhaupt? Du hast doch gesagt, dass die Polizei die Tür versiegelt hat.«

»Das kleben wir einfach wieder hin. Bis die das merken, habe ich den Täter längst überführt.« Wahrscheinlich hat sie nicht nur einen sauberen Schnupfen, sondern auch noch eine deftige Halsentzündung, sagte sich Max, während er in seine Fleischpflanzerlsemmel biss und einen großen Schluck vom inzwischen lauwarm gewordenen Espresso hinterherschickte. Schöne Scheiße so eine Erkältung, mitten im Sommer. Das allein wäre für mich schon Grund genug, schlechte Nerven zu haben. Hoffentlich dreht sie mir nicht völlig durch, wenn wir in das Haus ihrer toten Freundin rübergehen.

15

»Aber nicht erschrecken.« Traudi drehte den Schlüssel im Schloss herum, nachdem Max die polizeiliche Versiegelung vorsichtig mit dem kleinen Schweizer Taschenmesser, das er immer bei sich trug, aufgeritzt hatte.

»Wieso?« Was sollte mich denn zurzeit noch groß erschrecken?, fragte er sich.

»Elli war ein bisschen schlampig.«

»Bin ich auch.«

»Na, dann ist es ja gut.« Sie öffnete die Tür und ging voraus.

Während er ihr in den dunklen Hausflur folgte, registrierte er sogleich einen brennend scharfen Geruch in seiner Nase. »Was stinkt denn hier so?«

»Die Katzenklos. Elli hat manchmal vergessen, sie sauber zu machen.«

»Aha. Ach, du Scheiße! Hier schaut's ja gemütlich aus!«, rief er aus, nachdem sie das Licht eingeschaltet hatte. Vor ihnen erstreckte sich ein Meer aus alten, ungewaschenen und neuen Klamotten, Zeitschriften, Plastiktüten, Fahrradreifen, Schuhen, Papier, Puppen, Hüten und unzähligen Kartons. Die Sachen lagen überall auf dem Boden verstreut und stapelten sich an den Wänden entlang bis zur Decke hinauf. »War deine Freundin ein Messie?«

»Kann man vielleicht so sagen«, gestand sie. »Aber so wild wie jetzt hat es hier noch nie ausgesehen. Da muss jemand zusätzlich noch alles durchwühlt haben.«

»Zum einen waren das sicher die Jungs von der Kripo. Aber es kann natürlich auch ihr Mörder gewesen sein.«

»Und wie soll der hier reingekommen sein?«

»Ganz einfach, mit dem Schlüssel.«

»Und woher sollte er den haben? Von mir nicht. Ich habe meinen noch, wie du siehst.« Sie hielt ihre Hand hoch.

»Er musste ihn ihr doch nur wegnehmen, nachdem sie tot war.« Max zuckte mit den Achseln.

»Dieses Schwein. Ich mache ihn kalt. Ich steche ihn ab.« Traudi bebte gleich wieder vor Wut. Sie nahm die alte Stehlampe, die zu ihrer Linken auf einem Stapel Zeitungen lag und warf sie mit aller Kraft gegen die Wand. Dann schlug sie die Hände vors Gesicht und brach erneut in Tränen aus.

»Dazu müssen wir erst mal wissen, wer es war.« Er nahm sie in den Arm und streichelte beruhigend ihren Rücken. »Wenn dir das hier zu stressig ist, geh doch einfach wieder rüber in dein Haus und warte im Wohnzimmer auf mich«, schlug er ihr vor. »Okay?«

»Ja, Max. Das hier ist mir wirklich alles zu viel. In der Küche findest du Katzenfutter.« Sie deutete auf die Tür links am Ende des Flurs. »Würdest du etwas davon in den großen Napf auf dem Fußboden tun? Ich hol mir die beiden Kater dann später. Irgendwer muss sich ja um sie kümmern.«

»Logisch. Mach ich. Aber jetzt geh lieber.« Er klopfte ihr ermutigend auf die Schulter.

»Alles klar. Zieh die Tür einfach hinter dir zu, wenn du fertig bist. Ich sperr dann später ab.«

Sie verschwand mit gebeugten Schultern und hängendem Kopf durch die Haustür und Max machte sich an die Spurensuche. Das hier waren natürlich extrem erschwerte

Bedingungen. Wo sollte er anfangen? Etwa in der Küche? Warum nicht. Im Prinzip war es vollkommen egal. Es würde wohl überall das gleiche Durcheinander auf ihn warten. Da war er sich sicher. Er wühlte sich durch die Zeitungsstapel vor der Küchentür und ging hinein.

Zunächst suchte er nach dem Katzenfutter, was noch relativ einfach war. Ungefähr 100 Dosen davon waren groß und breit auf dem ansonsten mit benütztem Geschirr, Kleidern, Krümeln und Verpackungsresten übersäten Tisch in der hinteren Hälfte des Raumes gestapelt. Ihre Tiere hatte sie offensichtlich geliebt. Aber wie konnte man seine Bude nur dermaßen verkommen lassen? Das hier hatte doch alles nie und nimmer die Spurensicherung zu verantworten, und der Mörder sicher auch nicht. Dieses Chaos musste über Jahre hinweg entstanden sein.

Fassungslos schüttelte er immer wieder den Kopf. Er öffnete eine der Katzenfutterdosen kurzerhand mit dem Dosenöffner an seinem Taschenmesser und leerte den gesamten Inhalt in den übel riechenden Napf neben dem Küchentisch, den ihm Traudi beschrieben hatte. Nachdem er das erledigt hatte, begann er seine Suche damit, hier und da eine Schublade zu öffnen, eine Zeitschrift anzuheben oder unter einen Wäschestapel zu sehen. Dabei wurde ihm schnell klar, dass er auf diese Weise Monate brauchen würde, bis er zu einem auch nur annähernd brauchbaren Ergebnis kam. Also setzte er sich erst einmal auf den nächstbesten Zeitungsstapel und dachte gründlich nach.

Was hoffe ich eigentlich zu finden? Spuren ihres Mörders? Wie könnten die aussehen? Sollte ich nicht lieber am Tatort danach schauen? Hier im Haus finde ich sie wohl eher nicht. Nicht einmal die Suche nach Fingerabdrücken macht Sinn. Dazu fehlen mir das Labor und die Fachleute. Was bleibt da noch? Richtig, Hinweise auf das Motiv. Ich sollte mich also auf verdächtige Schriftstücke und Fotos konzentrieren, und auf ihren Computer oder auf Mitgliedsausweise in Vereinen und so weiter. Wenn etwas überhaupt sinnvoll ist, dann das. Er wühlte sich durch die Zeitungsstapel und Kleider im Flur und öffnete die Wohnzimmertür. Die nackte Glühbirne an der Decke warf ihr grelles Licht auf eine gespenstische Szenerie. Zwischen den offensichtlich in der ganzen Wohnung üblichen Stapeln von Gerümpel lagen überall auf dem Boden übel riechende Mäusekadaver verstreut. Die zwei dafür verantwortlichen fetten Killer saßen schnurrend auf dem Couchtisch und blickten mit halb geschlossenen Augen zu ihm hinüber. Als er sich ihnen näherte, sprangen sie auf und wischten zwischen seinen Füßen hindurch aus dem Raum. Er blickte ihnen kurz verdutzt nach und begann dann damit, sich den Weg zum Wohnzimmerschrank freizuschaufeln.

Ein schepperndes Geräusch im Flur ließ ihn bald darauf innehalten und in die darauffolgende Stille hineinlauschen. Er trat aus dem Wohnzimmer hinaus und blickte sich um. Nichts. Wohl nur die blöden Viecher, sagte er sich mit Blick auf die kleine Katzenklappe in der Haustür, kehrte um und machte weiter. Warum fressen die eigentlich die toten Mäuse nicht? Dann müsste man sie nicht einmal füttern. Wahrscheinlich sind sie total degeneriert und spielen bloß noch mit ihrer Beute. Genau wie wir Menschen unsere Schnitzel nicht mehr selbst vom geschlachteten Schwein abschneiden, sondern beim Metzger oder im Supermarkt holen. Bestimmt würden heutzutage so einige Leute kein Fleisch mehr essen, wenn sie das entsprechende Tier vorher selbst umbringen müssten.

Gute zwei Stunden später setzte er sich erneut auf einen Zeitungsstapel und wischte sich erschöpft mit einem Papiertaschentuch aus der Packung in seiner Gesäßtasche den Schweiß von der Stirn und aus dem Nacken. Das hier ist ein komplett sinnloses Unterfangen, gestand er sich ein. Wenn in diesem gigantischen Saustall überhaupt jemand etwas finden kann, dann ist das Franzi mit einer kleinen Armee von Leuten. Ich allein suche hier die sprichwörtliche Nadel im Heuhaufen oder das berühmte Sandkorn in der Sahara. Ich glaube, ich gehe besser wieder. Außerdem braucht Traudi meine Hilfe. Ich habe sie schon viel zu lange allein gelassen.

Er erhob sich langsam von seinem Rastplatz und trat in den Flur hinaus. Während er Richtung Ausgang ging, kam er an der Kellertür vorbei. Die war doch vorhin noch nicht offen, stellte er, bewusst leise atmend, fest. Und wieso brennt da unten Licht? Hat Traudi das eingeschaltet? Kann sein. Kann aber auch genauso gut nicht sein. Ist da unten etwa jemand? Aber wie ist er reingekommen? Traudi hat die Haustür doch hinter sich zugezogen. Hatte er einen Schlüssel? Oder kam vorhin, als ich dieses Scheppern gehört habe, jemand, der sich da unten versteckt hatte, herauf und ist abgehauen? Hat er etwa das Scheppern verursacht und doch nicht die Katzen? Wie auch immer. Auf jeden Fall ist Vorsicht angebracht. Am Ende versteckt sich da unten wirklich der Dreckskerl, der mir seit der Sache mit den K.-o.-Tropfen an den Kragen will. Herrschaftszeiten, bevor ich mir hier noch stundenlang weiter Fragen stelle, schaue ich am besten mal nach, dann weiß ich wenigstens Bescheid.

Er sah sich nach einer geeigneten Schlagwaffe um, bis sein Blick auf einen alten verrosteten Schürhaken fiel, der direkt neben der Wohnzimmertür lag. Na also, hatte doch auch was Gutes diese elende Schlamperei hier. Er ergriff das gerade Ende und schlich damit die Kellertreppe hinunter. Als er unten angelangt war, reckte er langsam seinen Kopf vor und schaute um die Ecke. Nichts. Kein Eindringling, soweit das Auge reichte. Aber was ihn wirklich verwunderte, es gab auch keinen Müll. Das kleine, bestimmt um die 100 Jahre alte Kellergewölbe präsentierte sich vorbildlich aufgeräumt und blitzsauber. Auf der linken Seite war das Werkzeug ordentlich aufgereiht in einem Werkzeugschrank untergebracht. Daneben standen eine Kiste Bier, eine Kiste Wasser und ein fast deckenhohes Weinregal. An der gegenüberliegenden Wand hatte jemand akkurat Feuerholz neben einem teuren und gepflegten Mountainbike aufeinandergestapelt.

Max verstand die Welt nicht mehr. In der gesamten Wohnung oben herrschte Weltuntergangsstimmung, und hier unten konnte man fast vom Boden essen. Normalerweise war das doch immer umgekehrt. Im Keller hatte man seine Leichen und die Oberfläche glänzte glattpoliert. Er lehnte den rostigen Schürhaken gegen die Wand und näherte sich stirnrunzelnd dem gut gefüllten Weinregal. Als Biertrinker verstand er zwar nicht allzu viel von Wein, aber selbst er konnte anhand der Jahreszahlen auf den Etiketten erkennen, dass es sich hier sicher um keine billigen Tropfen aus dem Supermarkt handelte. »Wohl von den Eltern geerbt«, murmelte er, während er eine Flasche 61er Château Latour ins Regal zurückstellte. »Teures Hobby. Ihr Vater muss ganz schön Kohle gehabt haben.«

Da er selbst liebend gern mit seinem Mountainbike in die Berge fuhr, ging er anschließend auf die andere Seite des Raumes hinüber und hob das Fahrrad dort gewohnheitsmäßig ein Stückweit an, um zu testen, wie schwer es war. Dann ließ er es wieder auf den Boden zurückfallen. Dabei fiel ihm ein Geräusch auf. Es klang so, als schlüge jemand auf etwas Hohles. Auf den Deckel einer Kiste oder etwas Ähnliches. Er lüpfte das Rad erneut in die Höhe und ließ es noch einmal los. Da war es wieder. Dasselbe Geräusch. Unter dem Hinterreifen musste ein Hohlraum sein. »Schau an, schau an, Raintaler. Jetzt wird es ja doch noch interessant«, stieß er halblaut hervor. »Abgesehen davon, dass du in letzter Zeit verdächtig oft mit dir selbst sprichst.«

Er stellte das Fahrrad vor dem Stapel Feuerholz ab und streifte an der Stelle, wo der Hinterreifen gestanden hatte, suchend mit den Fingern über den uralten Naturboden aus Sand und Backstein. Nichts. Er machte eine Faust und klopfte dieselbe Stelle mit den Knöcheln ab. Da war es wieder. Dasselbe Geräusch wie gerade eben. Erneut fuhr er mit den Fingern darüber, um eine Verschlusskante oder etwas in der Art zu ertasten. Nichts. Er machte sich daran, den Boden mit den Fingern aufzugraben. Und siehe da. Unter einer geldstückdicken klebrigen Staub- und Sandschicht kam ein paar Minuten später ein quadratisches Brett in der Größe eines DIN-A4-Papiers zum Vorschein, das in den Boden eingelassen war. Flugs eilte er zum Werkzeugschrank hinüber, um ein geeignetes Stemmwerkzeug zum Öffnen des geheimen kleinen Versteckes zu finden. Der große Schraubenzieher, den er fand, sollte für seine Zwecke ausreichen. Er kehrte zu seiner Fundstelle zurück, setzte die flache Spitze des Werkzeuges zwischen Brett und Boden an, schlug ein paar Mal mit seinem Handballen darauf, sodass sie tiefer hineinglitt, und versuchte anschließend das Brett aus seiner Verankerung zu hebeln. Nichts rührte sich. Er würde einen Hammer brauchen. Gesagt, getan. Der nächste Versuch war von Erfolg gekrönt. Max legte das zwei Zentimeter dicke Holz beiseite und blickte neugierig in das etwa fausttiefe viereckige Loch, das darunter verborgen gewesen war.

»Ja, der Wahnsinn!«, rief er überrascht aus, während er einige Stapel 500-Euro-Scheine daraus hervorholte. »Arm war die Gute wirklich nicht.« Hatte es am Ende jemand auf ihr Geld abgesehen gehabt, und Woller hatte gar nichts mit ihrem Tod zu tun? Warum nicht? Möglich war alles. Das hier waren locker 200.000 Euro. Da wurden schon Leute für weit weniger über den Jordan geschickt. Er langte tiefer in die Grube und förderte außer dem Geld noch eine kleine Prinzessin in Form einer alten Handpuppe, eine DVD, eine CD und ein kleines Buch im Ledereinband zutage. ›Marias Buch‹, stand unter einem Bild des ersten Mordopfers darauf. »Bingo! Ein Tagebuch. Na, schau mal an, Raintaler. Da hat sich die Schatzsuche doch gelohnt«, flüsterte er zufrieden, als er die ersten Seiten durchblätterte.

»Max? Bist du da unten?« Traudi rief nach ihm. Offensichtlich war sie zurückgekehrt und stand oben vor der Kellertür.

»Ja, ich bin gleich bei dir. Es dauert nicht lang.« Er verstaute einen Teil des Geldes in den Taschen seiner Jeans, stopfte den Rest, der nicht hineinpasste, in seine Unterhose, warf die Handpuppe in das Loch zurück, legte das

Brett wieder drauf, verwischte, so gut es ging, eilig alle Spuren und stellte das Mountainbike wieder an seinen Platz. Dann nahm er die CD, die DVD und das Büchlein in die Hand und stieg die Treppe hinauf.

»Gott sei Dank ist dir nichts passiert«, empfing ihn Traudi erleichtert im Flur. Sie sah immer noch verweint aus und drückte ihm spontan einen kleinen Kuss auf die Lippen. »Ich habe mir schon Sorgen gemacht, weil du so lange nicht zurückgekommen bist.«

»Wie soll man in diesem Saustall hier auch etwas finden. Aber schau mal, was im Keller lag.« Mit einem triumphierenden Siegerlächeln hielt er DVD, CD und Tagebuch hoch.

»Sind das wichtige Sachen, die dir bei der Mordaufklärung weiterhelfen?«

»Weiß ich noch nicht. Muss erst mal einen Blick draufwerfen.«

»Und sonst hast du nichts gefunden? Ich habe dir vorhin extra noch die Kellertür aufgesperrt und das Licht angemacht.« Sie sah ihn neugierig von der Seite an.

»Ach, du warst das. Ich habe mich schon gewundert«, erwiderte er. »Da unten ist sonst leider nichts Brauchbares. Außer teurem Wein und einem Mountainbike.«

»Die Sachen gehörten Maria. Elli hatte den Keller an sie vermietet. Maria hatte keinen in ihrem kleinen Haus. Und Elli hat immer gemeint, sie braucht ihren nicht.«

»Ach, darum war der so sauber.« Max musste inwendig grinsen. Also gehörte das Geld höchstwahrscheinlich Maria. Er würde Traudi nichts davon auf die Nase binden, sie war schließlich wohlhabend genug mit ihrem hübschen Häuschen da drüben. In den Semesterferien arbeiten hatte außerdem noch niemandem geschadet. Warum sollte sie auch mehr Anrecht auf die Scheine haben als er? Nur weil sie die beste Freundin der Person war, die den Keller an Maria vermietet hatte? Nichts da. Er hatte es gefunden und damit basta. Verwandte hatte Maria nicht, hatte Franz gemeint, und wo es keinen Kläger gab, da war auch kein Richter. Mal sehen, was er damit anstellen würde. Gut, genau genommen hatte er sich unrechtmäßig in Ellis Haus aufgehalten. Aber andererseits hatte ihn Traudi, die einen Schlüssel hatte, mit reingenommen. Also was sollte es? Das ging rein moralisch auf jeden Fall in Ordnung. 200.000 Euro! Ein solch großzügiges Geschenk des Himmels hinterfragte man nicht lang und breit, das nahm man einfach nur dankbar an.

»Was machen wir mit den Sachen? Da sind doch bestimmt die Beweise dafür dabei, wer Elli und Maria auf dem Gewissen hat.« Traudi deutete auf Max' Fundstücke.

»Wir machen gar nichts damit, Traudi. Ich schau mir das alles gleich erst einmal ganz genau bei mir zu Hause durch und dann sehe ich weiter. Letztlich muss ich das Zeug auch möglichst bald bei der Kripo abgeben. Was meinst du, was das sonst für einen Ärger gibt, wenn die mir draufkommen.«

»Kämen sie dir denn drauf?« Sie hob zweifelnd die Brauen.

»Blöd sind sie nicht. Schließlich war ich mal einer von ihnen. Außerdem sind überall im Haus meine Fingerabdrücke.«

»Und was willst du ihnen sagen, woher die Sachen sind?«, hakte sie nach.

»Dass ich sie dort gefunden habe, wo mein früherer Kollege und seine Leute nicht fündig geworden sind.« Das wird sicher schön peinlich für Franzi, freute er sich.

»Werden sie da nicht sauer, weil wir die Siegel verletzt haben?«

»Du hättest Polizistin werden sollen, so wie du einen ausquetscht.« Er musste grinsen.

»Wollte ich auch als kleines Mädchen. Also, was ist nun? Werden sie sauer werden?«

»Bestimmt. Aber wenn ich hier drinnen etwas Brauchbares für die Morde an Elli oder Maria finden sollte«, er hielt die Datenträger und Marias Tagebuch hoch, »werden sie sich zusammenreißen müssen. Sonst bekommen sie das Material nicht. So einfach ist das.« Er blickte selbstzufrieden drein und folgte ihr vor die Tür. Ob das mit dem Geld wirklich in Ordnung war, würde er daheim noch einmal genauer überdenken. Ganz astrein war die Sache, bei aller Freude über den Fund, nicht. So viel war sicher.

16

»Hallo, Annie. Max hier. Ich wollte dich nur kurz über den Stand der Ermittlungen im Mordfall Maria Spengler informieren. Aber bitte lass uns nicht über Moni reden. Okay?« Max saß nach einer erfrischenden Dusche in Unterhose und Unterhemd auf seiner gemütlichen Couch im Wohnzimmer. Seine nackten Füße hatte er auf dem Couchtisch abgelegt. In der linken Hand hatte er eine Tasse Kaffee, die rechte hielt den Hörer. Das Tagebuch, die CD und die DVD aus Ellis Kellerversteck lagen neben seinen Füßen. Das Geld hatte er in seinem Schlafzimmer unter einer lockeren Bodendiele hinter seinem Nachtkästchen versteckt. Man war ja lernfähig.

»Ist mir recht, Max. Da mische ich mich sowieso nicht ein. Das müsst ihr schon unter euch regeln. Wie sieht es mit den Ermittlungen aus?« Anneliese klang sehr sachlich, aber nicht unterkühlt. Sie schien in Sachen Max gegen Monika wirklich nicht Partei ergreifen zu wollen.

»Es hat einen zweiten Mord gegeben. An Elli Breitwanger, einer guten Bekannten von Maria. Sie schien ihr vertraut zu haben.«

»Was? Die junge Elli aus der Birkenau? Maria hat mir einmal von ihr erzählt. Sie schien sie gemocht zu haben. Ja, um Himmels willen!«

»Ja, genau die.«

»Was ist bloß los? Läuft etwa ein Irrer durch Giesing und bringt alle Frauen um? Sollte ich besser die nächste Zeit nicht mehr vor die Tür gehen?«

»Berechtigte Fragen. Ich bin jedenfalls gerade einem

üblen Burschen auf der Spur. Der hat echt alles auf dem Kerbholz, was mit Bestechung und Betrug zu tun hat.« Max dachte grimmig lächelnd an Marias CD, deren Inhalt er gerade vorhin auf seinem PC überflogen hatte, genau wie die Seiten ihres Tagebuches. Die DVD hatte er sich für später aufgehoben. Es schien sich um einen eineinhalbstündigen Porno zu handeln. Das brauchte seine Zeit.

Die CD enthielt jedenfalls jede Menge entlarvende Daten über Rainald Woller und seine unredlichen Geschäfte wie Kontoauszüge, Auftragsbestätigungen und Vertragsabschriften. Sogar ein paar äußerst aufschlussreiche interne Buchungsbelege über Zahlungen an sein ›Projektmanagement‹ waren darunter. Um Genaueres darüber sagen zu können, würde Max über Franz zusätzlich einen Finanzfahnder einschalten müssen. In den Einzelheiten kannte er sich zu wenig aus.

Auf jeden Fall würde er Woller aber mit den bisherigen Informationen bei ihrem nächsten Treffen dazu bringen, ihm die ganze Wahrheit über seine Beziehung zu Maria zu sagen. Ihrem Tagebuch nach hatten sie sich sogar vor zwei Wochen noch zum gemeinsamen Sex in einem Starnberger Hotel getroffen. Schon sehr merkwürdig. Da gingen die beiden miteinander ins Bett, aber gleichzeitig vertraten sie offiziell völlig konträre Interessen. Sie als wortführendes Mitglied der Bürgerinitiative Birkenau, er als rücksichtsloser Immobilienspekulant und Baulöwe.

Wer weiß? Vielleicht hatten Maria und Elli ihn ja beide mit dieser Daten-CD erpresst, und er hatte der Sache in beiden Fällen einen endgültigen Riegel vorgeschoben, indem sie umbrachte. Möglich wäre es, doch beweisen konnte ihm Max das zumindest im Moment noch nicht.

Aber halt mal. Angenommen es war wirklich so, dann kamen die 200.000 Euro doch bestimmt von Woller. Er musste sie an Maria oder an Elli oder an beide gezahlt haben, damit sie nicht redeten. Noch ein Grund mehr, nichts über den ›Schatz im Keller‹ verlauten zu lassen. Vorausgesetzt, diese Theorie stimmte. Denn andererseits konnte es ebenso gut sein, dass Maria Elli nichts von der CD gesagt hatte und Woller auch nicht von ihr erpresst wurde. Vielleicht wollte sie sich mit der CD einfach nur absichern. Zum Beispiel für den Fall, dass er ihr zu wenig Geld für ihr Haus bot.

»Maria hat ihn ihrem Tagebuch nach sehr gut gekannt. Sie hat ihn offensichtlich bis zuletzt geliebt«, fuhr er an seine Auftraggeberin gewandt fort. »Jedenfalls schreibt sie nichts Negatives über ihn. Aber ich denke, dass sie dennoch auch irgendwie miteinander im Clinch gewesen sein mussten. Er als Immobilienspekulant, sie als Mitglied der Bürgerinitiative.«

»Wie heißt er?«

»Woller.«

»Meinst du etwa den Hai vom Promenadeplatz, wie ihn alle nennen? Von dem hat sie mir mal erzählt, fällt mir gerade ein. Also nur, dass sie ihn kennt. Sonst nichts. Oje, das hatte ich ganz vergessen.«

»Genau den meine ich. Wenn er wirklich der Mörder von Maria und Elli sein sollte, kriege ich ihn auch. Versprochen.« Max klang ruhig und entschlossen.

»Du hast ihr Tagebuch? Steht da denn nirgendwo, wer sie umgebracht haben könnte?« Anneliese klang auf einmal überhaupt nicht mehr kühl, sondern eher aufgeregt und ängstlich. Fürchtete sie etwa um ihr eigenes Leben?

»Nein. Leider nicht.«

»Das wäre wohl auch zu einfach, stimmt's?«

»Stimmt, Annie. Egal. Schauen wir mal, dann sehen wir's schon.«

»Beckenbauer.«

»Und Raintaler.«

»Und das Tagebuch? Woher hast du es?«

»Gefunden.«

»Wie lange wirst du noch brauchen für den Fall? Brauchst du einen Vorschuss?« Annelieses Stimme klang deutlich wärmer als zu Beginn ihres Gespräches.

»Weiß nicht. Nein.«

»Na, gut. Gibt es sonst noch etwas?«

»Ihrem Tagebuch nach war Maria dreimal bei einer Wahrsagerin gewesen, die ihr die Zukunft bezüglich Männern voraussagen sollte. Die Frau war ihr anscheinend unheimlich. Hat sie dir davon erzählt?«

»Hat sie. ›Heiliges Medium Eva‹ nennt sich die Betrügerin. Treibt ihr Unwesen in der Klenzestraße. Ich war auch mal bei ihr. Die erzählt einem vielleicht einen Schmarrn. Mir hat sie damals einen tollen Mann innerhalb der nächsten zwei Wochen versprochen. Kein Wort wahr. Verlogenes Miststück. Unglaublich. Die ist auf jeden Fall unheimlich. Maria hatte regelrecht Angst vor ihr.«

»Aha. Gut zu wissen.« Max notierte sich Namen und Adresse auf der aufgeschlagenen Fernsehzeitschrift, die auf dem Tisch lag. Gleich auf dem weißen Spalt unter der Überschrift.

»Meldest du dich wieder, Max?«

»Sobald ich etwas Neues in der Sache erfahre.«

»Alles klar. Servus.«

»Servus, Annie.«

Sie legten auf. Max holte sich noch eine Tasse Kaffee aus der Küche, legte die Porno-DVD ein und machte es sich erneut bequem. Die spannende Geschichte begann. Es ging um einen einsamen Kalifen, der sich 20 Prostituierte auf sein den Bauten von König Ludwig nachempfundenes Schloss mitten in der Sahara bestellt hatte, da sich sein Harem gerade auf Betriebsurlaub in den Schweizer Bergen befand. Eine nicht ganz unwesentliche Rolle spielten dabei wohl auch zehn Kamele, die laut im Innenhof des Anwesens vor sich hinblökten. Das geht ja schon gut los, dachte er stirnrunzelnd. Jetzt weiß ich auf jeden Fall schon mal, warum das Meisterwerk ›Heiße Höcker im Wüstensand‹ heißt.

Es klingelte. Er sprang auf, um zu öffnen. Die liebe alte Frau Bauer stand mit einem großen Topf vor ihm.

»Gulasch!«, trompetete sie fröhlich, und noch ehe er sie aufhalten konnte, hatte sie sich an ihm vorbeigeschoben und war auf dem Weg in seine Küche. Dabei musste sie das Blöken und Stöhnen der Kamele aus dem Fernseher im Wohnzimmer gehört haben. Neugierig blieb sie stehen und riskierte einen Blick ums Eck. Keine zwei Sekunden später zuckte sie erschrocken zurück. »Aber Herr, Raintaler. Was schauen Sie denn da für Sauereien an? Und dann auch noch diese Kamele. Ich bin entsetzt.« Ihre Stimme überschlug sich. Empört warf sie den Kopf zurück und blickte ihn herausfordernd an.

»Das ... äh, ... ist rein beruflich, Frau Bauer. Ich ..., äh ... habe da gerade so einen Fall ...« Max wusste nicht, wo er hinschauen sollte, zumal er nach wie vor nur mit Unterhemd und Unterhose bekleidet vor ihr stand, was der Sache eine besonders delikate Note verlieh. Er rannte ins Wohnzimmer und schaltete den DVD-Player aus.

»So, so, einen Fall haben Sie?«, höhnte sie währenddessen. »Wohl einen Fall von zu viel Hormonen.« Kopfschüttelnd rauschte sie in die Küche hinüber, stellte eilig den Gulaschtopf auf den Herd und schaute, dass sie so schnell wie möglich wieder aus der Wohnung kam. »Bis bald, junger Mann, wenn Sie sich wieder beruhigt haben«, verabschiedete sie sich dabei mit immer noch ungewollt kieksender Stimme über ihre Schulter hinweg von ihm.

»Aber, Frau Bauer. Sie verstehen das alles ganz falsch. Ehrlich!«, rief er ihr hinterher.

Zu spät. Festen Schrittes war sie bereits ins Treppenhaus hinausgetreten und zog eilig die Tür hinter sich zu.

»Blöder Scheißporno!«, fluchte Max laut. Er holte sich einen Teller Gulasch und eine Gabel und knipste den DVD-Player wieder an. Das hat die Bauer gerade gesehen?, fragte er sich. Die drei Kamele mit dieser Frau mit den Riesenmöpsen? Ach, du Scheiße. Wahrscheinlich ist das hier das letzte Gulasch, das sie mir gebracht hat. Herrschaftszeiten noch mal. Er musste grinsen. Aber halt mal. War das da nicht Maria Spengler? Tatsächlich. Dasselbe Gesicht wie auf dem Tagebuch vor ihm. Maria lag mit einem leichten Nichts aus Seide bekleidet auf einem sandverschmutzten Mauervorsprung und sang etwas, das wohl eine arabische Weise sein sollte. Auf jeden Fall klang es grässlich. Der Kalif war wohl derselben Meinung, denn er schrie sie an, sie solle endlich ihre Klappe halten und lieber zu ihm kommen und etwas Sinnvolles damit anstellen. Woraufhin sie ›Ja, oh, Herr. Gern bin ich dir zu Diensten‹ rief und lachend mit wippenden Brüsten auf ihn zulief. »Was für eine gequirlte Scheiße«, murmelte Max kopfschüttelnd vor sich hin. »Wer dreht denn bloß so einen elenden Müll?« Er nahm die DVD-Hülle zur Hand und las die Rückseite. »Woller Sex-Productions?« Das war jetzt nicht wahr. Oder? Hatte der Fettsack seine Finger auch noch im Pornogeschäft? Nicht zu fassen. Er ließ den Film weiterlaufen, während er die Besetzungsliste durchlas. Keiner der Namen sagte ihm etwas, gleichzeitig war er sich sicher, dass keiner davon echt war. Weder Long John Silver noch Dolly Tittlinger oder Lora Ficktorte hörten sich nach Telefonbuch oder Einwohnermeldeamt an.

Apropos Müll. Warum meldete sich Willi eigentlich nicht? Er hätte ihm so viele gute Nachrichten zu verkünden. Zum Beispiel die Sache mit Josefs Haus, und Geld hatte Max jetzt auch genug, um den heruntergekommenen Freund aus Kindertagen zu unterstützen. Zumindest mit kleineren Beträgen, die auf jeden Fall schon mal Willis täglichen Alkoholkonsum sichern würden.

»Wahrscheinlich hat er wirklich meinen Fünfziger genommen und sich total zugesoffen«, murmelte er halblaut zu sich selbst. »Und wahrscheinlich hat er darüber ganz vergessen, dass er mich getroffen hat. Der wird wohl auf der Straße enden, der Willi. Ja mei, mehr als zu helfen versuchen kann man nicht. Aber genau genommen dürfte es erst gar nicht soweit kommen, verdammt noch mal.«

Sein Handy spielte ›das Lied vom Tod‹. Er eilte ins Bad, zog es aus seiner Jeanstasche, wo er es nach dem Duschen vergessen hatte, und ging ran.

»Servus, Max. Franzi hier.«

»Ja, der supergescheite Herr Wurmdobler, der seine

besten Freunde einsperrt. Was verschafft mir die außerordentliche Ehre, Herr Polizeichef?« Max' Stimme triefte nur so vor Sarkasmus.

»Ist ja gut, Max. Ich verstehe ja, dass du immer noch sauer bist. Aber das war wirklich eine Scheißsituation. Was hättest du denn an meiner Stelle getan?« Franz klang ehrlich bedrückt. Oder zog er nur eine Show ab? Eher nicht. Das war nicht seine Art.

»Ich hätte dich gefragt, ob du es warst, und dann hätte ich dich nach Hause gebracht.« Max war nach wie vor eingeschnappt. Dementsprechend zickig war sein Ton.

»Aber du hättest meine Frage doch gar nicht mehr kapiert. Du warst total weggeschossen. Auf einem anderen Planeten, und dann noch über und über mit dem Blut der Toten verschmiert. Sei doch mal ehrlich. Was wäre denn dein erster Gedanke gewesen?«

Max überlegte eine Weile lang. Eigentlich hat er recht, dachte er. Aber das darf ich auf keinen Fall zu schnell zugeben, sonst hält er sich gleich wieder für den Größten. »Ich hätte erst einmal die Tatwaffe gesucht, und wenn ich die nicht in der Nähe des Tatortes gefunden hätte, wäre mir klargewesen, dass es der Besoffene vor mir auf keinen Fall hätte gewesen sein können. Weil der viel zu besoffen gewesen wäre, sie anderweitig beiseite zuschaffen.«

»Und wenn der Besoffene nur so getan hätte, als wäre er besoffen gewesen und die Tatwaffe in die Isar geworfen hätte?«

»... und dann wieder zur Leiche zurückgekehrt wäre. Wie dämlich sollte dein nicht Besoffener eigentlich gewesen sein, Franzi? Das klingt alles noch zehn Mal blöder, als die Polizei erlaubt.« Max musste, ohne es zu wollen, laut loslachen. Einen solch abstrusen Schmarrn, wie ihn Franz gerade erzählte, hatte er schon lange nicht mehr gehört.

»Gut. Ich gebe es zu. Ich habe mich vorgestern nicht mit Ruhm bekleckert. Aber stell dir vor, jetzt gibt es sogar eine zweite Leiche. Wieder eine Rothaarige.« Franz klang nicht nur bedrückt, er hörte sich gleichzeitig auch müde an. Wahrscheinlich hatte er die letzten zwei Nächte vor lauter Arbeit kaum geschlafen.

»Ach, wirklich? Und die soll ich etwa auch auf dem Gewissen haben. Hey, eine Leiche wird in München gefunden. Lass uns den Raintaler fragen, wo er war. Bestimmt hat er sie umgebracht.« Max wollte sich immer noch nicht beruhigen. »Ist das deine neue Auffassung von Kripoarbeit? Gratuliere!«

»Nein, ist es nicht. Und hör endlich auf, die beleidigte Leberwurst zu spielen.« Franzi plärrte nun im gleichen unverschämten Ton wie Max in den Hörer. »So schlimm waren die paar Stunden in der Zelle auch wieder nicht. Ich will mich mit dir versöhnen, und ich brauche offiziell deine Hilfe. Biergarten? Nachher? Ja oder nein.«

Max zögerte eine Weile, bevor er antwortete: »Na gut, Franzi. Aber du zahlst die Zeche. So viel ist sicher.«

»Logisch. Gott sei Dank. Sind wir wieder gut?« Franz atmete hörbar erleichtert auf.

»Schauen wir mal«, zögerte Max. »Nach dem Bier vielleicht.«

»18 Uhr?«

»Alles klar. 18 Uhr im kleinen Biergarten in den Isarauen.«

»Ich bin pünktlich. Bis später.«

»Servus, Franzi.«

Sie legten auf. Max war sich eine ganze Weile lang nicht sicher, ob er nicht doch zu schnell nachgegeben hatte. »Was soll's?«, erklärte er schlussendlich im Bad seinem Spiegelbild, während er seine Jeans und ein schwarzes T-Shirt mit der Aufschrift ›Superstar‹ anzog, das er im Wäschekorb bei der Bügelwäsche gefunden hatte. »Ich kann dem Franzi schließlich nicht bis an mein Lebensende böse sein. Erstens wäre das enorm kindisch und zweitens ist er nun mal mein bester Freund. Josef ist zwar auch mein Freund. Aber mit Franzi ist es eben etwas ganz Besonderes.« Er war schon gespannt, was Franz zu der CD, der DVD und dem Tagebuch sagen würde. Was er selbst sagen würde, wenn er ihm die Sachen überreichte, wusste er genau.

17

»Schau her, Franzi. Das habt ihr wieder mal übersehen.«
Überlegen grinsend hielt Max seinem alten Freund und
Exkollegen die Datenträger und Marias Tagebuch aus Ellis
Keller vor die Nase.

Er hatte sich unterwegs bei Antons Wurstbude, gleich
bei ihm ums Eck im Park, noch eine Rote mit viel Senf
geholt und war deshalb ein bisschen zu spät dran. Anton
hatte die besten Bratwürste der Stadt, und Max hatte mindestens seit einer Woche keine mehr bei ihm gegessen.
Höchste Zeit also, das Versäumte nachzuholen, auch wenn
Franzi deswegen zehn Minuten auf ihn warten musste.

»Was ist das?« Franz blickte erstaunt und überrascht
zugleich zu ihm auf.

»Erklär ich dir gleich. Ich brauch erst mal ein Bier.« Max
legte die Sachen auf den kleinen runden Tisch und blieb
ohne weiterzusprechen neben Franz stehen.

»Ach so. Sorry, Max, hier. Bringst du mir auch noch
eins mit?« Franz holte seine Brieftasche aus seiner weiten
weißen Leinenhose, kramte kurz darin herum und reichte
ihm einen Zwanziger.

»Logisch.« Max stapfte durch den Kies auf die Schenke
zu, vor der sich, wie immer im August, eine lange Schlange
gebildet hatte. Gott sei Dank boten hier überall hohe weit-
ausladende Bäume reichlich Schatten, da wurde es einem
wenigstens nicht zu heiß beim Warten. Denn selbst jetzt
um 18 Uhr knallte die Sonne noch unerbittlich herunter.

Nach einer Viertelstunde kehrte er zu Franz zurück
und setzte sich ihm gegenüber. Sie stießen an.

»Prost, Max. Auf unsere alte Freundschaft.« Franz hatte kleine Tränen in den Augen. Er wünschte sich offensichtlich wirklich nichts mehr, als sich mit Max zu versöhnen.

»Prost, Franzi. Na, komm schon her.« Max stand auf, ging um den Tisch herum und umarmte seinen alten Freund und Exkollegen. Der erwiderte die Umarmung dankbar.

Nachdem sie das Persönliche somit erfolgreich hinter sich gebracht hatten, erkundigte sich Franz noch einmal nach den Sachen, die Max ihm mitgebracht hatte.

»Das ist eine CD, auf der ein paar heiße Informationen über einen bekannten Münchner Immobilienhai und Bautycoon gespeichert sind: Überweisungen, Baupläne und so weiter.« Max hob die CD hoch. »Er heißt Woller, ist komplett skrupellos und will in der Birkenau, wo Maria Spengler und Elli Breitwanger gewohnt haben, alle Häuser abreißen. Deswegen gibt es dort eine Bürgerinitiative gegen ihn, in der die Spengler und die Breitwanger Mitglied waren.«

»Dass die beiden Opfer Mitglieder der Initiative waren, weiß ich«, unterbrach ihn Franz mit wachem Blick. »Und an den Woller habe ich auch schon als Auftraggeber für die Morde gedacht. So einer macht sich schließlich nicht selbst die Finger schmutzig. Obwohl man das nie so genau wissen kann. Aber wir haben bisher noch nichts Konkretes gegen ihn in der Hand. Woher hast du das Ding?«

»Sage ich dir später. Besonders sehenswert sind die gesamten Baupläne für die Birkenau und die Bankauszüge mit regelmäßigen Überweisungen an den lieben Stadtrat Meierbär, der hier bei uns entscheidend über die öffentlichen Bauaufträge entscheidet.«

»Na, schau mal an. Der Herr Meierbär steckt auch mit drinnen. Aber in der Öffentlichkeit immer den braven Grüßaugust mimen.«

»An Justus Weidenbrecher, den Chef der Stadtbank, die auch in den heutigen Zeiten noch Kredite an mittelständische Unternehmen wie die ›Woller GmbH‹ vergibt, hat es laut dieser CD ebenfalls ein paar satte Zahlungen gegeben.«

»Sappralot. Du bist richtig gut, alter Freund.« Franz langte sich staunend an den Kopf.

»Endlich merkt's mal einer.« Max nahm die DVD zur Hand. »Das hier ist ein sehr aufschlussreicher Porno, den Woller produziert hat. Maria Spengler hat darin mitgespielt. Und das Buch hier ist das Tagebuch von Maria Spengler. Da steht drinnen, welche Beziehung sie zu Woller hatte. Sie war bis zum Schluss in ihn verliebt. Da schaust du, was?«

»Allerdings.« Franz nickte anerkennend. »Wusste ich's doch, warum ich deine Hilfe in dem Fall einholen wollte.«

»Es geht halt nicht ohne den Raintaler. Stimmt's?«

»Schaut ganz so aus.« Franz zündete sich eine Zigarette an. »Wenn das stimmt, was du sagst – und ich gehe natürlich davon aus, dass es stimmt – können wir Woller mit diesem Material bezüglich der Morde auf jeden Fall gut unter Druck setzen. Es sieht ganz so aus, als hätte Maria Spengler ihn mit der CD erpresst, obwohl sie ihn laut Tagebuch bis zuletzt geliebt hatte, und diese Elli hatte davon gewusst. Deswegen musste sie ebenfalls sterben.«

»Es sieht vielleicht so aus, aber man weiß es nicht, Franzi. Auf jeden Fall hat Woller etliche miese Geschäfte

am Start. Genug um ihn allein deswegen hochzunehmen.«
Max machte ein zufriedenes Gesicht.

»Meinst du? Normalerweise haben solche Typen doch die besten Anwälte, die ihre reichen Mandanten bei ihren sogenannten Kavaliersdelikten gegen ein Bußgeld wieder raushauen. Schau dir bloß unsere Banker an oder die Jungs, die auf dem freien Markt spekulieren und dabei bescheißen, was das Zeug hält.«

»Mag sein. Reden sollten wir aber auf jeden Fall mit ihm. Wegen der Morde, meine ich. Obwohl die natürlich auch jemand anderes in Auftrag gegeben haben kann.«

»Wer denn zum Beispiel?« Franz sah ihn neugierig an.

»Weidenbrecher? Meierbär? Ein Irrer? Ist doch alles möglich.«

»Stimmt auch wieder. Aber erst mal verhören wir Woller. Okay? Gleich morgen früh um neun? Du und ich gemeinsam bei ihm?«

»Gleich morgen früh um neun.« Max nickte zustimmend. Er hob seinen Krug. Sie stießen erneut an und tranken.

»Ich schau mir die CD vorher daheim einmal an.«

»Das kann sicher nicht schaden. Eventuell brauchst du auch jemanden vom Betrugsdezernat für die Einzelheiten. Alles darauf habe ich jedenfalls nicht kapiert.«

»Da kann mir der Bernd Müller helfen. Der hat BWL studiert, bevor er bei unserem Laden angeheuert hat.«

»Der ›scharfe Bernd‹ hat studiert? Hätte ich ihm gar nicht zugetraut. Der wirkt doch normalerweise wie eine dumpfbackige Bulldogge.« Max pfiff erstaunt und anerkennend durch die Zähne.

»Und wieso sollen wir die Sachen übersehen haben, wie du vorhin gemeint hast? Wo hast du sie überhaupt her?«, wollte Franz wissen, nachdem sie ihre Gläser wieder abgestellt hatten.

»Aus Elli Breitwangers Keller, den sie an Maria Spengler vermietet hatte.«

»Was? Wie kommst du denn da rein?« Franz schaute mehr als überrascht drein.

»Ganz einfach. Mit dem Schlüssel.«

»Und der lag zufällig in deinem Briefkasten oder was?«

»Nein, ich habe ihn von Ellis Nachbarin und gleichzeitig bester Freundin.«

»Die da wäre?«

»Traudi Markreiter. Ihr gehört das Haus direkt neben Elli Breitwangers.« Max grinste triumphierend. »Und sie hat die Schlüssel zum Haus ihrer Freundin.«

»Ach, und da habt ihr einfach unsere Siegel aufgemacht und seid da reinspaziert?« Franz schüttelte ungläubig den Kopf.

»Genau so war es.« Max grinste eine Spur breiter.

»Du weißt schon, dass das verboten ist.«

»Logisch, Franzi. Aber eure Schlamperei gehört auch verboten. Meinst du nicht?«

»Wo du recht hast, hast du recht. Außerdem hast du was gut bei mir. Also gut, das mit den gebrochenen Siegeln nehme ich schon mal auf meine Kappe.« Franz hob entschlossen seinen Krug, um erneut mit seinem besten Freund anzustoßen. »Weiß diese Traudi von den Sachen hier?« Er zeigte auf den Tisch.

»Nein. Ich hatte sie nach Hause geschickt, bevor ich das Zeug fand.«

»Wir haben also zwei Morde und ein mögliches Motiv. Beweise oder einen eindeutigen Täter haben wir nicht.« Franz zündete sich nachdenklich eine Zigarette an und zog kräftig daran. Während er den Rauch ausatmete, bekam er einen Hustenanfall, der sich gewaschen hatte. Ächzend und keuchend beugte er sich vornüber. Sein Kopf lief knallrot an.

»Neue Marke? Oder doch schon Lungenkrebs?«, erkundigte sich Max mit leiser Ironie in der Stimme. Franz sollte eigentlich wissen, dass ihm das viele Rauchen schadete. Doch offensichtlich war es ihm egal. Sein Bier. Beim Selbstmord durfte sich jeder die Todesursache aussuchen. So tolerant sollten wir alle sein. Man konnte ein paar Mal warnen. Aber wenn das nicht angenommen wurde, war es auch wieder in Ordnung.

»Weder noch, Depp«, erwiderte Franz, sobald er wieder reden konnte.

»Aha. Na gut.« Max grinste und trank sein Bier leer. »Noch eins?«

»Logisch.« Franz zauberte den nächsten Zwanziger hervor. »Aber diesmal gehe ich.« Er hustete ein letztes Mal, stand auf und stapfte durch den Kies zur Schenke hinüber.

Max schaute sich solange die Leute an, die um sie herum saßen. Manchmal geht mir das Münchner Volk dermaßen auf die Nerven, dachte er mit heruntergezogenen Mundwinkeln. Oder sind es gar nicht die Münchner? Sondern die Menschen generell? Schau dir zum Beispiel bloß mal dieses kahlrasierte Arschloch am Nebentisch an. Seit zehn Minuten drückt er seiner gestylten Begleiterin rein, was für ein toller Hecht er ist. ›Meine Welt ist Computer, Börse,

Finanzen, Medien, Baby. Ich bin verdammt gut in meinem Job. Das sagt nicht nur mein Chef.‹

Warum schüttet sie ihm nicht einfach ihre Maß über den Kopf, geht heim in ihre kleine Eigentumswohnung und liest ein gutes Buch. Zum Beispiel einen Krimi. Sie hätte garantiert mehr davon. Was soll's. Nicht meine Sache.

Denk ich halt lieber an was Schönes. An Traudi zum Beispiel. Die ist schön. Aber zu jung. Oder? Und Gesine? Die ist schön und alt genug. Aber passt sie zu mir? Keine Ahnung. Wohl eher nicht. Moni hat zu mir gepasst. Auf jeden Fall. Na ja. Genau genommen bin ich auch bloß ein Depp. Nicht viel besser als der da drüben. Auf keinen Fall.

»Spät kommt er, doch er kommt.« Franz riss ihn aus seinen trüben Gedanken. »Da war eine Schlange vor der Schenke, so etwas habe ich lange nicht mehr erlebt.«

»Gott sei Dank, Bier. Ich war gerade schon dabei, vor lauter Durst in Depressionen zu verfallen.« Max grinste humorlos. Er griff sich seinen Krug. »Hey! Der ist ja randvoll. Hast du nachschenken lassen?«

»Logisch, Max. Zu irgendwas muss der Kripoausweis schließlich gut sein. Da zittert selbst der grantigste Schankkellner vor Ehrfurcht.« Franz lachte scheppernd. Er nahm ebenfalls sein Bier zur Hand. Dann stießen sie miteinander an. »Übrigens kennst du den? Sitzen ein Schwarzer und ein Texaner nackt am Rand vom Swimmingpool …«

»Uralt, Franzi. Hast du mindestens schon 50 Mal erzählt.«

»Ohne Schmarrn?«

»Ohne Schmarrn. Lass uns lieber trinken.«

»Ist recht.«

Sie zogen kräftig an.

»Habt ihr übrigens was über die K.-o.-Tropfen beim Griechen rausgefunden?«, wollte Max wissen, nachdem ihre Gläser wieder auf dem Tisch gelandet waren.

»Leider nicht, Max. Da tappen wir völlig im Dunkeln. Kellner und Gäste wollen niemanden in der Nähe von deinem Platz gesehen haben.« Franz hob bedauernd die Hände.

»Aha.« Max stierte eine Weile lang schweigend vor sich hin.

»Ist was?«, erkundigte sich Franz, der seinen Freund gut genug kannte, um zu merken, dass mit ihm etwas nicht stimmte.

»Passt schon, Franzi.«

»Aber du hast doch was. Stress mit Moni?«

»Könnte man so sagen.«

»Oh je. Ich sag's ja. Nichts als Ärger mit den Damen der Schöpfung. Was war denn schon wieder los?« Franz blickte ihn neugierig an.

»Wir haben Schluss gemacht.«

»Was habt ihr?« Franz zog erstaunt die Brauen hoch.

»Wir haben endgültig Schluss gemacht.«

»Ja, da schau her. Und jetzt?«

»Keine Ahnung. Weiß nicht.« Max nahm Marias Tagebuch in die Hand, hob es hoch und ließ es wieder auf den Tisch fallen. »Es nervt halt.«

»Logisch. Würde mich auch nerven. Nicht zu knapp.« Franz zündete sich die nächste Zigarette an und bellte wie ein Wachhund im Angesicht des Einbrechers.

Max überging es geflissentlich. Sie tranken weiter. Die Schlagzahl wurde höher und Max' Liebeskummer mit jedem Schluck kleiner. Typischer Fall von Verdrängung.

»Ich hol noch eins«, meinte Franz, nachdem sie ihren zweiten Krug ebenfalls geleert hatten.

Sie leerten den dritten Maßkrug, danach den vierten und den fünften. Nach dem sechsten hatte die Schenke geschlossen. Es gab nichts mehr.

»So ein Scheißladen. Die geben einem nicht einmal was zu trinken. Selbst wenn man Durst hat«, lallte Max.

»Verdammte Schweine«, lallte Franz zurück. »Dann gehen wir halt heim. Oder?«

»Oder?«

»Nix. Bloß so.«

»Aha. Lass uns gehen, Franzi.« Max erhob sich von seinem Stuhl. Er baute sich schwankend neben dem Tisch auf. »Ich glaube, ich habe einen sauberen Rausch. Sogar ohne K.-o.-Tropfen.«

»Ich auch. Macht nix. Muss auch mal sein. Morgen ist er wieder vorbei. Und ich sperre dich heute Nacht auch nicht ein, versprochen.« Franz fiel fast über seine eigenen Füße, als er ebenfalls aufstand.

»Um so besser. Wo geht es hier eigentlich raus?« Max drehte sich suchend einmal um die eigene Achse.

»Da drüben.«

»Aha.«

Während sie dem Ausgang entgegenstrebten, stellte sich heraus, dass Max besser auf den Beinen war als Franz. Hatte sein alter Freund und Exkollege etwa zu Hause schon vorgeglüht?

18

»Griechischer Wein ist so wie das Blut der Erde. Schenk noch mal ein, und wenn ich dann traurig werde, liegt es daran, dass ich immer nur noch weinen kann.« Max sang in einer Lautstärke, als wäre er allein auf der Welt.

Arm in Arm schlingerte er mit Franz den Bürgersteig entlang. Seit einer geschlagenen Stunde waren sie bereits auf dem Nachhauseweg. Normalerweise schafften sie die Strecke locker in knapp zehn Minuten, aber so ein Heimweg vom Biergarten hatte seine eigenen Gesetze. Der brauchte seine Zeit. Vor allem, wenn man nicht hinfallen wollte. Und diesbezüglich gaben die beiden heute besonders gut acht, nach der Sache mit Max und der Leiche. Das musste man ihnen wirklich lassen, bei all ihrer ungebremsten Sauferei vorhin.

»Nicht, Max. Bitte nicht. Weil, wenn du traurige Lieder singst und dabei traurig wirst, dann werde ich auch traurig.« Franz, der vorhin im Park zugegeben hatte, dass er zu Hause bereits drei Feierabendbier und ein paar Schnaps gehabt hatte, war ungefähr doppelt so betrunken wie Max. Er begann tatsächlich zu weinen.

»Also gut, Franzi. Dann singe ich eben nix mehr. Bloß noch ein allerletztes Lied. Okay?« Max war heute melancholisch drauf. Kein Wunder, wenn man die Sache mit Monika bedachte. Aber glücklich war er andererseits auch, weil er sich mit Franz wieder vertrug.

Franz und Max, das war und blieb schließlich ein unbesiegbares Duo, das nichts und niemand auseinander bringen konnte. Nicht mal ein Streit. Und wenn Franz jetzt nicht mehr weinen wollte, dann würde Max natürlich mit dem Singen aufhören. Aber vorher musste es noch dieses eine Lied sein. Unbedingt. Nur ganz kurz den Anfang.

»Die kleine Kneipe in unserer Straße. Da wo das Leben noch lebenswert ist.« Aufgrund seines angetrunkenen Zustandes traf der ansonsten routinierte Sänger fast keinen Ton von Peter Alexanders einstigem, bittersüßem Sozialromantikhit.

Trotzdem ging das Lied Franz tief unter die Haut. Er begann erneut zu schluchzen. »Max, bitte wirklich nimmer singen. Ehrlich. Das ist so traurig.«

»Okay, Franzi. Ich höre endgültig auf.« Als Zeichen der Entschlossenheit, sein Versprechen diesmal wirklich einzuhalten, legte Max den rechten Zeigefinger vor seinen Mund.

»Was meinst du? Sollen wir noch auf einen kleinen Schluck zum Stehausschank bei mir ums Eck gehen?« Franz blieb stehen, drehte sich zu seinem Freund um, der gerade einen halben Meter hinter ihm an einer Laterne Halt gefunden hatte, und blickte ihn fragend an.

»Ja, sicher. Wenn du das meinst, dann meine ich es auch. Alles klar. Wir gehen noch auf ein schönes, kleines Schlückchen in deinen wunderherrlichen, klitzekleinen Stehausschank.« Während er sprach, hatte Max seine Laterne losgelassen. Doch der starke Rechtsdrall, der ihn daraufhin auf dem Fuß ereilte, belehrte ihn eines Besseren. Er kehrte den halben Schritt, den er sich von seinem sicheren Halt entfernt hatte, wieder zurück und klammerte sich erneut mit beiden Armen daran fest.

»Schau doch mal, Max. Da vorn. Das komische Licht da am Himmel. Es hat sich gerade bewegt. Erst ist es nach rechts, dann nach links und auf einmal nach unten und dann nach oben und dann wieder zurück gesaust. In einem saumäßigen Affenzahn. Der totale Wahnsinn!« Franz kreiste mit seinem rechten Arm durch die Luft, als würde er auf eine unsichtbare Tafel malen.

»Was?« Wo hat der Franzi bloß immer wieder seinen ganzen Schmarrn her?, fragte sich Max. Andauernd fällt ihm was Neues ein. Dem ist doch nichts zu blöd, um es gleich zu erzählen. Schon im Kindergarten war der so drauf, als wir uns damals mit knapp drei Jahren kennengelernt haben. Ich weiß das alles noch ganz genau. Trotz des Nebels in meinem Hirn gerade.

»Das Licht da vorn meine ich. Es hüpft andauernd am Himmel herum und mag nicht stillstehen. Siehst du das denn nicht?«

»Ich sehe überhaupt nichts!« Max schaute auf und blickte so gut er konnte in die Runde.

»Da. Jetzt rast es auf uns zu. Das kleine weiße Licht. Total sauschnell und im vollen Zickzack. Ja, siehst du das denn wirklich nicht?« Franz begann aufgeregt hin- und herzuspringen.

Max wunderte sich nur, dass er dabei nicht zu Boden fiel. Aber mich zum Ausnüchtern in eine Zelle sperren, sagte er zu sich selbst. »Was für ein Licht meinst du nur, Franzi?«, sprach er dann laut weiter. »Da ist kein Licht. Weit und breit ist hier kein Licht, außer dem von den Straßenlampen. Aber die sind ja immer da.« Er zeigte mit der rechten Hand zu der Lampe hinauf, unter der er gerade stand. Mit der Linken hielt er sich nach wie vor an ihrem Mast fest. Ich würde wirklich gern mal wissen, wie sich so eine Straßenlampe ganz allein im Dunkeln fühlt, überlegte er, so viele Meter weit von der nächsten Straßenlampe entfernt. Die muss sich doch total einsam fühlen, die Ärmste. Wenn Max nach einem durchzechten Abend schon einmal melancholisch war, dann war er es konsequent. Bis er ins Bett fiel.

»Da, schau doch! Jetzt saust es wieder nach links. Siehst du das denn nicht?« Franz begann sich torkelnd im Kreis zu drehen.

Max wurde es allein vom Hinschauen schwummrig im Kopf.

»Jetzt, schau hin! Da ist es wieder!«, fuhr Franz fort. »Das ist bestimmt ein UFO. Die sehen ganz genauso aus. Die leuchten genauso. Und die fliegen auch genauso komisch umher, so dass man meint, das gibt es doch gar nicht. Und genau das ist dann auch ganz typisch für die.«

Genau genommen gab es außer Biertrinken, Rauchen und Essen von jeher nur ein Hobby, das Franz wirklich faszinierte, und das waren UFOs. Im ganzen Internet existierte keine Seite über sie, die er nicht bereits ausführlich studiert hatte. Es gab kein Buch, das er nicht darüber gelesen hatte. Er wusste alles darüber. Auch, wie die Außerirdischen Menschen entführten. An Bord ihrer Raumschiffe wurde man dann von ihren Ärzten operiert, und wenn die lange genug an einem herumgeschnitten hatten, brachten sie einen zurück auf die Erde. Natürlich wussten sie dann fürs nächste Mal genau, wo man war.

Jawohl, ganz genau wissen die das, die Sauhunde, die außerirdischen, dachte er jetzt. In Amerika drüben haben sie schon Tausende von Leuten entführt. »Weißt du nicht mehr, was Josef letzte Woche im Biergarten gesagt hat,

Max? Über den Amerikaner, der von den Außerirdischen entführt wurde?«

»Also, wenn man jetzt alle Straßenlampen bloß um zwei Meter näher zusammenstellen würde«, theoretisierte Max, ohne auch nur im Geringsten auf Franz' Frage einzugehen, »dann würden sie sich vielleicht schon gar nicht mehr so einsam fühlen. Dann wäre nämlich die Nachbarstraßenlampe viel näher an der anderen dran, und die beiden könnten locker miteinander reden. Auch über ganz persönliche Dinge, ohne dabei groß herumschreien zu müssen.«

»Da! Jetzt fliegt es wieder den Bahndamm entlang. Scheiße, Max! Schau doch hin!«

»Auch mit der Nachbarstraßenlampe in der anderen Richtung könnte die mittlere Straßenlampe dann reden. Das wäre dann sozusagen eine richtig saugemütliche Straßenlampennachbarschaft, bei der sich alle Straßenlampen früher oder später über alle anderen Straßenlampen direkt und indirekt ganz persönlich kennenlernen könnten.«

»Und jetzt saust es wieder nach hinten. Ja, gibt es denn so was?« Franz drehte sich zweimal um die eigene Achse, dann geschah es. Er fiel um. Obwohl er sich die ganze Zeit über so erfolgreich bemüht hatte, stehen zu bleiben.

»Hoppla!«, kommentierte Max das kleine Missgeschick, bevor er ansatzlos mit seinen philosophischen Betrachtungen über die Straßenlampen fortfuhr. »Weil ja jede von ihnen nicht bloß eine linke und eine rechte, sondern auch eine mittlere Straßenlampe ist. Verstehst du das, Franzi? Keine von ihnen wäre dann noch allein.«

»Scheiße, ich habe mir den Kopf angehauen.« Franz lag auf dem Rücken. Er rieb sich mit der rechten Hand den Hinterkopf.

»Das musst du dir bloß mal vorstellen. Es wäre der Beginn einer völlig neuen Zeitrechnung. Mit dem Jahr eins nach der Beendigung der Einsamkeit von einsamen Straßenlampen. Ursprünglich verursacht durch übertrieben weites Auseinanderstehen derselben, aber dann ohne großes Tamtam geändert, durch einfaches Zusammenrücken von jeweils gerade einmal zwei Metern. Sensationell, Franzi. Absolut sensationell.« Max schaute drein, als hätte er gerade die einzig wahre Ursache für die Entstehung des Lebens entdeckt.

»Jetzt ist es weg. Ich sehe es nicht mehr, Max. Das UFO ist weg. Gott sei Dank!« Franz blieb liegen und starrte in den sternenübersäten Himmel hinauf. »Nein! Schmarrn!«, rief er voller Panik in der Stimme, als er sich mühsam an der Hauswand, neben der er gelandet war, wieder in den Stand hochzog. »Es ist doch nicht weg! Es ist wieder da! Da! Schau hin! Ja, Herrgottsack. Das musst du doch auch sehen. Ich spinn doch nicht.«

»Franzi!« Max hatte seinen bombensicheren Standort an der Laterne aufgegeben und war zu seinem Freund hinübergewankt, um ihm beim Stehenbleiben zu helfen. Zu seinem Erstaunen stellte er dabei fest, dass er selbst wieder relativ sicher auf den Beinen war. »Pass auf, Franzi. Ich sage dir, da ist kein UFO und auch kein Licht. Du hast einfach bloß einen rechten Bombenrausch. Das ist alles. So, und jetzt schau mich mal ganz genau an.«

Franz drehte sich zu ihm um und schielte ihm geradewegs am Gesicht vorbei.

»Ja, was haben wir denn da?« Mit Daumen und Zeigefinger seiner rechten Hand pflückte Max ein winziges weiß schimmerndes Blütenblatt von Franz' langen Augenbrauen. Es musste von den Büschen stammen, in die sie vorhin im Park hineingefallen waren. Die Blüten dort hatten auf jeden Fall genauso ausgesehen. »Und Franzi, siehst du dein UFO jetzt immer noch?«

»Weg. Es ist verschwunden. Ein Wunder. Halleluja! Gott sei Dank! Wahrscheinlich ist es zurück zur Wega. Oder was meinst du, was das war?« Franz hatte sich inzwischen auf eine der kleinen Bänke am Straßenrand gesetzt und ließ vor Müdigkeit und Erschöpfung den Kopf hängen.

»Es war nichts, Franzi. Ich erzähle dir morgen früh ganz genau, wie das alles passieren konnte. Komm schon. Jetzt gehen wir erst mal zu dem Stehausschank bei dir ums Eck und trinken noch einen schönen Schluck. Damit wir morgen früh bei Woller fit sind. Okay?«

»Okay. Machen wir. Bevor vielleicht noch so ein Ding daher kommt.« Franz sah seinen Freund dankbar an. Er erhob sich langsam.

Allzu warm war es im Sitzen ohnehin nicht. Ende August. Da wurde es nachts schon merklich kühler, und zu nieseln hatte es auch noch begonnen. Der Herbst schickte seine Vorboten. Bald war es dann auch wieder Winter, wo man nächtelang allein daheim vor dem Fernseher saß. Man konnte im Moment eigentlich nur über jeden Tag froh sein, an dem es noch einigermaßen sommerlich war hier auf der guten alten Erde.

19

»Ja, Traudi. Was machst du denn hier?« Der nächtliche Regen hatte sich wieder verzogen. Es war Viertel nach neun und für die frühe Tageszeit ungewöhnlich heiß. Max sah die junge Studentin und Metzgereigehilfin aus Untergiesing verwundert an. Seit einer halben Stunde wartete er nun schon vor dem Haus am Promenadeplatz, in dem sich Wollers Büro befand. Aber Franz kam und kam nicht. Stattdessen stand auf einmal sie vor ihm.

»Ich gehe jetzt da hoch und bringe die Sau um.« Sie erwiderte seinen Blick mit einem grimmigen Lächeln im Gesicht. Ihre Augen funkelten zornig.

»Geh weiter, so ein Schmarrn. Wie willst du das denn machen?« Er tätschelte beruhigend ihre Schulter.

»Hiermit.« Sie zog eine Pistole aus ihrer Jackentasche.

»Um Himmels willen, tu das Ding weg. Wenn das jemand sieht. Du weißt doch sicher, dass Waffen in Deutschland verboten sind. Zumindest ohne Waffenschein.« Vor Schreck rutschte Max fast das Herz in die Hose. Wenn sie nun aus Versehen abdrückte. Herrschaftszeiten, musste denn andauernd ein neuer Schmarrn ums Eck kommen. Das war ja langsam alles bloß noch der reine Irrsinn.

»Nichts da. Ich bring den Woller um. Er hat meine Freundin umgebracht, jetzt wird er dafür büßen. Außerdem habe ich einen Waffenschein.« Sie fuchtelte wild mit der Waffe in der Luft herum.

»Bist du besoffen, Traudi?«

»Stocknüchtern.«

»Ja, aber du kannst doch nicht …«

»Logisch kann ich. Siehst du doch.« Sie grinste irr.

»Ja, schon. Hast ja recht. Aber überleg doch mal. Du bringst den Mistkerl um, und dann wanderst du dafür ins Gefängnis. Da hast du doch auch nichts davon.« Max war auf einmal hellwach. Der Kater, mit dem er sich den ganzen Morgen lang herumgeschlagen hatte, war mit einem Schlag nahezu vollständig verschwunden. Nur ein leichter Druck in den Schläfen blieb davon zurück. Er hielt sie am Arm fest.

»Mir doch egal. Ich bring sie auf jeden Fall um, die Wollersau!« Sie riss sich von ihm los und eilte auf die Eingangstür zu.

»Bleib hier, Traudi! Du machst dich nur unglücklich.« Max war sich nicht sicher, ob er ihr folgen sollte. So wie sie drauf war, hätte sie ihn möglicherweise glatt aus Versehen erschossen. Er zögerte.

»Scheißegal«, rief sie und klingelte bei Wollers Büro.

»Pass auf. Was hältst du davon, wenn wir die ganze Sache erst einmal bei einem schönen Espresso besprechen.« Er näherte sich ihr vorsichtig, hob beschwichtigend die Hände und schaute ihr geradewegs in die Augen.

»Kein Espresso. Keine Gnade. Heute soll der Dreckskerl dran glauben. Komm mir bloß nicht zu nahe, Max.« Sie hielt die Pistole in seine Richtung.

»Ist ja gut. Keine Angst. Ich bleibe stehen, wo ich bin. Nimm das Ding runter, bitte.« Mein Gott, und in so eine Wahnsinnige habe ich mich fast verguckt, haderte er mit sich selbst. Die hat doch nicht alle Latten am Zaun. Am Ende bringt sie mich auch noch um. Ich muss an ihre verdammte Waffe rankommen. Aber wie? Ein Ablenkungsmanöver, richtig. Das ist die Lösung.

»Hallo, Herr Woller. Na, heute so spät zur Arbeit.«
Während er sprach blickte er hinter sie. Sie drehte sich
überrascht um. Gott sei Dank, sie fällt drauf rein, dachte
er, sprang schnell von hinten auf sie zu und riss ihr mit
einem Ruck die Pistole aus der Hand. Wo hat sie das Ding
nur her?, fragte er sich, während er die Pistole näher begut-
achtete.

»Max, du Schwein. Da ist gar keiner«, beschwerte sie
sich keifend. Dass sie ohne Waffe dastand, hatte sie offenbar noch gar nicht realisiert.

»Ach, merkst du das auch schon? Sag mal, spinnst du
komplett? Man rennt doch nicht wie Rambo durch die
Gegend und erschießt Leute. Willst du wirklich in eine
Zelle kommen?« Routiniert steckte er die Knarre in seinen Hosenbund, hängte sein T-Shirt darüber und sah sie
vorwurfsvoll an.

»Gib mir sofort meine Pistole zurück. Die hat meinem
Vater gehört. Und ja, ich will in eine Zelle«, rief sie trotzig. »Wenn ich da rein muss, damit der Woller stirbt, gehe
ich sogar gern rein.«

»Du weißt doch nicht, was du redest, Mädel. Warst
du schon mal in so einer Gefängniszelle?« Max erinnerte
sich an die Nacht, als Franz ihn eingesperrt hatte. Der
reine Horror. Da wollte man doch nicht hin. Auf gar keinen Fall.

»Nein. Aber das ist mir egal.«

»Schwachsinn.«

»Ach, ja? Tatsächlich? Glaube ich aber nicht.«

»Glaub, was du willst, Traudi. Aber lass dich von mir
nie wieder mit einer Waffe in der Hand erwischen, sonst
sorge ich höchstpersönlich dafür, dass man dich weg-

sperrt.« Sein humorloser Blick ließ keinen Zweifel daran, dass er diese Drohung ernst meinte.

»Arschloch! Scheißbulle!« Sie ballte die Fäuste und spuckte ihm vor die Füße.

»Schon recht. Mach dir nur Luft. Und dann schau, dass du ganz schnell nach Hause kommst. In einer Minute will ich dich nicht mehr hier sehen. Verstanden?«

»Leck mich doch.«

»Leider keine Zeit.«

»Ich verrate allen, dass du in Ellis Haus warst. Sogar der Polizei.« Sie reckte triumphierend ihr Kinn in die Höhe.

»Nur zu. Das geht in Ordnung. Und jetzt geh bitte. Nimm eine Valium oder trink was. Den Woller kannst du getrost mir überlassen. Der bekommt seine gerechte Strafe, wenn er Elli wirklich umgebracht hat. Verlass dich drauf. Aber herumgeballert wird hier nicht.«

»Scheißkerl«, fluchte sie erneut und stampfte wütend auf.

»Wenn es dich glücklich macht, von mir aus. Aber jetzt endgültig ab!« Max deutete mit ausgestrecktem Arm nach Südosten, wo ein paar Kilometer weiter Untergiesing lag, der kleine gemütliche Stadtteil, in dem seit ein paar Tagen offener Krieg herrschte.

»Dich mache ich auch noch fertig, Max«, drohte sie, während sie sich langsam umdrehte und die Richtung zum Marienplatz einschlug. »Pass bloß auf!«

»Komm gut heim, Traudi!« Geschafft. Er atmete erleichtert auf. Ein weiterer Mord hätte ihm gerade noch gefehlt, zumal noch gar nicht erwiesen war, ob Woller die zwei Untergiesinger Frauen wirklich auf dem Gewissen hatte. Man konnte sich doch an niemandem aufgrund reiner

Vermutungen rächen. Das war total hirnverbrannt. Herrschaftszeiten, was für eine verrückte Welt. Aber wirklich. Und wie unfreundlich sie zu ihm gewesen war. Erstaunlich. Er hatte ihr bisher doch nur geholfen. Hatte es gut mit ihr gemeint. Da konnte man wieder einmal deutlich sehen, was für Monster blinder Hass aus den Menschen machte.

»Servus, Max. Entschuldige die Verspätung. Aber ich habe heute etwas länger unter der Dusche gebraucht. Du anscheinend nicht.« Franz war da. Endlich. Er stand nach Atem ringend mit rotem Kopf vor ihm.

»Doch, aber ich bin früher aufgestanden. Gehen wir hoch?«

»Logisch.«

Max drehte sich um und klingelte bei Woller.

»Eine Waffe? Willst du ihn erschießen?«, staunte Franz, als er die Pistole, die sich unter Max' T-Shirt abzeichnete, entdeckte.

»Keineswegs. Aber sicher ist sicher.« Max hatte natürlich einen Waffenschein. Das mit Traudi ging Franz nichts an. Vorerst zumindest.

»Auch wieder wahr.«

Der Türöffner summte und sie begaben sich ins Innere des sehr gepflegten vierstöckigen Bürohauses.

Nachdem der Fahrstuhl sie nach oben in den vierten Stock gebracht hatte, öffnete Max die Tür zur ›Woller GmbH‹.

»Hallo, Max!«, begrüßte ihn Gesine fröhlich, als er mit Franz vor ihrem Empfangspult stehen blieb.

»Hallo, Gesine.« Seine Stimme klang ernst. »Das hier ist Hauptkommissar Wurmdobler von der Kripo. Wir müssten zu Woller.«

»Grüß Gott, Herr Wurmdobler. Na klar. Ich melde euch

an.« Sie wählte Wollers Nummer und gab ihm Bescheid.

»Ihr könnt reingehen. Den Weg kennst du ja.«

»Alles klar. Danke.«

Sie warf ihm eine Kusshand zu.

»Kennst du die fesche Dame näher?«, raunte ihm Franz zu, während sie zu Wollers Bürotür hinüberschritten.

»Kann man so sagen.«

»Hundling.«

»Ja mei. Was soll man machen?« Max grinste breit. Er klopfte an Wollers Tür, vor der sie inzwischen angelangt waren.

»Herein!«, ertönte es von innen.

Sie folgten der Aufforderung.

»Herr Raintaler, Sie schon wieder. Was kann ich für Sie tun? Und wen haben Sie mir da mitgebracht?« Woller sah sie regungslos an und deutete auf die Besucherstühle vor seinem Schreibtisch.

»Das ist Hauptkommissar Wurmdobler von der Kripo.« Max deutete auf Franz, nachdem sie Platz genommen hatten. »Wir haben noch ein paar Fragen im Mordfall Maria Spengler an Sie.«

»Aha, Verstärkung. Aber ich habe Ihnen vorgestern doch bereits alles gesagt. Was wollen Sie denn noch?« Woller schnaufte schwer.

Die schwüle Hitze heute Morgen muss ihn doch umbringen mit seinem Körpergewicht, dachte Max. Da schwitze ja ich schon mit meinen 84 Kilo. »Es gibt da ein paar Ungereimtheiten. Zum Beispiel, dass Sie die Tatnacht im ›Amazonas‹, einem Sexklub in Riem draußen, verbracht haben und nicht, wie Sie mir sagten, bei Ihrer Vorzimmerdame, Frau Sandhorst.«

»Wer hat Ihnen denn diesen Schmarrn erzählt, Gesine etwa?«

»Nein. Man hat Sie im ›Amazonas‹ gesehen.« Das stimmte zwar nicht, aber es würde ihn vielleicht trotzdem zum Reden bringen.

»Ach, wirklich? Dann wird es wohl stimmen. Aber ich sage Ihnen eins, meine Herren. Davon darf nichts an die Öffentlichkeit gelangen. Ich kann mir keinen Sexskandal leisten.«

»Ihr Sexleben interessiert uns nicht. Wir wollen nur wissen, wo Sie Sonntagnacht waren. Also?«

»Wie gesagt, im ›Amazonas‹.«

»Die ganze Nacht über?«

»Ja.«

Das wird Franz natürlich alles noch sehr genau überprüfen, wusste Max. »Und warum haben Sie mich letztes Mal angelogen?«

»Eben deswegen.«

»Weil Sie einen Skandal befürchteten?«

»Ja.«

»Na wunderbar. Und da zwingen Sie mal eben so ganz locker Ihre Sekretärin zu einer Falschaussage. Sie sind wirklich ein echter Gentleman, Herr Bauunternehmer.«

»Moment mal, Herr Raintaler. Eine Falschaussage kann man höchstens der Polizei gegenüber machen. Bei windigen Schnüfflern wie Ihnen erfüllt das nicht den Tatbestand eines Rechtsbruchs, so viel ich weiß.«

»Da haben Sie bedingt recht. Aber verraten Sie mir mal, warum Herr Wurmdobler und ich Ihnen überhaupt noch glauben sollten.« Na warte, dich krieg ich schon noch klein, du aalglatter Klugscheißer, wusste Max. »Vielleicht haben Sie diese Zeugen im ›Amazonas‹ ja genötigt oder bestochen, für Sie auszusagen. Dann hätten wir eben doch gleich wieder einen Verdächtigen für den Mord an Maria Spengler. Nämlich Sie.«

»Hören Sie doch mit Ihrem Schwachsinn auf, Herr Raintaler. Warum sollte ich Frau Spengler denn umgebracht haben? Nur weil sie anderer Meinung war als ich? Muss ich mir diese Scheiße hier wirklich anhören?«, wandte sich Woller sichtlich empört an Franz.

»Müssen Sie. Oder wollen Sie als Tatverdächtiger lieber mit uns aufs Revier kommen? Es ist übrigens gar nicht weit von hier.« Franz blickte ihn kalt lächelnd an.

»Wo die Ettstraße ist, weiß ich selbst. Also gut. Machen Sie weiter.« Woller rutschte unruhig auf seinem Sitz hin und her. Besonders angenehm war ihm die Situation ganz offensichtlich nicht.

»Was bedeutet eigentlich die Abkürzung auf Ihrem kleinen Sticker da am Revers? Hat das etwas mit dem Dritten Reich zu tun?« Max zeigte auf den Button mit der Aufschrift ›SSG‹. Er meinte, so etwas irgendwo schon einmal gesehen zu haben. Etwa im Fernsehen, in einem dieser zahllosen Berichte über Hitler und die SS?

»Schmarrn, Drittes Reich! Das ist die Ansteck’nadel in Platin von der Sendlinger Schützengesellschaft. Ich bin da seit Jahren im Vorstand.«

»Schießen können Sie auch?« Max runzelte nachdenklich die Stirn.

»Ist Maria denn erschossen worden? Sie haben doch letztes Mal gesagt, dass sie erstochen wurde.«

»Das stimmt auch, Herr Woller.«

»Na also. Was wollen Sie dann von mir?«

»Wo waren Sie vorgestern Nacht? Am Dienstag.«

»Wie, vorgestern Nacht? Ist da etwa schon wieder jemand umgebracht worden?« Woller holte eine riesige Schachtel Konfekt aus seiner Schreibtischschublade. Gierig schob er sich ein Stück nach dem anderen zwischen die dicken feuchten Lippen. Seinen Besuchern bot er nichts davon an.

»Wo waren Sie?« Red schon, verfressener Geizkragen.

»Na ja ...«

»Sagen Sie jetzt nicht, Sie waren schon wieder im ›Amazonas‹.«

»Äh, ... doch, Herr Raintaler.«

»Nicht zu fassen.« Max starrte den massigen Bauunternehmer mit hochgezogenen Brauen an. Dieser Mensch musste eine wahrhaft gewaltige Libido haben. Und das bei der monströsen Wampe. Ob die Prostituierten im ›Amazonas‹ eine Risikozulage von ihm verlangten? Oder gehörte ihm der Laden am Ende selbst?

»Und natürlich können das wieder etliche Leute bezeugen«, erkundigte sich Franz.

»Ja, Herr Kommissar.«

»Hauptkommissar.«

»Bitte vielmals um Entschuldigung.« Woller grinste selbstgefällig.

»Jetzt passen Sie mal auf, Herr Woller«, machte Max in deutlich gereiztem Tonfall weiter. »Das hier ist kein Spaß. Gestern Abend wurde tatsächlich eine weitere Frau ermordet. Auch sie war Mitglied der Bürgerinitiative gegen Ihr Bauvorhaben in der Birkenau. Sieht doch merkwürdig aus. Meinen Sie nicht auch?«

Max und Franz setzten bierernste und zugleich undurchdringliche Ermittlergesichter auf.

»Noch eine? Wirklich?« Woller machte große Augen. »Wer denn?«

»Frau Breitwanger. Sie müssten sie eigentlich gekannt haben.«

»Wüsste ich jetzt nicht.« Woller leckte die Schokolade von den Fingern, mit denen er die Konfektschachtel geleert hatte.

»Kommen Sie schon, Herr Woller. Wollen Sie uns etwa schon wieder belügen? Sie war eine Freundin von Maria Spengler. Die rothaarige Elli Breitwanger.« Max fixierte ihn mit einem durchdringenden Blick.

»Ach so, die Elli. Doch, die kannte ich. Jetzt fällt es mir wieder ein. Sie war ein paar Mal dabei, als ich mit den Leuten der Bürgerinitiative verhandelt habe.«

»Und Sie haben sie genau wie Maria Spengler umgebracht, weil die beiden Sie erpresst hatten. Oder umbringen lassen, während Sie zur Tatzeit im ›Amazonas‹ waren. Ist es nicht so?« Max war klar, dass er den Pfeil rein aufs Geratewohl abschoss. Aber versuchen musste er es zumindest.

»Nein, Herr Privatschnüffler. So ist es nicht.«

»Und warum behaupten Sie dann erst, dass Sie sie nicht gekannt haben?« Max bewunderte die Chuzpe seines Gegenübers fast. Kein Wunder, dass der Kerl so erfolgreich ist, dachte er. Er hat alles, was man in unserer Gesellschaft braucht, um nach oben zu kommen. Er ist komplett skrupellos, bis ins Knochenmark verlogen, und er scheißt auf sämtliche Gesetze. Doch ist er wirklich ein Mörder? Da kann man sich immer noch nicht sicher sein.

»Ich hatte sie vergessen. Kannte sie wirklich nur vom Sehen. Habe niemals ein einziges persönliches Wort mit ihr gewechselt. Das schwöre ich.«

»Herr Woller, auf dieser Disk hier befinden sich höchst interessante Daten bezüglich ihrer Geschäfte und Verbindungen. Können Sie sich vorstellen, woher sie stammt?« Max hielt Marias CD hoch, die Franz genauso wie ihr Tagebuch und die Porno-DVD mitgebracht und gleich zu Anfang vor sich auf Wollers Schreibtisch gelegt hatte.

»Woher soll ich das wissen? Ist mir doch egal. Ich habe nichts zu verheimlichen. Was soll ich außerdem dazu sagen, wenn Sie mir nicht mal genau verraten, was drauf ist?« Woller setzte ein undurchdringliches Pokerface auf.

Weiß er wirklich nichts darüber?, fragte sich Max, der aufgrund von Wollers ehrlich verdutztem Gesicht gerade nicht umhinkam einzuräumen, dass der übergewichtige Baulöwe eventuell auch die Wahrheit sagen könnte. Wäre dies der Fall gewesen, hätte Maria ihn logischerweise nicht mit der CD erpresst und er hätte keinen Grund gehabt, sie umzubringen beziehungsweise umbringen zu lassen. Ellis Tod hätte so gesehen auch keinen Sinn gemacht. Außer es hätte etwas anderes zwischen den Dreien gegeben, von dem Franz und er bisher noch nichts wussten. Das war natürlich immer eine Option. Oder hatte Woller seine Bücher längst in Ordnung gebracht und war sich seiner Sache deshalb so sicher? Aber das hatte er doch bestimmt ohnehin getan. Knifflige Sache.

»Nun, hier sind beispielsweise einige Überweisungen von Ihrer Firma an den Herrn Stadtrat Meierbär festgehalten, die auf Bestechungsgelder hinzuweisen scheinen. Und Herr Weidenbrecher von der Stadtbank hat ebenfalls regelmäßig größere Zuwendungen von Ihnen erhalten. Was sagen Sie dazu?« Max knallte die CD auf die Tischplatte.

»Dazu sage ich gar nichts«, grunzte Woller mit wackelnden Wangen. »Solche Daten kann man auch fälschen.«

»Gut. Dann haben Sie sicher auch nichts dagegen, wenn wir die Unterlagen an die Staatsanwaltschaft weiterleiten.«

»Tun Sie doch, was Sie wollen.« Woller blickte scheinbar ungerührt an die Wand hinter Max und Franz. Nur seine unruhige Atmung verriet, dass ihm entweder sein Gewicht zu schaffen machte oder dass er angespannt war.

»Passen Sie auf, Herr Woller.« Franz ergriff zum zweiten Mal das Wort. »Diese CD hier wurde bei Frau Breitwanger zusammen mit weiteren Unterlagen gefunden. So wie es aussieht, hat Maria Spengler ihre Sachen bei Frau Breitwanger aufbewahrt und Sie, Herr Woller, damit erpresst. Oder Elli Breitwanger selbst hat Sie damit erpresst. Oder beide Frauen. Und deswegen haben Sie sie umgebracht oder umbringen lassen. So war es doch. Geben Sie es doch endlich zu, Mann. Mit Ihrem Schweigen machen Sie doch alles nur noch schlimmer.«

»Ich habe dazu nichts weiter zu sagen. Ich weiß nichts von einer CD. Erpresst hat mich auch niemand. Und umgebracht oder umbringen lassen habe ich schon gar niemanden. Das müssen Sie mir einfach glauben, Herr Kommissar. Ob Sie das nun wollen oder nicht.« Woller öffnete seine kleinen Schweinsaugen so weit es ging und kam damit dem Blick eines harmlosen Unschuldslamms nicht annähernd so nahe, wie er es wohl beabsichtigt hatte.

»Hauptkommissar.«

»Hauptkommissar. Schauen Sie doch mal. Wenn Maria Spengler mich erpresst hätte, müsste ich ihr eine Menge Geld überwiesen haben. Aber habe ich das getan? Nein. Fragen Sie ruhig meine Bank.«

»Dann haben Sie ihr halt einen Teil von dem Schwarzgeld gegeben, das Sie normalerweise cash in die Schweiz bringen«, bemerkte Max trocken. »Wo war eigentlich Ihr Schlägertrupp zum Zeitpunkt der Morde?«, fragte er unvermittelt, weil ihm gerade einfiel, dass Woller den Mordauftrag an Maria und Elli natürlich auch an die brutalen Kerle gegeben haben konnte, die bereits auf sein Geheiß hin in der Birkenau für Unruhe gesorgt hatten. Andererseits, warum hätte er sich dann die Mühe mit den falschen Alibis im ›Amazonas‹ machen sollen? Vorausgesetzt, es waren wirklich falsche Alibis, denn vielleicht log er ja gerade diesbezüglich ausnahmsweise einmal nicht.

»Welcher Schlägertrupp?«

»Herr Gräber, Herr Weiß und Herr Wegreiter«, wandte sich Franz an Max. »Wir kennen die Herren bereits. Sie sind seit zwei Wochen auf Mallorca. Können also nicht die Täter sein.«

»Und was machen sie dort?« Max blickte Woller fragend an. Was Franzi schon wieder alles weiß, dachte er. Wieso hat er mir denn nichts davon gesagt?

»Wenn Sie meine Mitarbeiter Gräber, Weiß und Wegreiter aus dem Projektmanagement meinen«, erwiderte der mit gedehnter Stimme. »Die sind seit zwei Wochen auf der Insel, um sich dort um ein Bauvorhaben von uns zu kümmern.«

»Mit Baseballschlägern wie in der Birkenau?« Max grinste sarkastisch.

»Ich weiß nicht, wovon Sie reden, Herr Raintaler. Ehrlich gesagt gehen Sie mir langsam auf die Nerven.«

»Sie wissen nicht, wovon ich rede? Ich lache gern später, Herr Woller. Warum ließen Sie eigentlich Frau Breitwangers Haus durchsuchen?« Max erinnerte sich an das Geräusch, das er im Flur gehört hatte, während er in Ellis Wohnzimmer gewesen war. »Doch nur um diese Unterlagen hier zu finden. Habe ich nicht recht?« Er zeigte auf die Disk.

»Jetzt reicht es aber endgültig, Herr Raintaler. Ich bin ein geduldiger Mensch, aber irgendwann ist Schluss. Sparen Sie sich gefälligst Ihre andauernden unbewiesenen Unterstellungen.«

Also waren es wohl doch nur die Katzen?, fragte sich Max. Kann natürlich auch sein. Aber mal sehen, was ihm zu meiner nächsten Frage einfällt. »Wie gut kannten Sie Frau Spengler eigentlich?«

»Nicht besonders, nur von der Bürgerinitiative her.« Woller zuckte gleichmütig mit den Schultern, was eine wabbelige Wellenbewegung seines ganzen Körpers auslöste.

»Franz, ich finde, wir sollten den Kerl einsperren und dafür sorgen, dass er nie wieder freigelassen wird.« Max zeigte auf Marias Tagebuch und die Porno-DVD neben der CD auf dem großen nussbraunen Schreibtisch. »Das hier ist Frau Spenglers Tagebuch. Darin steht alles über ihre Beziehung mit Ihnen, Herr von Münchhausen! Und das daneben ist ein Billigporno, der von Ihnen produziert wurde und in dem Maria Spengler eine Hauptrolle spielt. Wollen Sie davon etwa auch nichts gewusst haben? Wir lassen uns nicht gern verarschen. Reden Sie endlich!«

»Also gut. Ich kannte Maria seit längerer Zeit«, gab Woller zögerlich zu. »Wir waren zusammen. Hatten uns im Schüt-

196

zenverein kennengelert, wo sie genau wie ich Mitglied war. Als ich vor ein paar Jahren offiziell mit ihr Schluss gemacht hatte, war sie stinksauer und hat die Bürgerbewegung gegen meine Bauvorhaben in der Birkenau gegründet.«

»Na also. Geht doch. Weiter im Text.« Max reckte auffordernd das Kinn nach vorn. Seit wann durften in einem Schützenverein auch Frauen Mitglied werden? Gab es das etwa schon länger? Man lernte jeden Tag dazu.

»Aber erpresst hat sie mich nicht, und umgebracht habe ich sie auch nicht. Und diese Elli Breitwanger auch nicht. Maria und ich haben uns sogar bis zuletzt immer noch in unserem kleinen Starnberger Hotel getroffen.«

»Sie hatten also trotz Ihrer Trennung und des Streits um die Birkenau noch mit ihr sexuellen Kontakt?« Max konnte nicht fassen, dass es wirklich so gewesen war, wie er es bereits in Marias Tagebuch gelesen hatte. Kannten diese Leute keine Gefühle? Was für ein eiskalter Sack musste Woller sein, dass er angesichts ihres Todes ganz offensichtlich nicht die geringste Trauer empfand.

»Ja. Sie war immer noch scharf auf mich, und manchmal hatten wir dann eben ein bisschen Spaß miteinander. Sie hat sich dabei was nebenbei verdient.«

»Na super. Und warum haben Sie das nicht gleich gesagt?«

»Weil Sie mich dann hundertprozentig sofort für den Mord an ihr verantwortlich gemacht hätten. Ich weiß doch, wie das läuft, wenn die Polizei Indizien sucht. Irgendwas hätten die mir schon angedichtet.« Er nickte in Franz' Richtung.

»Und das sollen wir Ihnen abnehmen?«

»Wenn Sie mir nicht glauben, können Sie mich gern verhaften.« Woller streckte seine kurzen dicken Arme aus, um anzudeuten, dass man ihm gern Handschellen anlegen dürfe, wenn das für nötig gehalten wurde.

»Wer Ihnen glaubt, ist nicht ganz dicht oder taub und blind, Herr Woller.« Franz tippte sich an die Stirn. »Das war's erst einmal, Sie werden von uns hören. Von der Staatsanwaltschaft sowieso.« Er stieß Max seinen Ellenbogen in die Seite und nickte ihm auffordernd zu.

Der nickte zurück. Sie wussten beide, dass das hier im Moment nicht weiterführen würde. Entweder war Woller glatter als ein Aal oder er sagte die Wahrheit. Ob eins von beidem oder beides der Fall war, musste sich erst herausstellen. Franz nahm CD, DVD und Tagebuch an sich, und Max dachte an die 200.000 Euro, die er in Marias Kellerversteck gefunden hatte. Also hatte Woller Maria Spengler wohl doch einfach nur sehr gut für den Sex mit ihr bezahlt. Wahrscheinlich konnte er gar nicht, wenn er nicht bezahlte. So eine Art Psychotick. Daher auch die andauernden Sexklubbesuche. Aber kam dabei wirklich eine derart hohe Summe für Maria zustande?

Sie erhoben sich beide von ihren Stühlen, drehten sich grußlos um und verließen Wollers Büro.

»Der lügt doch wie gedruckt«, meinte Max, nachdem sie die Tür hinter sich geschlossen hatten und wieder im Empfangsraum standen. »Dem traue ich alles zu.«

»Denke ich auch«, bestätigte Franz.

»Was fand eine gutaussehende Frau wie diese Maria nur an so einem unappetitlichen Fettkloß? Verstehst du das?«

»Keine Ahnung. Geld? Vorliebe für Übergewichtige? Heutzutage gibt es diesbezüglich doch nichts, was es nicht gibt, habe ich mir sagen lassen.« Franz blickte selbstkritisch auf seinen eigenen nicht ganz unbeträchtlichen Bierbauch hinunter.

»So, so. Hast du dir sagen lassen.« Max grinste anzüglich.

»Ja, Max. Ich bin ein anständiger und braver Ehemann. Nicht so einer wie du.« Franz piekte seinen Zeigefinger in Max' Brust.

»Was für einer bin ich denn?«

»Ein Hallodri.«

»Aha. Ach, du Scheiße. Jetzt erinnere ich mich wieder.« Max blieb unvermittelt stehen. Er kratzte sich am Hinterkopf.

»Woran? An deine gute Erziehung?«

»Wo ich die Nadel an Wollers Revers schon einmal gesehen habe.«

»Was, wie, wo?« Franz blickte erstaunt drein. Max' Gedankensprung gerade war offenbar dabei, ihn wieder mal total zu überfordern.

»Die Anstecknadel. Ich entdeckte genau so ein Ding heute Morgen in meiner Brieftasche. Es kann nur Marias Nadel sein. Sie war doch im selben Schützenverein wie Woller. Ich hab mich schon gewundert, wie sie da hineingekommen sein mochte. Ich muss sie wohl trotz meines belämmerten Zustandes vom Tatort mitgenommen haben.«

»Hast du sie noch?«

»Logisch, hier.« Max zog seinen Geldbeutel aus der Gesäßtasche seiner schwarzen Jeans und öffnete das Kleingeldfach. »Hast du ein Tütchen dabei?«

»Immer, Herr Privatdetektiv.«

»Depp, du weißt schon. So ein kleines Plastiktütchen.«

»Genau das meine ich doch auch.« Franz grinste zufrieden. Er drückte Max die Disks und Marias Tagebuch in die Hand, zog ein blütenweißes, unbenutztes Stofftaschentuch aus seiner Hosentasche, nahm damit die Nadel aus Max' Geldbeutel, packte sie zuerst in die kleine Plastiktüte für Beweisstücke und steckte dann beides in die Innentasche seines beigefarbenen Sommersakkos. »Vielleicht haben wir Glück und du hast nicht alle Fingerabdrücke verwischt. Oder wir finden Hautreste außer deinen eigenen für einen genetischen Nachweis daran. Genial, Max. Sogar im K.-o.-Tropfen-Vollrausch bist du noch ein brauchbarer Kriminaler.«

»Sag ich doch immer. Ach, wo wir gerade dabei sind. Das hier kannst du auch gleich mal nach Fingerabdrücken untersuchen lassen. Vielleicht kann die Schrift ebenfalls weiterhelfen.« Max reichte seinem Exkollegen und alten Freund den Zettel mit der Drohung ›I krigg di, Arschäloch‹ darauf, der nach der Ohnmacht in seinem Treppenhaus im Badezimmer aus der Gesäßtasche seiner Jeans gerutscht war. Das zerknitterte kleine Schriftstück hatte die ganze Zeit über im Scheinfach seiner Geldbörse gesteckt.

»Was soll das sein?« Franz betrachtete stirnrunzelnd die ungelenk hingekrakelten Buchstaben.

»Wahrscheinlich stammt die Drohung von dem Typen, der mich bei mir daheim ohnmächtig geschlagen hat.«

»Und der dir die K.-o.-Tropfen ins Bier geschüttet hat?«

»Kann sein. Keine Ahnung.«

»Na gut. Wir werden das Ding gründlich untersuchen. Wenn auch nur ein Staubkorn darauf ist, das auf den Burschen hinweist, finden es die Jungs und Mädels von der KTU.«

»Super. Sag mal, anderes Thema. Wenn er selbst und

sein Schlägertrupp Alibis haben, vielleicht hat Woller dann ja einen Profikiller für die Morde engagiert.« Max blickte nachdenklich auf die schwarz-weiß-karierten Bodenfließen zu ihren Füßen.

»Vielleicht. Aber beweisen können wir ihm das im Moment nicht. Und normalerweise schießen die doch eher. Mit Schalldämpfer. Oder hast du schon von Profis gehört, die mit einem riesigen Küchenmesser oder Dolch herumlaufen und töten?«

»Weiß nicht. Eher nicht. Stimmt, Franzi. Schöner Mist. Da werden wir wohl noch eine Weile lang dranbleiben müssen.«

»Schaut ganz so aus.«

»Ihr überprüft doch die Alibis im ›Amazonas‹?«

»Natürlich nicht. Ich glaube Woller blind.«

»Sorry, Franz. Du machst den Job ja auch nicht erst seit gestern.« Max grinste ertappt.

»Ganz vergessen, was? Wie konnte es dazu kommen? Partielle Amnesie? Krankhafter Kontrollwahn? Unendliche Überheblichkeit?«

»Wahrscheinlich. Irgendwas in der Art. Du darfst übrigens gern schon vorausgehen. Ich verabschiede mich nur noch kurz.« Max deutete auf Gesines Empfangspult.

»Von der feschen Blondine, die falsche Alibis hergibt?«

»Dich hätte sie bestimmt nicht belogen.«

»Das glaube ich auch. Servus, Max.« Franz klopfte seinem alten Kumpel grinsend auf die Schulter.

»Hast du nicht etwas vergessen?« Max hielt die Sachen aus Ellis Keller hoch.

»Oha! Alles klar. Danke.«

»Bitte sehr. Gruß vom Kontrollwahn.«

20

Max trat auf die Straße hinaus. Er atmete tief durch. Gesine hatte ihn für morgen Abend zum Essen bei ihr zu Hause eingeladen, da Woller auf einem Arbeitstreffen am Tegernsee wäre und dort übernachten würde. Er hatte dankend angenommen. Freundin hatte er keine mehr und Traudi war nicht nur zu jung, sondern offensichtlich auch noch komplett durchgeknallt. Also was sollte es? Wenn Gesine nur halb so gut kochte, wie sie frech daher redete, würde es durchaus lecker werden. Unterhaltsam fand er sie sowieso. Darüber hinaus war sie völlig unkompliziert, wie er Dienstagnacht schon feststellen konnte. Genau das, was er zurzeit brauchte.

Gemütlich schlenderte er durch die Fußgängerzone zur Trambahnhaltestelle am Stachus, um mit der 17 in die Eduard-Schmid-Straße in Untergiesing zu fahren. Nicht weit von der Haltestelle dort gab es ein kleines Café, in dem er seine Ermittlungen bei einem leckeren Espresso und hervorragendem selbstgemachtem Kuchen noch mal in aller Ruhe überdenken konnte. Danach würde er bei Traudi, die in der Nähe des Cafés wohnte, vorbeischauen. In ihrem verheerenden Seelenzustand konnte er sie doch nicht sich selbst überlassen. Obwohl sie ihn heute Morgen mit der Waffe bedroht und wahrlich saublöd angemacht hatte. Aber über so etwas musste man als Privatdetektiv auch mal drüberstehen können. Vor allem dann, wenn es sich um eine so attraktive junge Frau wie Traudi handelte. Natürlich wollte er nichts von ihr. Rein mitmenschliches Interesse trieb ihn an. Ehrensache.

Er fuhr mit der Rolltreppe beim großen Brunnen ins Stachus-Untergeschoss hinunter und marschierte, an den Läden dort vorbei, zu den Aufgängen für die Straßenbahn hinüber. Als er oben am Gleis ankam, blickte er auf die elektronische Abfahrtsanzeige, die über den Köpfen der Wartenden installiert war. Genial. In zwei Minuten würde die nächste 17 kommen. Wie es sich gehörte, stellte er sich in die Reihe der Wartenden und bestaunte den schräg gegenüberliegenden prunkvollen Bau des Justizpalastes, in dem das Bayerische Staatsministerium der Justiz und für Verbraucherschutz untergebracht war. Ein Wahnsinn, was der Staat alles für seine Renommeeobjekte ausgibt, dachte er. Ob Woller bereits für die nächsten Renovierungsarbeiten daran vorgemerkt ist? Bestimmt. Saubande, widerliche.

Die Tram fuhr ein. Max machte einen Schritt nach vorn. Auf einmal spürte er einen kräftigen Stoß in seinem Rücken, der ihn auf die Gleise taumeln ließ. Verdammte Scheiße. Was war denn jetzt los? Die Tram kam immer näher. Nur noch ein paar Meter, dann würde sie ihn überrollen. Er stolperte weiter, fiel fast hin, fing sich wieder, ging in die Knie und stieß sich zu einem Sprung auf die andere Seite des Gleises ab. Die Bremsen der Trambahn quietschten laut. Die Wartenden schrien vor Schreck. Max flog wie ein Torwart durch die Luft und rollte sich auf dem gegenüberliegenden Gleis ab. Geschafft. Er hatte es überlebt. Was war geschehen? Wer hatte ihn geschubst? Ein Irrer? Wo war er hin? Er drehte sich ruckartig um und ließ seinen Blick über die Köpfe der entsetzt dreinschauenden Fahrgäste am Bahnsteig gleiten. Da! Ein Mann mit einer grauen Wollmütze auf dem Kopf sah zuerst zu ihm herüber, drehte sich dann hektisch um und rannte Richtung Stachus davon. Max folgte ihm unverzüglich. Na warte, Bursche, dich kriege ich, sagte er sich, während er wie eine Gerölllawine durch die Leute fegte.

»Sag mal, du spinnst doch komplett, du Kaschperlkopf!«, rief ihm der immer noch unter Schock stehende Trambahnfahrer wütend durch die offene Tür hinterher. »Springt der mir vor meinen Wagen und dann rennt er wie vom wilden Affen gebissen davon. Das gibt es ja gar nicht. Eingesperrt gehören solche Deppen! Aber auf Lebenszeit.«

Wenigstens wolltest du mich nicht umbringen wie der Busfahrer an der Isar, erwiderte ihm Max im Geiste. Er legte noch einen Zahn zu. Der Mann mit der Mütze war schon die Treppe hinuntergelaufen. Wenn er ihm nicht schnell genug folgte, würde er ihn in der Menge aus den Augen verlieren. Mit jedem Schritt nahm er drei Stufen auf einmal und stürzte dabei fast erneut. Im Untergeschoss blickte er hektisch nach links und nach rechts. Dann wieder nach links.

»Verdammter Mist!«, fluchte er laut. Er sah sich noch ein weiteres Mal in allen Richtungen nach der grauen Mütze um. Nichts. »Irgendwer hat es auf mich abgesehen. So viel ist sicher.«

»Wie bitte?«, erkundigte sich die kleine ältere Dame im leichten Sommermantel, die gerade an ihm vorbeistöckelte.

»Nichts, ich rede mit mir selbst.« Max grinste gequält.

»Noch so einer.« Kopfschüttelnd machte sie sich davon.

»Steckt Woller dahinter?«, sprach Max leise weiter.

»Oder war das der Kerl, der mir die K.-o.-Tropfen ins Bier geschüttet hat? Oder der Schläger aus meinem Treppenhaus? Herrschaftszeiten, langsam reicht's mir mit dem Schmarrn. Die bringen mich wirklich noch um, wenn es so weitergeht. Da muss ich wohl bald bei Franzi Polizeischutz beantragen.«

Nachdenklich kehrte er zum Bahnsteig zurück, um die nächste Straßenbahn nach Untergiesing zu nehmen. Auf der Treppe kam ihm ein Zeitungsverkäufer entgegen. Max kaufte ihm eine ab und stieg weiter die Stufen hinauf. Die Tram war nicht besonders voll, und so bekam er einen bequemen Sitzplatz. Durchschnaufen, Gott sei Dank. Da er sich für die große Tagespolitik noch nie besonders interessiert hatte – er war der Meinung, dass da sowieso immer nur dasselbe in wechselnden Verkleidungen diskutiert wurde –, begann er mit dem Lokalteil. Sein Handy machte sich bemerkbar.

»Raintaler!«

»Grüß Gott, Herr Raintaler«, meldete sich eine freundliche Frauenstimme am anderen Ende. »Weber ist mein Name. Ich rufe vom Schwabinger Krankenhaus an. Kennen Sie einen Wilhelm Breitensteiner?«

»Den Willi? Ja, warum?«

»Ich habe vorhin Ihre Visitenkarte in seiner Hosentasche gefunden.«

»Was ist denn mit ihm? Ist ihm etwas passiert?«

»Herr Breitensteiner ist vorgestern Abend hier bei uns gestorben, Herr Raintaler.« Ihre Stimme klang mitfühlend.

»Tot? Aber wie denn?« Max hatte das Gefühl als träfe ihn eine Faust in der Magengrube.

»Ich glaube, es war ein Herzinfarkt, Herr Raintaler. Der Arzt auf der Intensivstation konnte jedenfalls nichts mehr für ihn tun.«

»Vorgestern? Und da melden Sie sich erst jetzt?«, entfuhr es Max erstaunt und ärgerlich zugleich.

»Ich sollte gerade seine Kleider entsorgen. Da ist ihre Visitenkarte aus der Hosentasche gerutscht. Und da dachte ich, ich rufe sie an. Inoffiziell sozusagen. Verwandte hatte Herr Breitensteiner ja keine mehr.«

»Na gut, vielen Dank, Frau Weber. Das ist wirklich nett von Ihnen.« Max befleißigte sich eines freundlicheren Tones. Sie hätte mich schließlich gar nicht anrufen müssen, dachte er.

»Gerne, Herr Raintaler. Die Beerdigung ist übrigens heute um 11.30 Uhr auf dem Ostfriedhof.«

»Das geht aber schnell.«

»Ja. Wenn alle Papiere in Ordnung sind, geht das manchmal eben ganz schnell.«

»Aha. Gut, Frau Weber. Vielen Dank für Ihren Anruf.«

»Gerne, Herr Raintaler. Auf Wiederhören.«

»Wiederhören.« Max legte auf.

Herrschaftszeiten, der Willi tot. Aber ich wollte ihm doch helfen. Er sollte doch zu Josef ziehen, und Geld hätte ich ihm auch gegeben, bis er wieder auf die Beine gekommen wäre. Scheißsauferei! Scheißgesellschaft! Scheißwelt! Die Tränen stiegen ihm in die Augen. Schniefend sah er zum Fenster hinaus, wo gerade der Sendlinger-Tor-Platz an ihm vorüberglitt. Halb zwölf auf dem Ostfriedhof! Da würde Willi nicht weit vom Rudolf-Mooshammer-Mausoleum liegen, der sich, bevor er umgebracht wurde, immer so engagiert um die Obdachlosen gekümmert hat. Er blickte auf die Uhr der Matthäuskirche. Halb elf. Das würde er locker schaffen. Da konnte er gleich sitzen bleiben und bis zum Ostfriedhof weiterfahren. Der Espresso und Traudi würden warten müssen. Das hier war wichtiger. Keine Frage. Er rief Franz und Josef an und gab ihnen Bescheid. Beide versprachen, sich in Windeseile aufzumachen. Sie verabredeten sich vor dem Eingang zum hinteren Teil des Friedhofs, wo die Bestattung stattfinden würde. Das werden wir noch sehen, ob der Willi nicht wenigstens ein schönes Kreuz mit seinem Namen drauf bekommt, sagte sich Max, und wenn ich persönlich von Marias 200.000 Euro für ein anständiges Grab sorgen muss.

Die 17 überquerte die Isar, an deren Ostufer, wie gewöhnlich an heißen Tagen wie heute, die Sonnenhungrigen wie die Ölsardinen nebeneinander lagen und sich einen schönen Lenz machten. Hatten die alle keine Arbeit? Oder Urlaub? Unglaublich, wie viele Menschen in dieser Stadt Zeit zum Nichtstun hatten. Mensch, Willi. Ausgerechnet jetzt wo ich dir helfen wollte, muss dich der Gevatter Tod holen, haderte Max. Ist Moni etwa auch tödlich? Hat sie mir den Kerl auf den Hals geschickt, der mich vorhin vor die Tram geschubst hat? Schwachsinn, so etwas würde sie nie tun. Was bin ich manchmal bloß für ein nachtragender Volldepp. Sie mag einen eigenen Kopf haben und manchmal auch verdammt unfair sein, aber so etwas würde sie doch nie tun. Genauso wenig wie ich. Reiß dich gefälligst zusammen, Raintaler.

Am St.-Martins-Platz stieg er aus und spazierte gemütlich die St.-Martin-Straße Richtung Nordosten zum hinteren Eingang hinüber. Er würde lange vor Franzi und Josef dort sein, deshalb konnte er sich Zeit lassen. Kindheitserinnerungen stiegen in ihm hoch. Er und Willi waren oft zusammen nach der Schule zu Max nach Hause gegangen, in die große Fünfzimmerwohnung über dem Sendlinger Lokal seiner Eltern. Erst hatte ihnen Max' Mutter unten in der Wirtschaft zu essen gegeben, dann schickte sie die beiden zum Hausaufgabenmachen in die Wohnung hinauf. Natürlich hatten sie die Aufgaben jedes Mal nur schlampig im Affenzahn hingeknallt und danach lieber mit Max' elektrischer Eisenbahn gespielt. Oder sie hatten eine wohnungsweite Kissenschlacht begonnen. Willi hatte mit seinen Eltern in einer kleinen Zweizimmerwohnung ums Eck gewohnt. Er hatte Max nur einmal dorthin mitgenommen. Willis arbeitsloser Vater war an diesem Tag betrunken gewesen. Danach hatte Willi Max nie wieder angeboten, mit ihm zu sich nach Hause zu gehen. Er hatte sich offensichtlich für die Enge und seine Eltern geschämt. Max hatte das nie verstanden. Auch wenn seine Eltern noch so arm gewesen wären, er hätte sie trotzdem immer nur geliebt. Obwohl es ihn wahrscheinlich auch peinlich berührt hätte, wenn sie bereits tagsüber betrunken gewesen wären. Und jetzt war Willi tot, genau wie seine Eltern und Max' Eltern. Einfach so von der Bildfläche verschwunden. Für immer.

Nicht zu verstehen, das Leben. Und der Tod genauso wenig. War am Ende das alles hier völlig sinnlos? Für Max sah es im Moment zumindest danach aus. Nichts erfüllte ihn. Nichts war wichtig. Außer der Hitze vielleicht. Er bemerkte, dass er zu schwitzen begann. Durst hatte er auch. Ein kühles Bier wäre jetzt genial gewesen. Lebten

wir am Ende nur dafür? Für den Schweiß und das Bier?
Oder war da noch mehr? Es gab da ja zum Beispiel auch
noch den Schweinsbraten in Dunkelbiersoße mit Kartoffelknödeln, was so gesehen prinzipiell erst einmal nichts
Schlechtes war. Gar nichts Schlechtes. Schweiß, Bier und
Schweinsbraten. Lohnte es sich wirklich, nur dafür zu
leben? Nun, wenn man es einmal ganz genau bedachte,
warum eigentlich nicht? Er bemerkte eine Krähe, die mit
dem Schnabel ein großes Stück glänzendes Alupapier aus
einem Abfalleimer zupfte. Und Schokolade. Für Schokolade lohnte es sich ebenfalls zu leben. Aber nur Vollmilch
Nuss. Alles andere taugte nichts. Trauben und Krokant
darin schmeckte ekelhaft, Zartbitter war zu bitter, weiße
Schokolade klebte nur am Gaumen fest, und Marzipan
war viel zu süß. Der reine Zucker.

Er lehnte sich vor dem Friedhofstor an den Stamm einer
Kastanie, um auf Franz und Josef zu warten. Sport könnte
er auch mal wieder treiben. Dafür lohnte es sich ebenfalls
zu leben. Unbedingt. Seit er als Trainer bei seinem Tennisclub in Sendling gekündigt hatte, weil man dort versucht
hatte, ihn um seinen wohlverdienten Lohn zu betrügen,
blieben ihm im Moment auf jeden Fall der Fußball beim
FC Kneipenluft, private Fahrradtouren und im Winter das
Skifahren. Joggen hasste er, und vom Tennis hatte er generell erst einmal gründlich die Nase voll. Selbst für einen
ausgebufften Exkommissar wie ihn war es eine erstaunliche
Erfahrung gewesen, zu beobachten, wie kriminell und mies
sich bestimmte Leute verhalten konnten, obwohl man etliche Jahre freundschaftlich mit ihnen im selben Sportverein
verbracht hatte. Aber ganz offensichtlich gab es die asozia-
len Existenzen dieser Welt, die bei allem, was sie taten, aus-

schließlich an ihr Ego und ihren Profit dachten, auch hier. Wo waren sie nur hin, die viel beschworenen, guten alten Tugenden des Sports? Wo fand man heute noch Menschlichkeit, Zusammenhalt und Kameradschaft? Gab es das überhaupt noch? Auf jeden Fall nicht in Sendling im Tennisclub. So viel war sicher. Egal. Wozu sollte er sich weiter darüber aufregen? Reine Zeitverschwendung.

Lieber fragte er sich, wie es wohl dazu hatte kommen können, dass Willi nach seiner Pleite als Unternehmer dermaßen abgestürzt war. Der kleine Willi, der früher immer so gern nach der Schule mit zu ihm nach Hause gegangen war. Wer hatte ihn wohl zu Fall gebracht? Etwa dieselben rücksichtslosen Egoisten, wie Max sie im Tennisverein kennengelernt hatte? Es sah ganz danach aus. ›Erst ich und dann die anderen, nach mir die Sintflut, wer schwächelt, fällt dem Darwinschen Prinzip der natürlichen Auslese zum Opfer.‹ Das waren doch die beliebten Leitsätze, die man heutzutage hörte. Hatte er sie am Ende auch schon zu seinen eigenen gemacht? Teilweise bestimmt. Siehe Marias 200.000 Euro, die er einfach so an sich genommen hatte. Ganz richtig war das sicher nicht. War das am Ende inzwischen die neue Form unseres Zusammenlebens? Nur noch auf den eigenen Vorteil bedacht? Taub und blind den Bedürfnissen und Nöten anderer gegenüber? Möglich. Doch, doch. Auf jeden Fall. Scheißgesellschaft? Scheißwelt? Scheißraintaler? Es sah ganz so aus. Im Grunde genommen konnte Willi froh sein, dass er endgültig aus dem Spiel war.

Vielleicht gab es irgendwo da oben im Weltall wirklich ein Paradies, in dem Milch und Honig flossen und wo einem die gebratenen Tauben in den Mund flogen.

Und hübsche Engel, in die man sich bis in alle Ewigkeit verlieben konnte, existierten dort außerdem. Man fand neue Freunde, die einem zuhörten, mit einem tranken und lachten, und die alten Freunde, die bereits vorausgegangen waren, traf man wieder. Wenn das alles so war, dann hatte Willi es doch bestens getroffen. Selbst die Hölle mit ihren wilden Sexorgien und endlosen Gelagen schien keine schlechte Alternative zu seinem menschenunwürdigen Dasein hier auf Erden zu sein. Und es war immer warm dort, wie man hören konnte.

»Hallo, Max. Schläfst du?« Franz rüttelte ihn an der Schulter, bis er die Augen aufschlug.

»Hey, Franzi. Ich muss wohl eingenickt sein, habe über das Leben nachgedacht.« Er rieb sich die Augen und gähnte ausgiebig.

»Dafür hast du dir den richtigen Ort ausgesucht«, bemerkte Josef, der direkt hinter Franz stand, mit einem kurzen Blick auf die Friedhofsmauer. »Ein Wunder, dass du nicht umgefallen bist.«

So wie es aussah, hatten er und Franz sich am Parkplatz vor dem Haupteingang getroffen und waren dann zusammen zu Fuß hier hinter gekommen. In der nächsten Umgebung konnte Max ihre Autos jedenfalls nicht entdecken. »Wieso? Ich hatte doch eine perfekte Stütze.« Er zeigte auf den breiten Baumstamm, an dem er gerade gelehnt hatte. »Servus, Josef, übrigens. Gehen wir rein?«

»Ja. Bringen wir es hinter uns«, meinte Franz. »Im Prinzip mag ich keine Friedhöfe. Es ist zu ruhig hier. Außerdem kommt man bloß auf dumme Gedanken. Zum Beispiel, wie es wohl wäre, wenn man selbst zu Grabe getragen würde.«

»Bei dir müsste es auf jeden Fall eine satte Erschwernizulage für die Sargträger geben.« Max deutete auf den imposanten Bierbauch seines alten Freundes und Exkollegen. Er lachte laut los.

Josef stimmte sogleich ein. »Und einen besonders hohen Sarg!«, rief er, sobald er wieder Luft bekam. »Auf deine Wampen kriegt man doch keinen Deckel drauf. Außer sie würden dir vorher die Luft rauslassen.«

»Deppen, saublöde!«, raunzte Franz. Er drehte sich um und marschierte los. Da er vorausging, konnten seine boshaften Freunde nicht sehen, dass er ebenfalls breit vor sich hingrinste.

Als sie bei der Aussegnungshalle ankamen, war es Punkt halb zwölf. Sie stiegen die Treppen zum Eingang empor und stießen oben auf zwei unrasierte Männer in abgewetzter Kleidung. Beide hatten prall gepackte, verschlissene Rucksäcke, aus denen zahllose Stofffetzen heraushingen, auf dem Rücken und lächelten ihnen zahnlos entgegen. Der Kleinere von ihnen hielt ein kleines Kofferradio in der Hand. Der Größere trug auffällige rote Stoffturnschuhe ohne Schnürsenkel, die an den Seiten aufgerissen waren.

»Grüß Gott, die Herren. Kommen Sie etwa wegen dem Willi?«, wollte der Kleinere wissen.

»Genau wegen dem sind wir da«, erwiderte Max und reichte ihm die Hand.

»Och, das ist aber schön. Dann sind wir nicht die einzigen.« Die Augen des kleinen Mannes leuchteten erfreut auf. Ein breites Lächeln legte sich über sein Gesicht. »Es müsste gleich losgehen.«

Sein größerer Kumpel lächelte Max, Franz und Josef ebenfalls dankbar an. »Schön, dass Sie gekommen sind.

Der Willi war ein guter Mensch. Schwer in Ordnung. Er hat mir oft geholfen. Einmal hat er mir sogar mitten im Winter seinen Schlafsack gegeben, weil ich krank war.« Zwei dicke Tränen stiegen ihm in die Augenwinkel. Zum Trost trank er einen großen Schluck aus der halb leeren Wodkaflasche, die er in seiner linken Hand hielt, und gab sie anschließend an seinen Freund weiter.

Der trank ebenfalls und bot danach Max, Franz und Josef von dem wertvollen Nass an. Franz und Josef lehnten gleich dankend ab. Max zögerte zuerst, dann sagte er sich aber, dass Alkohol schließlich desinfizierte, und setzte den Flaschenhals an seinen Mund. Allerdings nicht ohne vorher ein paar Mal gründlich mit seiner Handfläche über die Öffnung gefahren zu sein, was im Prinzip nicht richtig war. Denn auf diese Art verteilte man erst recht Bakterien darauf. Max wusste das zwar, tat es aber aus einem unerklärlichen Reflex heraus trotzdem immer wieder, wenn ihm eine fremde Flasche angeboten wurde. Danach begaben sich alle fünf in das weiße Gebäude vor ihnen, in dem sich Willis Sarg befand.

Später am Grab brachen Willis Freunde von der Straße hemmungslos in Tränen aus, was unter anderem sicher auch dem Umstand zu verdanken war, dass sie bis hierher bereits die zweite Flasche Wodka aus dem Rucksack des Größeren halb geleert hatten. Offensichtlich war das Angesicht des Todes für sie nur in betrunkenem Zustand auszuhalten. Max, Franz und Josef konnten das gut verstehen. Jedoch wollten sie selbst mit dem Trinken noch warten, bis sie nach dem Begräbnis ihren kleinen Leichenschmaus in einem Lokal ums Eck begehen würden. Max hatte die zwei Tippelbrüder vorhin ebenfalls dazu eingeladen. Es würde etwas zu essen geben und gut gekühltes Bier, hatte er gemeint, was sie mit vor dankbarer Vorfreude glänzenden Augen zur Kenntnis genommen hatten.

Als der Bestattungsredner mit seiner Ansprache fertig war, setzte der Größere von beiden erneut die Pulle an. Mit weit in den Nacken zurückgekipptem Kopf schluckte er, was das Zeug hielt, und wankte währenddessen wild hin und her. Es hatte den Anschein, als versuchte er das mit gezielten Gegenbewegungen seines Oberkörpers auszugleichen. Dabei begann er aber, anstatt zurück in die Senkrechte zu gelangen, in kontinuierlich wachsenden Radien um seine eigene Achse zu kreisen. Immer schneller. Immer ausladender. Immer tiefer. Er glich zusehends einem torkelnden Kreisel in den letzten Zügen. Bis er schließlich völlig die Balance verlor, wie ein gefällter Baum mit einem lauten Schrei vornüber kippte und samt Wodkaflasche krachend der Länge nach auf den Sarg aufschlug, der sich inzwischen gut zwei Meter unter ihnen in der Grube befand.

21

Max, Franz, Josef und die Sargträger hatten Willis betrunkenen Freund mit vereinten Kräften aus dem Grab geholt. Bis auf eine dicke Beule an der rechten Stirnseite schien ihm bei seinem unseligen Sturzflug auch nichts weiter passiert zu sein. Nun saßen die drei Freunde und ihre zwei neuen Bekannten nicht weit vom Friedhof an zwei getrennten Tischen im kleinen, aber saugemütlichen ›Wiesenstüberl‹ und bestellten die erste Runde Bier nebst bei einem Leichenschmaus auf jeden Fall dazugehörigem Obstler.

»Prost, die Herren! Und vielen Dank für alles!«, rief der kleinere der beiden Obdachlosen zu Max, Josef und Franz hinüber. Sein sturzfluggeschädigter größerer Freund hob nur stumm sein Bierglas. »Bitte seien Sie nicht böse, dass wir lieber einen eigenen Tisch für uns haben wollen. Aber in Ihre vornehme Runde passen wir einfach nicht hinein.«

»Passt schon. Prost, Burschen«, erwiderte Max, der ihnen am nächsten saß. Was heißt denn hier vornehm, dachte er. Wir sind doch stinknormal, oder? Obwohl, das kommt wohl, wie alles andere auch, immer auf die Perspektive an.

»Prost!«

»Auf ein langes Leben!«

Franz und Josef hoben ebenfalls die Gläser.

»Ein typischer Fall für meine Drei- und Achtbier-Theorie«, meinte Max leise zu seinen beiden Freunden, nachdem sie getrunken hatten. Er nickte mit dem Kopf unauffällig in die Richtung des Nebentisches.

»Oje, was kommt jetzt wieder für ein Schmarrn«, antwortete Franz. »Soll ich nicht lieber einen Witz erzählen?«

»Nein, Franz. Deine Witze sind absolut scheiße«, protestierte Max lauthals. »Und stinklangweilig obendrein.«

»Genau«, schloss sich Josef an. »Außerdem ist das hier eine Trauerfeier. Langweilige Witze kannst du morgen wieder erzählen.«

»Na gut. Wer nicht will, der hat schon. Also los, mach schon, Max.« Franz schniefte kurz beleidigt und nahm gleich noch mal einen großen Schluck von seinem Bier.

Bei der Hitze draußen musste man unbedingt auf genug Flüssigkeit im Körper achten. Jeder Arzt empfahl das heutzutage seinen Patienten. Tat man es nicht, war die unweigerliche Folge davon, dass man dehydrierte. Und wenn es ganz böse kam, ging es einem dann genauso wie dem guten alten Willi. Man landete eher in der Grube, als einem lieb war. Franz, Max und Josef wussten das als aufgeklärte und gesundheitsbewusste Männer im besten Alter natürlich und waren immer nach Kräften bemüht, genug zu trinken. Auch heute an diesem Trauertag.

»Die Sache ist schnell erzählt. Ich habe mir eine Theorie überlegt, die erklärt, warum wer mit wem beim Bier sitzt und warum es genau so und nicht anders ist.« Max, der nun wieder mit gedämpfter Stimme weitersprach, hob wie ein Dozent an der Uni den Zeigefinger in die Luft.

»Ach, wirklich? Und was hat das mit drei oder acht Bieren zu tun?« Franz machte ein Gesicht wie ein Zweitklässler, dem gerade die Grundlagen der Relativitätstheorie erklärt wurden.

»Das ist sozusagen der Kernpunkt meiner Theorie.«

»Aha. Logisch, Max. Super.« Franz tippte sich mit dem Finger an die Stirn.

»Jetzt lass ihn doch mal, Franzi«, fauchte Josef. »Herrschaft noch mal, wenn du nicht im Mittelpunkt stehen kannst, bist du nicht glücklich. Das war schon an der Schule so.«

»Komm du mir nicht mit der Schule, Josef. Jeder andere, aber nicht du.« Franz bekam einen roten Kopf.

»Warum?« Josef glotzte ihn verständnislos an.

»Weil du ein Streber warst. So!«

»Und was hat das bitte mit der Theorie von Max zu tun? Spinnst du jetzt komplett?« Josef zeigte Franz den Scheibenwischer.

»Jetzt hört schon auf, ihr Deppen. Also, wollt ihr meine Theorie nun hören oder nicht?« Max schaute leicht genervt von einem zum anderen.

»Logisch.« Josef sah ihn erwartungsvoll an.

»Von mir aus.« Franz blickte gelangweilt auf seine Fingernägel.

»Na gut. Euch ist sicher auch schon aufgefallen, dass an jedem normalen Biertisch in so gut wie jedem beliebigen Münchner Lokal immer wieder dieselben Gruppen anzutreffen sind.«

»Stammtisch. Logisch. Warum auch nicht?«, murrte Franz.

»Eben nicht. Der Stammtisch als solcher ist von meiner Theorie ausgenommen.«

»Aha.«

»Und wie ist nun deine Theorie?« Josef hielt es vor Spannung fast nicht mehr auf seinem Stuhl.

»Dieselben Gruppen treffen sich nur deshalb immer wieder, weil sie dieselben Trinkgewohnheiten haben.«

»Toll, Max. Die Leute treffen sich, weil sie auf ein Bier gehen. Großartig! Diese einmalige Erkenntnis wird unser ganzes Dasein verändern. Mein Gott. Da lebt man jahrelang Seite an Seite mit einem Genie wie dir und merkt es nicht einmal.« Franz schüttelte hämisch grinsend den Kopf. Dann hob er erneut sein Glas an den Mund.

»Ich sage nur Dreibiertrinker und Achtbiertrinker«, konterte Max mit einer Miene, die jedem Geheimdienstmitarbeiter auf dieser Welt gut zu Gesicht gestanden hätte.

»Ach?« Franz bestellte per Handzeichen die nächste Runde bei der pummeligen blonden Kellnerin, die sich mit einem bunten Kreuzworträtselheft hinter den kleinen, dunkelgebeizten Tresen verzupft hatte.

»Dreibiertrinker sitzen mit Dreibiertrinkern zusammen. Achtbiertrinker sitzen mit Achtbiertrinkern zusammen. Das ist unsere natürliche Weltordnung. Zumindest soweit es uns Menschen in der bayrischen Landeshauptstadt angeht.« Max zeigte auf sich und seine Freunde und dann auf die beiden Jungs von der Straße am Nebentisch.

»Geh, so ein Schmarrn.« Franz nahm dankbar nickend das neue Glas entgegen, das ihm die Kellnerin in die Hand drückte. »Mal trinkt man drei Bier und mal trinkt man acht Bier. So wird ein Schuh daraus.«

»Eben nicht. Ein Dreibiertrinker, der ausnahmsweise einmal acht Bier trinkt, wird deshalb nie und nimmer zu einem Achtbiertrinkertisch wechseln. Dort müsste er nämlich jedes Mal acht Bier trinken und wäre somit auf der Stelle kein Dreibiertrinker mehr, sondern ein Achtbiertrinker. Umgekehrt gilt das natürlich genauso. Da schaut ihr, was?« Max blickte triumphierend in die Runde.

»Genial!«, platzte es aus Josef heraus. Seine braunen Augen glänzten wie die eines jungen buddhistischen Mönches, der zum ersten Mal im Leben einen kleinen Zipfel vom Nirwana erblickt hatte.

»Na ja. Also, da ist auf jeden Fall was dran«, gab nun auch Franz zu. Er kratzte sich nachdenklich am Hinterkopf.

»Sag ich doch.« Max lächelte seine Freunde weiterhin überlegen an. »Verdammt, und wenn es nun doch der gleiche Typ war, der mich in meinem Treppenhaus ausgeknockt hat?«, fiel es ihm dann auf einmal ein.

»Was?« Franz schreckte aus seinen tiefgründigen Gedanken über Dreibiertrinker und Achtbiertrinker auf. »Kannst du deine Gedankensprünge in Zukunft wenigstens kurz vorher ankündigen? Wer soll denn da noch mitkommen?« Er setzte ein vorwurfsvolles Gesicht auf.

»Also, ich verstehe gerade auch nicht, was du meinst.« Josef zuckte ratlos mit den Schultern.

»Mich hat vorhin, als ich von Woller kam, am Stachus einer vor die Trambahn geschubst. Ich konnte mich gerade noch mit einer Hechtrolle retten.«

»Ohne Schmarrn?« Josef machte große Augen.

»Ohne Schmarrn.«

»Und du meinst, es hat mit dem Anschlag auf dich in deinem Treppenhaus zu tun?« Franz war mit einem Schlag hellwach.

»Kann sein, Franzi. Oder Woller hat ihn beauftragt, nachdem wir bei ihm waren. Kann aber auch genauso gut sein, dass es dieser Typ war, der mir letzten Sonntag die K.-o.-Tropfen ins Bier geschüttet hat. Da wusste ich noch gar nichts von Woller. Oder eben der, der mich am Vormittag nach dem Knast in meinem Treppenhaus niedergeschlagen hat. Da kannte ich Woller ja auch noch nicht.«

»Aber vielleicht kannte er dich bereits«, warf Josef ein. »Du hast mir doch erzählt, dass seine Vorzimmerdame am betreffenden Morgen in der Stadt mit dir anbandeln wollte.«

»Eifersucht?«, erkundigte sich Franz.

»Kann doch sein. Oder etwa nicht?« Josef zwirbelte seinen Bart in die Höhe.

»Und wer war dann das mit den K.-o.-Tropfen?«, fragte Max.

»Jemand ganz anderes. Ist doch logisch.« Franz trank erneut. Es würde nicht mehr lange dauern, dann wäre sein zweites Glas ebenfalls leer.

»Schöne Scheiße. Ich blicke da einfach nicht durch.« Max trank auch noch einmal. Zur Sicherheit. Wegen der Hitze und dem drohenden Flüssigkeitsverlust. »Ein geisteskranker Busfahrer hätte mich diese Woche fast auch noch von der Straße gefegt«, fügte er hinzu, nachdem er sein Glas wieder abgestellt hatte.

»Die fahren doch sowieso alle kriminell. Und pampig sind sie auch. Wir sollten sie in einer Art Protestaktion einmal alle gleichzeitig eine Woche lang einsperren«, schlug Franz vor. »Was meinst du, wie schnell der MVV seinen Leuten danach anständiges Benehmen beibringt.«

»Super Idee. Man muss sie da treffen, wo es wehtut. Beim Geld. Wann fangen wir damit an?« Max rieb sich die Hände voller Tatendrang.

»Morgen. Aber Spaß beiseite, Max. Im Prinzip ist es doch ganz einfach.« Franz musste laut rülpsen. »Mist, Scheißkohlensäure. Wir suchen zwei verschiedene Täter und dabei geht uns einer davon garantiert in die Falle.«

»Und der andere?«

»Den erwischen wir später. Wir kriegen die Saukerle auf jeden Fall. Weil wir sie immer alle kriegen.«

»Das ist natürlich auch eine Logik, Franzi. Aber gut wäre es schon, wenn wir sie so bald wie möglich festnageln. Besonders wohl fühle ich mich zurzeit nicht, wenn ich allein unterwegs bin.«

»Kein Wunder. Prost!« Josef stieß mit ihnen an.

Die Tippelbrüder am Nebentisch prosteten ihnen ebenfalls zu. Dann kam das Essen. Riesige, herrlich duftende Portionen Rindsrouladen mit Rotkohl, Kartoffelknödeln und Salat auf großen weißen Tellern.

»Willis Lieblingsgericht!«, posaunte der Kamikaze mit der Beule auf der Stirn. »Das wird ihn sicher freuen, wenn er das von da oben aus sieht.« Er zeigte mit seiner Messerspitze zur Decke des Lokals.

»Meins auch.« Max lächelte zu ihnen hinüber und schob sich ein Stück Knödel mit Soße in den Mund.

»Wollen wir drei dem Willi einen anständigen Grabstein spendieren? Was meint ihr?« Josef blickte kauend in die Gesichter seiner Freunde. »Dieses windige Holzkreuz ist doch in drei Wochen verwittert.«

»Logisch. Das ist eine super Idee.« Max war sofort Feuer und Flamme. »Und die Grabpflege für die nächste Zeit bezahlen wir auch.« Geld hätte er auf jeden Fall genug. Er dachte erneut an die 200.000 Euro aus Ellis Keller.

»Von mir aus«, stimmte Franz schmatzend zu. »Aber bloß wenn es nicht zu teuer ist.«

»Du wirst schon nicht ins Armenhaus kommen, Franzi«, beruhigte ihn Max kopfschüttelnd.

»Oder auf der Straße landen«, ergänzte Josef grinsend.

»Ich habe da sowieso so eine Idee. Muss ich euch bei Gelegenheit mal erzählen.«

»Warum nicht gleich?«

»Ist noch nicht ganz spruchreif.«

»Prost.« Franz nahm erneut sein Glas in die Hand.

»Prost.« Josef tat es ihm gleich.

»Ich zahle dann mal, Leute. Mir reicht das Bier von gestern noch.« Max winkte die Bedienung herbei.

»Vergiss es. Ich erledige das. Ihr seid alle eingeladen. Du weißt ja, wenn ich etwas habe, dann ist es Geld.« Josef lächelte spitzbübisch.

»Ja, wenn das so ist, dann hätte ich gern noch ein Bier, Fräulein«, rief Franz. »Und einen Obstler.«

»Fünfmal Obst! Doppelt!« konterte Josef. »Auf einen Kurzen bleibst du doch noch, Max. Oder?«

»Logisch.«

Nachdem sie den Schnaps gekippt hatten, verabschiedete sich Max. Er wollte noch bei Traudi vorbeischauen, unbedingt die Auseinandersetzung mit ihr heute Morgen klären. So eine ungute Sache konnte man doch nicht einfach so im Raum stehen lassen. Außerdem machte er sich wirklich Sorgen um sie. Diese Wahrsagerin, die Anneliese erwähnt hatte, dieses ›heilige Medium Eva‹, wollte er danach auch besuchen. Vielleicht wusste sie etwas über Maria Spengler, was er bisher noch nicht wusste. Im Moment war jeder noch so geringe Anhaltspunkt wichtig. Zwei Frauen waren ums Leben gekommen, vielleicht sogar durch ein- und denselben Täter. Und auf ihn selbst wurde ein Anschlag nach dem anderen ausgeübt. Der oder die Täter mussten unbedingt überführt werden. So schnell wie möglich, bevor noch mehr Unheil geschah.

Natürlich hätte ich Franzi fragen können, ob er mitkommt, sagte er sich. Aber besser, er trinkt heute noch mal anständig einen auf Willi. Er würde nie zugeben, dass ihm die Sache mit unserem gemeinsamen ehemaligen Schulfreund nahegeht, aber ich weiß ganz genau, dass es so ist. Franzi wäre nicht Franzi, wenn es anders wäre. Außerdem ist er sowieso schon zu betrunken, um offiziell ermitteln zu können. Und unser neuer Krimifan Josef ist zwar gut dafür, um Sachen mit ihm durchzusprechen, aber das hier ist Profiarbeit. Dabei hat er nichts verloren.

Er läutete bei Traudi. Nichts. Keine Reaktion. Er presste erneut seinen Daumen auf den Klingelknopf. Wieder nichts. Hatte sie sich vergraben? War sie verreist? Er versuchte es ein letztes Mal. Keine Traudi. Auch gut. Achselzuckend drehte er sich um und machte sich auf den Weg in die Klenzestraße. Als die Fußgängerampel nach einer halben Ewigkeit endlich auf Grün schaltete, überquerte er die Humboldtstraße in Höhe des kleinen Parks neben dem Isarufer und folgte der Claude-Lorrain-Straße in nördlicher Richtung, bis sie in die Eduard-Schmid-Straße überging. Bei der Reichenbachbrücke bog er links ab, überquerte die Isar und ging geradeaus weiter. Kurz darauf stand er in der Klenzestraße. Er fischte sein Handy aus der Jeanstasche und schaute im Internet nach, wo das ›heilige Medium Eva‹ wohnte.

»Aha. Da haben wir es ja schon. Klenzestraße 30f«, murmelte er, nachdem er das Impressum ihrer Website aufgeschlagen hatte. Perfekt. Das war nur ein paar Schritte entfernt. Er steckte sein Handy in die Hosentasche zurück und machte sich auf den Weg. Als er bei dem Schild mit den Nummern 30a-f angekommen war, betrat er den Hinterhof, in dem die vorn angeschriebenen Häuser standen, und klingelte bei ihr.

»Wer ist da?«, ertönte eine tiefe weibliche Stimme aus der vergoldeten Gegensprechanlage.

»Max Raintaler. Der Liebeskummer treibt mich zu Ihnen«, erwiderte er grinsend. Irgendeinen Grund musste er schließlich angeben, wenn er sie aushorchen wollte.

Obwohl. Es stimmte doch sogar. Monika hatte sich von ihm getrennt, Traudi war beleidigt, und was mit Gesine war, würde sich erst noch zeigen. So wie es im Moment aussah, wollte sie wohl nur seine Hilfe, um von Woller loszukommen. Da war es doch nur legitim, wenn man sich Hilfe bei der Esoterik holte. Das war zwar ein bekanntermaßen sauteures Vergnügen und eigentlich bloß ein Riesenschmarrn, aber vielleicht half es trotzdem. Konnte doch sein. Oder? Bei vielen anderen half es schließlich auch.

»Haben Sie einen Termin? Ich kann mich gar nicht daran erinnern.«

»Nein. Es kam alles ganz plötzlich. Und da dachte ich …«

»Schon gut. Kommen Sie in den zweiten Stock, Max. Aber Sie müssen ein paar Minuten warten. Ich habe gerade noch eine Klientin da.«

»Kein Problem.« Max öffnete, sobald der Türsummer ertönte, und stieg in gemütlichem Alte-Leute-Tempo die Stufen hinauf. Schließlich war er seit gut drei Jahren Frühpensionär. Die Zeit, als er sich für die Kripo abgehetzt hatte, war längst vorbei. Im zweiten Stock läutete er erneut bei ›Heiliges Medium Eva‹. Die Wohnungstür sprang wie von Geisterhand auf. Er trat ein und staunte, wie er bisher noch nicht oft gestaunt hatte.

22

An der ihm gegenüberliegenden Wand stand in Groß-
buchstaben ›Willkommen im Paradies‹. Links und rechts
daneben hingen goldüberzogene geschnitzte Heilige und
zahllose Bilder von fliegenden, sitzenden, lesenden, medi-
tierenden, singenden, betenden und trinkenden Engeln.
Alle hatten weiße Flügel auf dem Rücken und dicke rosige
Kinderwangen im Gesicht. Es roch nach Räucherstäbchen
und einem unsäglich aufdringlichen Parfüm. Die gedämpfte
gelbliche Beleuchtung kam von endlosen Reihen elektrischer Weihnachtsbaumkerzen, die überall an schmalen
schwarzen und grünen Kabeln von der Decke und an den
Wänden herunterhingen. Der blaue Teppichboden unter
ihm war über und über mit Heiligendarstellungen aus aller
Herren Länder übersät. Das Ding konnte nur eine Sonder-
anfertigung sein. Welcher einigermaßen normale Mensch
würde so etwas auf dem freien Markt erwerben wollen?
In den Ecken der Decke waren kleine Kruzifixe befes-
tigt. Direkt neben Max stand ein langgezogener, mit bren-
nenden Kerzen geschmückter Altar neben einem kleinen
Springbrunnen, dessen bis auf ein Blatt in der Lendenge-
gend nackte Zierfiguren der Apfelszene vor der Vertrei-
bung aus dem Paradies nachempfunden waren. Daneben
standen drei bequeme Holzstühle. Offenbar fungierte der
großzügige Flur nicht nur als Besinnungsstätte, sondern
auch als Wartezimmer. Der reine Wahnsinn. Wenn es im
echten Paradies genauso aussah, wollte Max nie und nimmer dorthin. Dann schon lieber direkt in die Hölle. Das
hier war einfach nur noch unerträglich. Aber wirklich.

Eine leicht übergewichtige Frau mittleren Alters im gestreiften Geschäftskostüm tauchte wie eine Erscheinung aus der mit Blumen bemalten Tür gleich rechts von ihm auf. Sie lächelte ihm erleuchtet zu. »Dieser allwissende Engel hier weiß einfach alles«, raunte sie ihm mit erhobenem Daumen zu, während sie an ihm vorbeischwebte. »Einfach alles, unglaublich. Glauben Sie mir.« Dann verschwand sie im Treppenhaus. Max blickte ihr wie hypnotisiert nach. Er hätte nicht genau sagen können, ob ihre Füße den Teppichboden unter ihm nun berührt hatten oder nicht.

»Herr Max Raintaler. Bitte betreten Sie das Zimmer der Weisheit!«, ertönte es kurz darauf wie aus dem Jenseits. Verwundert blickte Max nach oben. Bisher waren ihm keine Lautsprecher aufgefallen. Aber als er jetzt noch einmal genauer hinsah, bemerkte er fünf Stück, ringförmig direkt über dem Eingang an der Decke angebracht. Sie waren winzig und von bunten Weihnachtslichtern getarnt, aber groß genug, um den Besucher mit einer geheimnisvollen ›Stimme aus dem Himmel‹ zu beeindrucken.

Er trat durch die offen stehende Tür, aus der die entrückte Frau gerade gekommen war, und blieb kurz hinter der Schwelle wieder stehen. Seine Augen brauchten eine Weile, um sich an die Dunkelheit in dem mit gold- und silberfarbenen Tüchern verhangenen Raum zu gewöhnen. Dann erkannte er ungefähr drei Meter vor sich einen kleinen runden Tisch mit einer großen durchsichtigen Glaskugel darauf. Vor dem Tischchen stand ein stabil wirkender, dunkler Holzstuhl. Dahinter saß eine schwarzhaarige Frau in einem labbrigen, gold- und silberdurchwirkten Seidenkaftan mit einem Papagei auf der Schulter. Ihre tiefdunklen

Augen blitzten eindringlich und beinahe furchteinflößend aus ihren üppig dunkelgeschminkten Höhlen hervor.

»Bitte nehmen Sie doch Platz, Herr Raintaler.« Das ›heilige Medium Eva‹ deutete auf den Holzstuhl.

»Danke, gern«, erwiderte Max. Die perfekte Inszenierung, dachte er. Der gingen bestimmt jede Menge Leute auf den Leim. Und Maria hatte recht, die Frau machte einem wirklich Angst. Sie war regelrecht unheimlich. Hatte etwas völlig Irres im Blick, wie man es sonst nur von Terroristenfotos her kannte.

»So, so. Der Liebeskummer führt Sie also zu mir, Herr Raintaler.« Sie fixierte ihn mit einem allwissenden eiskalten Lächeln im Gesicht. »Hat Ihre Freundin oder Frau Sie verlassen?«

»Äh, ja. Kann man so sagen.« Eigentlich hatte Max mit Monika Schluss gemacht. Aber wenn man die Sache mit Gordon nahm, war es wohl doch eher eindeutig sie gewesen, die ihre Beziehung bereits vorher beendet hatte. Logisch.

»Wegen einem anderen?«

»Genau.« Woher wusste sie das? Er hatte doch noch gar nichts gesagt. Na ja. War wohl öfter der Fall, wenn jemand mit Liebeskummer ankam.

»Wegen einem gutaussehenden anderen? Mit einem merkwürdig fremd klingenden Namen?«

»Ja.« Max bekam eine leichte Gänsehaut. Woher hatte sie das denn jetzt? Gordon war doch wohl ein fremd klingender Name. Und merkwürdig hörte er sich obendrein an. Außerdem hatte Monika gemeint, dass er jung war und gut aussah. Oder etwa nicht? Natürlich. Echt gruselig.

»Kann es sein, dass Sie in den Jahren zuvor oft untreu waren?«

»Na ja. Nicht so direkt. Wir hatten immer eine lockere Beziehung, in der jeder machen durfte, was er wollte. Moni wollte das so.«

»Moni? Ist das die Frau?«

»Ja, so heißt meine Freundin. Äh, hieß, besser gesagt.« Max begann zu schwitzen. Die Sache hier lief langsam aus dem Ruder. War er gekommen, um etwas über Maria herauszufinden oder um vor der durchgeknallten Person hier einen Seelenstriptease aufs Parkett zu legen? Er musste dem Theater ein schnelles Ende machen, bevor er am Ende noch anfing zu glauben, was sie ihm auftischte.

»Und eine neue Liebe ist noch nicht in Sicht. Habe ich recht? Natürlich habe ich recht. Ich habe immer recht.« Sie lächelte wieder dieses allwissende Lächeln, das Max schon zu Beginn ihrer kleinen Unterhaltung auf die Palme gebracht hatte.

»Stimmt«, blöde Kuh, vervollständigte er in Gedanken. Er hasste es, wenn Menschen versuchten, sich über ihn zu stellen. Und das ›heilige Medium Eva‹ schien eine wahre Meisterin darin zu sein. Kein Wunder, ihre Klientel musste geschickt manipuliert werden, sonst glaubte ihr doch niemand ein Wort. Andererseits hatte sie bisher, mit allem was sie gesagt hat, recht gehabt. Schon verrückt.

»Na, dann wollen wir doch mal schauen, was die Karten dazu sagen.« Sie nahm einen Stapel Tarotkarten zur Hand und mischte sie. »Denken Sie bitte nur an den Begriff ›meine neue Liebe‹.«

»Okay.« Max ließ sie machen. Je näher sie sich kennenlernten, umso brauchbarer würden die Informationen sein, die er über Maria von ihr bekommen würde. Glaubte er zumindest.

Sie legte die Karten neben der Glaskugel auf dem kleinen mosaikbesetzten Tisch zwischen ihnen aus. »Ihre alte Liebe wird ihre neue Liebe sein«, verkündete sie, nachdem sie das Ergebnis ihrer Arbeit eine Weile lang studiert hatte.

»Äh, Moni?« Er blickte sie erstaunt an. »Aber mit der ist Schluss. Endgültig.«

»Die Karten sind da anderer Meinung. Eindeutig.« Sie setzte einen strengen Blick auf.

»Ach, wirklich?« Der reinste Horrorfilm hier drinnen, dachte er. Wie komme ich jetzt bloß zu Maria Spengler rüber? Moment, genau. Ich hab's. »Na, wenn Sie es sagen, wird es wohl stimmen. Eine entfernte Bekannte hat Sie mir empfohlen. Sie hat gemeint, Sie wären unschlagbar in Ihrem Fach.«

»Wie heißt denn Ihre Bekannte?«, erkundigte sie sich sichtbar geschmeichelt.

»Maria Spengler.«

Die Katze war aus dem Sack.

»Die Maria, so, so.« Man sah ihr nicht an, was in ihrem Kopf vorging. »Wie geht es ihr denn?«

»Sie ist leider tot. Wurde ermordet.« Er beobachtete sie wie die Katze das Mausloch auf dem Feld.

»Was? Wirklich? Ja, um Himmels willen. Wer tut denn so was?« Sie sprang erschrocken auf und schlug die Hände vors Gesicht.

»Wissen wir noch nicht.«

»Wir? Sind Sie etwa von der Polizei?«

»Nein, Frau Eva. Ich bin Privatdetektiv und mit der Lösung des Falls beauftragt. Aber ich arbeite eng mit der Polizei zusammen. Was wollte Maria bei Ihnen? Ging es um Woller? Wir wissen, dass sie mit ihm zusammen war.«

»Das darf ich Ihnen nicht sagen, Herr Raintaler. Ich habe absolute Schweigepflicht, was meine Klienten angeht.« Ihre Stimme zitterte leicht. Sie wich seinem Blick aus.

Max registrierte beides. »Schweigepflicht hat ein Arzt. Aber Sie doch nicht.« Verwundert zog er die Brauen hoch. »Sie würden mir wirklich helfen. Und Maria auch. Oder soll ihr Mörder etwa weiter frei herumlaufen? Vielleicht noch mehr Frauen töten? Marias Freundin Elli Breitwanger ist auch bereits tot.«

»Was, Elli? Sie war ebenfalls eine Klientin von mir. Das ist doch alles gar nicht zu fassen.« Sie schüttelte ungläubig den Kopf. Tränen stiegen ihr in die Augen. »Fehlt nur noch, dass Traudi etwas zustößt«, murmelte sie.

»Traudi? Traudi Markreiter? Kennen Sie die etwa auch?« Max' Mund blieb vor Staunen offen stehen.

»Ja, Herr Raintaler. Sie kommt ab und zu her, um sich Rat bei mir zu holen. Meine lieben rothaarigen Engel aus der Birkenau nannte ich die drei bisher immer.«

»Herrschaftszeiten, dann helfen Sie mir doch bitte. Ich muss alles über Maria und Elli wissen, was mit den Morden an ihnen zu tun haben könnte.« Er zeigte ihr seinen Detektivausweis, um seinem Anliegen einen möglichst seriösen Touch zu geben, stand ebenfalls auf und stapfte unruhig im Raum hin und her.

»Also gut, Herr Raintaler. Ausnahmsweise. Aber nur, soweit ich es mit meinem Gewissen vereinbaren kann. Maria hatte mit diesem Woller, den Sie vorhin erwähnten, eine Beziehung.«

»Das wissen wir bereits. Maria hat darüber Tagebuch geführt. Außerdem hat er es uns selbst erzählt.«

Das hellsichtige ›heilige Medium Eva‹ zuckte kurz

unmerklich zusammen. Wahrscheinlich machte sie sich innerlich Vorwürfe, dass sie diesen Einwand nicht vorausgesehen hatte. »Aber was Sie sicher nicht wissen, ist, dass Maria Woller regelmäßig gegen Bezahlung im Keller seines Hauses auspeitschten musste«, trumpfte sie gleich darauf auf. »Er schleckte währenddessen pudelnackt einen Napf voller Hundefutter leer und jaulte und hechelte, was das Zeug hielt. Offensichtlich konnte er nur so zum sexuellen Höhepunkt kommen. Das hat sie mir genau so bei einem ihrer Besuche hier in der Praxis unter dem absoluten Siegel der Verschwiegenheit anvertraut.«

»Nur Ihnen?«

»Ja. Sie werden in ihrem Tagebuch nichts darüber finden. Sie schämte sich deswegen, hatte sie gemeint.«

»Ach, wirklich?« Max musste grinsen, obwohl er es nicht wollte. Aber das Bild des auf allen Vieren jaulenden, nackten Woller vor seinen Augen ließ ihm keine andere Wahl. Ob Gesine wohl auch auf diese Art und Weise bei ihm ranmusste? Sicher. Was denn sonst? Wie beschämend. »Ich denke, sie war in dieser Bürgerinitiative gegen ihn engagiert. Das passt doch nicht zusammen.« Er war gespannt, was sie dazu sagen würde. Er hatte ja bereits seine Meinung über Marias und Wollers Beziehung, fand es nach wie vor völlig unverständlich, und Franz ging es sicher nicht anders.

»Er hatte sie dort als Spitzel eingesetzt. Hat gut dafür bezahlt, wie sie mir sagte.«

»Aber sie hat die Initiative doch mitgegründet.«

»Stimmt. Sie war aber bald danach von zwei engagierten Vertretern der Grünen aus ihrer Führerrolle verdrängt worden. Das hatte sie sehr verletzt.«

»Wohnen die auch in der Birkenau?«

»Nein. Die kommen, glaube ich, aus Schwabing. Studenten.«

Schau an. So einfach konnte alles sein. Warum waren sie da bloß selbst noch nicht darauf gekommen? »Aber wenn er Maria als Spitzel eingesetzt hatte, warum sollte er sie dann umbringen?«, murmelte er gleich darauf nachdenklich mehr zu sich selbst. »Das würde doch nicht den geringsten Sinn machen.«

»Stimmt.« Sie hatte ihn trotz der geringen Lautstärke, mit der er gesprochen hatte, offenbar genau verstanden. »Aber in letzter Zeit wollte er ihr immer weniger bezahlen, weil seine Geschäfte angeblich immer schlechter gingen. Da hat sie damit gedroht, alles, was sie über ihn wusste, an die Öffentlichkeit zu bringen. Vielleicht war das ja der Grund für ihren Tod. Maria hatte auf jeden Fall große Angst vor ihm.« Sie setzte sich wieder.

»Das hat sie Ihnen tatsächlich so gesagt? Dass sie ihn erpresst hat? Da hätte er doch eher Angst vor ihr haben müssen.« Max blieb vor ihrem Tisch stehen und blickte ungläubig auf sie hinab. Höchst interessant zu hören, dass Wollers Geschäfte nicht so gut liefen. War er deshalb umso mehr auf sein Bauvorhaben in der Birkenau angewiesen? Sah ganz so aus.

»Meine Kunden haben absolutes Vertrauen zu mir. Sie erzählen mir alles, und sie bekommen dafür die Lösungen für all ihre Probleme von mir.« Sie blickte ihm mit weit geöffneten allwissenden Augen geradewegs ins Gesicht.

»Probleme, die Elli und Maria nun nicht mehr haben.« Max konnte sich seinen sarkastischen Unterton nicht verkneifen.

»Stimmt.« Eva senkte den Blick. »Der Tod liegt in Gottes Hand. Den kann selbst ich nicht verhindern.«

»Hatte Elli Breitwanger etwa auch mit Woller zu tun?«

»Soviel ich weiß, musste sie Maria ein paar Mal bei ihm vertreten. Wegen Urlaub, Krankheit und so weiter.«

»Unglaublich!«

Max kam aus dem Staunen nicht mehr heraus. Der alte Fettsack Woller ließ sich also gegen Bezahlung auspeitschen. So weit nichts großartig Besonderes in der heutigen Zeit. Nur verdammt peinlich, wenn es an die Öffentlichkeit kam. Was hatte er noch gesagt? Er konnte sich keinen Sexskandal leisten. Logisch. Wer konnte das schon in so einer hohen Position wie er? Aber warum waren ausgerechnet Maria und Elli, seine Gegnerinnen aus der Bürgerinitiative Birkenau, diejenigen welche?

Na gut, Maria hatte ihn laut ihrem Tagebuch nach wie vor geliebt. Das mochte ihre Beteilung an seinen perversen Spielchen erklären. Aber warum sollte sie den Mann erpressen, den sie liebte? Nur weil sie in letzter Zeit etwas weniger Geld von ihm bekam? Zumindest sehr fragwürdig. Und wie passte Elli da rein? Sie musste Woller doch gehasst haben wie die Pest. Hatte sie gerade deswegen mitgemacht? Oder einfach nur, weil sie Marias beste Freundin gewesen war? Beides möglich. War es ihr allein ums Geld gegangen? Schon eher plausibel. Vielleicht hatte es für alles aber auch einen ganz anderen Grund gegeben. Herrschaftszeiten. Was Eva ihm da verriet, klang einerseits zwar schlüssig, aber andererseits fühlte es sich nicht so an. Was stimmte nicht damit? Oder täuschte er sich da gerade nur?

»Von anderen Männern haben Ihnen die beiden nichts erzählt?«

»Doch. Aber nur harmloses Zeug über die Frisur von diesem und den knackigen Po von jenem. Nichts, was Rückschlüsse auf einen Mord zuließe.«

»Aha. Und Traudi Markreiter? Steht die etwa auch auf Wollers Lohnliste?«, fuhr er fort.

»Das weiß ich nicht, Herr Raintaler.« Das ›heilige Medium Eva‹ schüttelte bedächtig den Kopf. »Sie hat mir nie davon erzählt.«

»Vielen Dank für Ihre Hilfe. Und die Sache mit meiner Liebe ist wirklich so, wie Sie gesagt haben?« Er blickte ihr tief in die dunklen Augen.

»Ja, Herr Raintaler. Die Karten lügen nicht. Ihre alte Liebe wird Ihre neue Liebe sein.«

»Na gut.« Max machte einen Schritt auf sie zu, reichte ihr die Hand zum Abschied und verließ das ›Paradies‹.

Als er wieder auf der Klenzestraße stand, rekapitulierte er noch einmal kurz den neuesten Stand seiner Erkenntnisse. Maria hatte Woller also höchstwahrscheinlich doch erpresst, obwohl der behauptete, dass dies nicht der Fall gewesen wäre. Messie Elli hing irgendwie in der Sache mit drin. Hatte Traudi als Ellis beste Freundin etwa über alles Bescheid gewusst? Wollte sie Woller deswegen heute Morgen so unbedingt umbringen, weil sie genau wusste, dass nur er der Mörder sein konnte? Was, wenn Woller wusste, dass sie es wusste? Dann war sie doch selbst in höchster Gefahr. Oder gab es irgendwo den großen Unbekannten, den er bisher noch nicht auf dem Schirm gehabt hatte? Einen Täter, der ganz andere Interessen als Woller verfolgte? Unwahrscheinlich aber natürlich auch möglich. Auf jeden Fall sollte er unbedingt gleich noch einmal bei Traudi vorbeischauen. Was ›das heilige Medium Eva‹ ihm bezüglich seiner alten und angeblich neuen Liebe Monika offenbart hatte, verdrängte er gleich wieder. Wer glaubte schon an einen solchen Humbug? Er jedenfalls nicht.

23

Freitagvormittag. Elf Uhr. Strahlender Sonnenschein über München-Thalkirchen. Das Wochenende kam immer näher. Aber so wie es aussah, würde es nicht besonders erholsam für Max werden. Er hatte einen Mörder hinter Gitter zu bringen. Viele Spuren, nichts Konkretes, so sah es aus. Gott sei Dank hatte er gestern den Nachmittag verpennt und war abends zeitig ins Bett gegangen. Außerdem hatte er auch noch bis gerade eben ausgeschlafen und fühlte sich topfit. Das würde die Sache erleichtern. So viel war sicher.

Auf dem Heimweg vom ›heiligen Medium Eva‹ hatte er noch mal bei Traudi vorbeigeschaut und erneut bei ihr Sturm geklingelt. Doch sie war wieder nicht da gewesen. Daraufhin hatte er noch in der Metzgerei nach ihr gefragt, aber dort hatte sie nur Bescheid gegeben, dass sie die nächsten Tage nicht kommen würde. Schon sehr merkwürdig. Warum hatte sie denn nicht wenigstens hinterlassen, wo man sie erreichen konnte? Wahrscheinlich ist sie wirklich irgendwohin verreist, hatte er sich erneut gesagt. Was sonst? Sie würde wohl nicht tot in ihrem Haus liegen. Oder? Schmarrn. Das wüsste man doch. Irgendwem müsste sie abgegangen sein. Logisch. Aber auf die leichte Schulter nehmen wollte er die Sache trotzdem nicht. Er würde wieder nach ihr sehen. Ehrensache.

Jetzt saß er gemütlich in Unterhosen auf seiner roten Wohnzimmercouch und trank einen Schluck aus der handbemalten Espressotasse vom Flohmarkt, die ihm Monika einmal geschenkt hatte. Dann nahm er sein Telefon zur Hand und wählte Franz' Büronummer.

»Hallo, Max. Wie geht's dir?«, meldete sich sein alter Freund und Exkollege mit belegter Stimme.

»Besser als dir, schätze ich. Wie war es denn gestern noch mit Josef und den beiden Trinkbrüderlein?«

»Ach, hör mir bloß auf. Bis um zwei Uhr früh sind wir noch versackt. Wir waren sogar noch in der Stadt.«

»Zu viert?«

»Logisch. Frag mich nicht, was mit meinem Kopf los ist.«

»Ich frage dich ja gar nicht. Vergiss aber nicht unseren Biergartenstammtisch mit Josef morgen Abend.«

»Was? Schon wieder Bier? Und so was nennt sich Freunde. Ihr bringt einen ja noch um.« Franz klang wie ein Hypochonder, der aus dem Krankenhaus entlassen werden soll.

»Das besorgst du schon selbst.«

»Stimmt auch wieder. Also gut, was kann ich für dich tun?«

»Ich rufe wegen dem Zettel und der Nadel an, die ich dir gestern in Wollers Firma gegeben habe. Kannst du dich noch daran erinnern?« Max konnte nicht aufhören zu grinsen. Er stellte sich vor, welches jämmerliche Leidensgesicht Franz gerade aufgesetzt hatte. Bestimmt hatte der ›scharfe Bernd‹, der ihm gegenübersaß, schon Bauchschmerzen vor Lachen.

»Logisch. Ich habe einen Kater, aber ich bin weder blöd noch senil.«

»Das freut mich für dich, Franzi. Also, was ist damit?«

»Pass auf. Auf dem Button sind Fingerabdrücke von dir und Maria. Und auf der Rückseite noch die von einer anderen Person, die wir aber noch nicht zuordnen können.«

»Die könnten doch vom Täter sein.«

»Richtig.«

»Jetzt müssen wir ihn nur noch finden. Dann haben wir einen wunderschönen Beweis.«

»Wieder richtig.«

»Und was ist mit meinem kleinen Drohbrief?«

»Da sind wir noch dran. Wir haben eine Kopie davon an alle möglichen Dienststellen geschickt, weil es gegen einen ehemaligen Kollegen geht. Mal schauen, was dabei herauskommt. Brauchbare Fingerabdrücke sind jedenfalls keine darauf.« Franz stöhnte laut auf.

»Hast du dich wieder mal gebückt, um deinen Kuli aufzuheben?«, erkundigte sich Max immer breiter grinsend.

»Woher weißt du das?«

»Ich saß fast 20 Jahre mit dir im selben Büro. Schon vergessen?«

»Nein. Verdrängt.«

»Gut so. Mir geht's genauso. Ich habe übrigens auch noch was, Franzi«, erwiderte Max lachend. »Ich war bei einer Wahrsagerin.«

»Verarschen kann ich mich selbst.« Franz klang jetzt immer humorloser. Wahrscheinlich strengte ihn das Telefonieren im Moment einfach zu sehr an.

»Keine Verarsche. Ich war wirklich dort. Weil Maria Spengler und Elli Breitwanger auch bei ihr waren. Genau wie unsere gemeinsame Freundin Anneliese.«

»Ach so. Ja und? Was sagt sie wahr?«

»Sie sagt, dass Woller sich von Maria und Elli auspeitschen ließ. Und dass Maria ihm damit gedroht hatte, alles, was sie über ihn wusste, an die Öffentlichkeit zu bringen.«

»Also haben wir endlich Wollers Mordmotiv?«

»Könnte sein. Zur Sicherheit könntest du die Dame aber mal rein routinemäßig durch eure Computer jagen. Irgendwie kommt sie mir komisch vor. Bauchgefühl, du verstehst.« Sogar Anneliese hatte doch gesagt, dass sie sie für eine Gaunerin hielt, als sie ihm von ihr erzählt hatte. Oder? Na also.

»Logisch. Wie heißt sie denn?«

»Sie nennt sich ›heiliges Medium Eva‹.

»Alles klar. Da hätte ich auch ein komisches Bauchgefühl. Vielleicht sogar ein komisches Kopfgefühl.« Franz lachte trocken. »Ich schau, was sich machen lässt. Gut gemacht, Max.« Er hörte sich jetzt um einiges wacher an, als gerade eben noch. »Wir sollten Woller nachher aber trotzdem noch mal einen Besuch abstatten. Was meinst du?«

»Unbedingt. Zwölf Uhr bei ihm?«

»Jawohl. Und danach gehen wir schnell in irgendein hübsches Lokal, in dem geistige Getränke verkauft werden. Ich brauche dringend ein Bier, sonst überlebe ich den heutigen Tag nicht. Die Frauen im ›Amazonas‹ haben Wollers Alibis übrigens bestätigt.«

»Dann hat er also höchstwahrscheinlich einen Profi engagiert, um Elli und Maria aus dem Weg zu räumen.« Max blickte nachdenklich auf die schwarze Bildröhre seines abgeschalteten Fernsehers. »Natürlich immer vorausgesetzt, er war es.«

»Es schaut aber ganz so aus.«

»Und wir müssen ihm das beweisen.«

»So ist es, Max.«

»Fragt sich nur wie.«

»Genau.«

»Bis später, Franzi.«

»Bis später.«

Sie legten auf. Max patschte barfuss, wie er war, ins Schlafzimmer hinüber, zog eine frische Bluejeans und das rote T-Shirt mit der Aufschrift ›Ich bin nun mal so‹ aus dem Schrank, streifte beides über, kehrte ins Wohnzimmer zurück und wählte Annelieses Nummer, um sie über den neuesten Stand der Ermittlungen zu informieren. Er hatte sich die regelmäßigen Telefonate in den letzten zwei Jahren angewöhnt. Besser so, als dass ihm seine Auftraggeber in ungelegenen Momenten hinterhertelefonierten.

»Hallo, Annie. Max hier. Es kann sein, dass wir Marias Mörder bald schnappen. Die Schlinge zieht sich immer mehr zu. Sieht gut aus.«

»Das klingt hervorragend, Max«, erwiderte sie dankbar. »Ich will den Kerl hinter Gittern sehen. Da gehört er hin und sonst nirgends.«

»Finde ich auch. Ich melde mich wieder, sobald ich etwas Konkretes habe.«

»Alles klar. Servus. Und vielen Dank. Du bist einfach der beste Schnüffler, den es gibt.«

»Ganz wie du meinst«, erwiderte er geschmeichelt. Dann legte er auf und holte sich noch einen Espresso aus seiner kleinen Küche. Dabei stach ihm Frau Bauers gespülter Gulaschtopf in die Augen. Herrschaftszeiten. Den musste er ihr aber schleunigst zurückgeben. Morgen war Samstag, und da würde sie ihn erfahrungsgemäß wieder brauchen. Er nahm ihn an sich und klingelte bei seinen alten Nachbarn.

»Grüß Gott, Herr Raintaler. Ach, der Topf. Danke schön.« Sie wischte sich eine graue Strähne aus dem Gesicht und schaute mit einem freundlichen Lächeln zu ihm hinauf.

»Bekomme ich jemals wieder Gulasch von Ihnen?« Max lächelte ebenso freundlich zurück.

»Natürlich. Warum denn nicht, Herr Raintaler?« Sie schüttelte verwirrt den Kopf.

»Na, wegen der …, Sie wissen schon, … wegen der Kamele.« Er fühlte sich wie ein Schulbub, der von der Klassenlehrerin beim Abschreiben erwischt worden war.

»Kamele? … Ach das. Aber Sie haben doch gesagt, dass das rein beruflich war.« Sie blickte kurz verlegen zur Seite.

»War es auch. Ich schwöre es Ihnen.«

»Na also. Warum sollten Sie dann deswegen kein Gulasch mehr bekommen? Vergessen Sie das Ganze einfach. Ich mache es genauso.« Sie tätschelte ihm großmütterlich die Wange.

»Jawohl. Mach ich, Frau Bauer. Und einen schönen Tag noch.« Hörbar erleichtert aufatmend drehte er sich um und ging in seine Wohnung zurück. Gott sei Dank, diese Peinlichkeit wäre vom Tisch, dachte er. Er hatte nicht die geringste Lust auf irgendwelche Dissonanzen mit den Bauers. Wirklich nicht. Es reichte ihm schon, dass Monika ihn verlassen hatte.

Ihm fiel ein, dass er heute Abend bei Gesine zum Essen eingeladen war. Ein echter Lichtblick. Bei all ihrer Spinnerei war sie andererseits so erfrischend fröhlich und natürlich. Genau das brauchte er im Moment. Bloß keine Probleme, davon gab es mehr als genug. Ach, du Scheiße, da fiel ihm gerade noch etwas ein. Er hatte letzten Sonntag beim kleinen Griechen vier Bier und drei Ouzo gehabt. Genau, so war es gewesen. Auf einmal wusste er es wieder. Und Kalamari vom Grill hatte er gegessen. Kam jetzt etwa die Erinnerung an diesen unseligen Abend zurück, wie es ihm Franz prophezeit hatte? Dann müsste ihm doch auch bald einfallen, wer das mit den K.-o.-Tropfen gewesen sein könnte. Ein verdächtiges Gesicht, ein ungewöhnlicher Blick, der sich dem Unterbewusstsein einprägte. Etwas in der Art musste es doch geben. Nichts. Würde wohl alles doch noch etwas dauern. Er schlüpfte ohne Socken in seine Slipper und machte sich auf zum Promenadeplatz, wo er Franz in 40 Minuten treffen würde.

Auf dem Weg schaute er erneut bei Traudi vorbei. Erstens wollte er sich endlich mit ihr versöhnen und ihr dabei helfen, mit ihrer Trauer um Elli fertig zu werden, falls sie das zuließ. Zweitens machte er sich langsam immer mehr Sorgen um sie, weil sie gestern nicht daheim anzutreffen gewesen war. Nachdem ihr Haus zwischen den Häusern der beiden Toten, Elli und Maria stand, könnte sie durchaus in Gefahr sein, das dritte Opfer zu werden. Der Gedanke lag zumindest nahe. Er klingelte, wie bereits gestern, Sturm. Doch niemand öffnete. Verdammt, langsam wurde es brenzlig. Ruhig, Brauner. Wahrscheinlich war sie wirklich ein paar Tage verreist, um sich zu erholen. Wäre kein Wunder gewesen, nach allem, was passiert war. Einfach morgen noch mal bei ihr klingeln. Warum hatte er ihre Telefonnummer eigentlich nicht? Weil sie sie ihm nicht gegeben hatte. Logisch.

Als er am Promenadeplatz ankam, wartete Franz schon vor dem Aufgang zur ›Woller GmbH‹. Kein Wunder, dass er zuerst da war, sein Büro lag sozusagen ums Eck.

»Servus, Franzi. Und geht's schon wieder besser?«, begrüßte er ihn breit grinsend.

»Nicht wirklich. Lass uns am besten sofort hoch gehen und den miesen Woller hochnehmen.«

»Nichts lieber als das.«

Gesine lächelte erfreut, als sie die beiden auf ihr Empfangspult zukommen sah. »Aber hallo, zwei richtig fesche Männer zu Besuch«, rief sie ihnen lächelnd entgegen. »Das ist aber schön.«

»Das Vergnügen liegt ganz auf unserer Seite, Frau Sandhorst«, erwiderte Max laut. »Hallo, Gesine«, fuhr er leiser fort, nachdem sie bei ihr angekommen waren.

»Hast du es nicht ohne mich ausgehalten bis heute Abend?« Sie sprach jetzt ebenfalls leiser, damit niemand der Umsitzenden hören konnte, dass sie sich persönlich kannten.

»Stimmt auffallend. Aber wir wollen auch zu deinem Chef.« Er lächelte ebenfalls und zeigte auf die Bürotür neben ihrem Arbeitsplatz.

»Natürlich. Gibt es Ärger? Neue Spuren?« Sie nahm ihren Telefonhörer in die Hand und wählte Wollers Nummer.

»Dürfen wir leider nicht verraten, Frau Sandhorst«, mischte sich Franz ins Gespräch.

»Alles klar. Gehen Sie schon mal rein, meine Herren. Ich sage Rainald Bescheid.« Sie zeigte auf Wollers Bürotür.

»Herr Woller. Es gibt neue Erkenntnisse bezüglich der

Morde an Maria Spengler und Elli Breitwanger. Wir hätten gern Ihre Meinung dazu gehört«, platzte Franz ohne Begrüßung heraus, während sie das Büro des Immobilienhais und Bauunternehmers betraten.

»Ist die denn so wichtig? … Langsam gehen mir Ihre Besuche gewaltig auf den Keks, meine Herren. Ich weiß nicht, ob das meinem Freund, dem Polizeichef, gefällt, wenn ich ihm erzähle, dass ich andauernd bei der Arbeit gestört werde, Herr Kommissar.« Woller saß wie eine fette Kröte hinter seinem braunen Schreibtisch und beäugte sie misstrauisch.

»Hauptkommissar.«

»Von mir aus.«

»Wir machen es kurz, Herr Woller, versprochen. Unseren Herrn Polizeichef wollen wir natürlich nicht verärgern«, fuhr Franz in höflichstem Tonfall fort.

Max wusste genau, dass Woller hundertprozentig nicht wusste, dass er gerade einen Fehler gemacht hatte. Wenn man Franz unter Druck setzte, erreichte man damit das genaue Gegenteil von dem, was man erreichen wollte. Die typische Reaktion eines Oberbayern halt. Gespannt wartete er darauf, wie das Gespräch weitergehen würde.

»Na, gut. Schießen Sie los. Rein bildlich gesprochen natürlich.« Woller hob die Hände, wie im Western, erhob sich ein kleines Stückweit von seinem Sitz, furzte ausgiebig und grinste stolz.

Ja, pfui Teufel, jetzt scheißt er auch noch in die Hose. Max schüttelte sich innerlich vor Abscheu. Wie hielt Gesine das bloß mit ihm aus? Höchste Zeit, dass ihr jemand dabei half, von ihm wegzukommen.

»Also gut, Herr Woller«, fuhr Franz unbeeindruckt

fort. »Ist es zutreffend, dass Sie sich von Maria Spengler und Elli Breitwanger auspeitschen ließen?«

»Wa… was? Spinnen Sie?« Woller riss entsetzt den Mund auf.

Der scheint echt geschockt zu sein. So eine Reaktion kann man nicht spielen, dachte Max. Egal, nachhaken, Franzi.

»Sie haben schon richtig gehört. Also, was ist nun?« Franz schien Max' Gedanken erraten zu haben.

»Wer behauptet denn so was?«

»Eine Zeugin.«

»Eine Zeugin? Eine blinde Zeugin vielleicht. Und taub obendrein. Ich und mich auspeitschen lassen. Lächerlich. So einen gequirlten Schwachsinn habe ich noch nie gehört. Wenn jemand peitscht, dann bin ich es. Rein bildlich gesprochen natürlich.«

»Aha. Dann stimmt es wohl auch nicht, dass Frau Spengler Sie deswegen erpressen wollte.« Franz holte seine Zigaretten aus der Innentasche seines Sakkos.

»Die Antwort kennen Sie. Habe ich Ihnen doch gestern schon gesagt. Frau Spengler hat mich nicht erpresst. Zu keiner Zeit. Lassen Sie sich bei Gelegenheit mal ein paar neue Fragen einfallen, Herr Kommissar.« Woller schnaubte genervt.

»Hauptkommissar.«

»Ja, ja. Schon recht, Herr Wachtmeister. Noch was?«

»Allerdings. Wir wissen, dass Sie Frau Spengler als Spionin in der Bürgerinitiative Birkenau eingesetzt und bezahlt haben.« Franz, der vor Ärger über Wollers Arroganz einen roten Kopf bekam, klopfte triumphierend mit den Fingerknöcheln auf die Tischplatte.

»Da wissen Sie mehr als ich. War das alles? Sie enttäuschen mich, Herr Wachtmeister.«

»Hauptkommissar, Herrschaftszeiten. Ich sage ja auch nicht Herr Roller zu Ihnen, obwohl das wunderbar zu Ihnen passen würde.« Franz wurde immer wütender. Er schlug mit der flachen Hand auf Wollers Schreibtisch.

»Zu Ihnen auch«, erwiderte Woller ungerührt mit einem ausgiebigen Blick auf Franz' Bierbauch. »Und für Ihre lächerlichen Anschuldigungen brauche ich nicht mal einen Anwalt. So unhaltbar sind die.« Er blickte selbstgefällig grinsend von einem zum anderen.

»Also gut, Herr Woller. Sie wollen es nicht anders. Morgen liegt die CD mit den Daten über Ihr Geschäftsgebaren beim Oberstaatsanwalt. Wir sind schließlich auch nicht ganz blöd. Verlassen Sie sich darauf.« Franz beruhigte sich wieder etwas.

»Ich sage es Ihnen auch gern noch 100 Mal. Ich weiß nicht, von welchen Daten Sie reden. Das Zeug auf der CD ist garantiert alles bloß gefälschter Schmarrn, den jemand in Umlauf gebracht hat, der mir schaden will.«

»Und wer sollte das sein?«

»Fragen Sie doch mal die Bürgerinitiative in der Birkenau. Die würden mich doch nur allzu gern auf der Schlachtbank sehen. Meine Bücher sind jedenfalls sauber. Und jetzt, meine Herren. Bitte hinaus mit Ihnen! Da ist die Tür. Falls Sie mich weiter befragen wollen, müssen Sie mich schon aufs Revier bestellen.«

Nicht zu fassen. Jetzt stellte er sich auch noch als Opfer hin. Von dem Mann konnte man wirklich lernen. Seine Bücher hatte er bestimmt längst bereinigt, den Verdacht hatte Max ja letztes Mal schon gehabt. Aber das mit den

Überweisungen an Meierbär, Weidenbrecher und sein merkwürdiges Projektmanagement würde er dem Oberstaatsanwalt erklären müssen. Die Zahlen waren schließlich schwarz auf weiß vorhanden. Oder hatte er über den Banker Weidenbrecher sogar Einfluss auf die Abrechnungsdaten der Bank? Würde Weidenbrecher die CD ebenfalls als Fälschung bezeichnen, andere Unterlagen präsentieren und darauf vielleicht auch noch einen Eid schwören. Zuzutrauen wäre diesen miesen Amigos alles.

»Wie Sie meinen. Herr Weidenbrecher von der Stadtbank und der Stadtrat Meierbär werden sich bestimmt genauso wie Sie über die Post vom Oberstaatsanwalt freuen.« Franz konnte jetzt sogar schon wieder grinsen. In aller Seelenruhe zündete er sich eine Zigarette an.

»Ganz bestimmt, Herr Hauptmann. Fragen Sie die beiden doch lieber mal, wo sie zur Tatzeit waren, anstatt mich in einer Tour zu nerven. Das Rauchen sollten Sie übrigens bleiben lassen. Es macht impotent, und Lungenkrebs kriegen Sie auch davon.« Woller wedelte kalt lächelnd mit der Hand vor seinem Gesicht herum.

»Komm, Max. Wir gehen. Hier stinkt es zu sehr.« Franz erhob sich von seinem Stuhl und schritt ohne Abschiedsgruß zur Tür hinaus.

Max folgte ihm auf dem Fuße. »Und immer schön sauber bleiben, Dicker!«, rief er Woller dabei über die Schulter hinweg zu. »Sonst komme ich allein zurück. Inoffiziell.« Im Vorraum verabschiedete er sich noch von Gesine, sagte ihr, dass er sich auf das Essen heute Abend freue, und fuhr mit Franz im Lift nach unten.

24

Als sie auf der Straße standen, atmete Franz ein paar Mal hörbar tief durch. »So ein aalglattes Arschloch, ja Herrschaftszeiten noch mal.«

»Aber ehrlich.« Max nickte bestätigend. »Ein echter Wichser.«

»Wegen irgendwas kriege ich den auf jeden Fall dran. Egal was. Das schwöre ich.« Franz zündete sich die nächste Zigarette an. »Ach übrigens, deine heilige Eva heißt Eva Meier und hat vorher in Frankfurt gelebt.«

»Woher weißt du das auf einmal? Eine göttliche Eingebung?«

»Habe ich vorhin im Büro noch rausgefunden. Sie war dort bei einem Autoverleih als Assistentin der Geschäftsleitung beschäftigt, wurde aber vor acht Jahren in die Filiale nach München versetzt. Vor sechs Jahren hat sie ihren Job dann hingeschmissen und ihren Wahrsagertempel aufgemacht.«

»Dann ist sie noch gar nicht so lange Wahrsagerin.« Max runzelte überrascht die Stirn. »Ich dachte immer, in so was wird man hineingeboren. Wie der Dalai Lama. Und sonst?«

»Sonst war nicht viel über sie herauszubekommen. Bernd bleibt aber an der Sache dran.«

»Okay, Franzi. Lass uns gehen. Sag Bernd doch gleich noch, dass er auch Wollers Bankdaten überprüfen lässt, bevor Weidenbrecher die genauso gründlich frisiert wie Woller seine Bücher. Wenn unser sauberer Stadtbankchef das nicht eh schon getan hat.«

»Mach ich.« Franz rief seinen Mitarbeiter an und gab ihm diesbezüglich Anweisung. »Bier?«, fragte er, als er wieder aufgelegt hatte.

»Logisch. Abgemacht ist abgemacht.«

»Biergarten?«

»Viktualienmarkt.«

»Super Idee, Max.«

Sie entschlossen sich, durch die Fußgängerzone zu gehen, vorbei an den großen Kaufhäusern der Stadt, zahlreichen Sonderangeboten, Bettlern, Künstlern und Passanten aus aller Welt. Kurz vor dem Hugendubel am Marienplatz hörten sie auf einmal aufgeregte Stimmen.

»Lasst den Mann in Ruhe!«

»Spinnt ihr?«

»Verdammte Schweine!«

»Scheißglatzen! Die Nazizeit ist vorbei!«

Als sie bei dem Pulk von Menschen, der sich vor ihnen gebildet hatte, ankamen, bot sich ihnen ein grausames Schauspiel. Drei offensichtlich stark angetrunkene Männer in Unterhemden, Jeans und Springerstiefeln traten abwechselnd auf einen am Boden liegenden Obdachlosen mit langem grauem Vollbart ein. Gleichzeitig übergossen sie ihn laut lachend mit dem Inhalt der Bierflaschen in ihren Händen. Die Menschen, die darum herum standen, beschwerten sich zwar vereinzelt darüber, aber niemand griff ein. Jetzt öffnete einer der drei seine Hose und machte Anstalten, auf den Kopf des wehrlosen Opfers unter sich zu urinieren.

»Deutschland braucht keine Versager wie dich«, brüllte er den verängstigt zitternden Mann währenddessen an. »Wir pissen auf dich, du Scheißpenner!«

»Steck deinen Mini wieder weg! Aber sofort!« Max hatte sich mit Franz in die erste Reihe der Umstehenden vorgearbeitet. Er hatte erst gar nicht glauben wollen, was hier unter den Augen der Schaulustigen geschah. Jetzt war es allerhöchste Zeit, dem Ganzen Einhalt zu gebieten.

»Soll ich dich zuerst anpissen, Wichser!« Der Riese mit dem kahlrasierten viereckigen Schädel und den zahllosen Tätowierungen auf den Armen fixierte ihn mit einem eiskalten Blick und kam mit geöffnetem Hosenladen auf ihn zu.

»Nur zu, Bürscherl! Wenn du das Echo verträgst.« Max stellte sich in Position, so wie er es bei seiner jahrelangen Ausbildung im Nahkampf tausend Mal geübt hatte. Er wusste Franz neben sich, und er wusste, dass der seine Dienstwaffe dabei hatte. Das hier würde also keine größeren Probleme aufwerfen. Aber notwendig war es allemal. Irgendwer musste den fehlgeleiteten Volldeppen schließlich die Erziehung einbläuen, die ihre Eltern offensichtlich versäumt hatten.

Halt mal. Da war doch so ein braungebrannter Glatzkopf an seinem Tisch gewesen. Beim Griechen. In der K.-o.-Tropfen-Nacht. Er sah den Mann auf einmal wieder genau vor sich. Keine Haare, braune Augen, eine kleine Narbe auf der linken Wange, und er hatte so einen schmalen Oberlippenbart, wie ihn die Südländer oft trugen. Richtig. So war es gewesen. Der Mann hatte ihn nach Feuer gefragt. Max hatte sich zu Anneliese umgedreht, um ihr Feuerzeug entgegenzunehmen, und als er sich ihm wieder zuwandte, um es ihm zu geben, war er auf einmal weg gewesen. Wie vom Erdboden verschluckt. Auf jeden Fall hatte er genug Zeit gehabt, um Max etwas ins Bier zu schütten. So viel war sicher.

»Was ist mit dir, Wichser? Machst du dir in die Hosen oder was?« Der glatzköpfige Gigant vor ihm riss ihn lautstark aus seinen Gedanken.

»Niemals. Komm schon!« Max winkte ihn zu sich her. Er begann, langsam auf der Stelle zu tänzeln. Bei einem derartigen Kleiderschrank musste der erste Schlag sitzen. Logisch. Also kommen lassen und dann blitzschnell kontern. Und hoffen, dass ihn sein Gegner dabei nicht ebenfalls erwischte. Denn, wo der hinhaute, wuchs bestimmt kein Gras mehr.

»Polizei! Nehmen Sie Ihre Hände hoch und legen Sie sich ganz langsam auf den Boden. Alle drei! Auf geht's!« Franz, der direkt neben Max stand, hatte seine Dienstwaffe gezogen und richtete sie auf die betrunkenen Unruhestifter.

»Aber, Franzi. Ich wollte doch gerade …«

»Lass es gut sein. Das hier ist Polizeisache. Bitte ruf uns ein paar Uniformierte und den Notarzt her. Die Nummer steht drin.« Franz reichte Max sein Handy.

»Aber ich hätte wirklich große Lust …«, protestierte der.

»Weiß ich, Max. Ich auch. Aber an denen machen wir uns erst gar nicht die Hände schmutzig.«

»Na gut. Schade.« Max ließ resigniert die Schultern hängen und telefonierte. Keine drei Minuten später nahmen sich sechs uniformierte Streifenpolizisten der nach wie vor lautstark pöbelnden Glatzköpfe an.

»Zwei von euch nehmen bitte Zeugenaussagen auf, die anderen bringen die Burschen aufs Revier, Männer«, ordnete Franz an. »Die sind zwar garantiert bald wieder frei, so wie ich unsere Gerichte kenne. Aber erst mal sitzen sie ein. Soviel ist sicher«, fügte er mit rauer Stimme an Max gewandt hinzu, während sich der gerade herbeigeeilte Notarzt um den blutenden Obdachlosen zu ihren Füßen kümmerte.

»Hirnlose Deppen. Was will man machen?« erwiderte Max. »Ich finde, wir haben uns jetzt wirklich einen Schluck verdient. Was meinst du?«

»Auf jeden Fall.«

Sie fanden gleich einen schattigen Platz in dem kleinen Biergarten mitten auf dem Viktualienmarkt. Es roch nach Fisch und Bratwürsten. Die Menschen rund umher plauderten zum Teil fröhlich miteinander, manche lasen Zeitung, und wieder andere genossen einfach nur die einzigartige, gemütlich dörfliche Großstadtatmosphäre. Als Max mit zwei gut gefüllten Halben von der Schenke zurückkam, ertönte der ›Radetzky-Marsch‹ aus Franz' Handylautsprecher. Max setzte sich und trank schon mal einen Schluck. Wann wechselt der Dicke bloß endlich diesen Scheißklingelton aus, fragte er sich.

»Aha«, meinte Franz, ganz auf das konzentriert, was aus dem Hörer kam. »Wirklich? Ist ja interessant. Nicht zu fassen – Echt? – Ja, Herrschaftszeiten – Das auch? Aha – Was es nicht alles gibt – Ja, gut, Bernd. Und vielen Dank auch. Das sind wirklich gute Nachrichten. Da wird sich der Max sicher freuen – Was? Du schickst sie mir? – Ja, gut. Dann kann ich sie ihm gleich zeigen. Perfekt. Danke. Servus.« Er legte auf und verstaute sein Handy in der Innentasche seines Sakkos.

»Was schickt er dir?« Max schaute seinen alten Freund und Exkollegen mit offenem Mund an. Er hatte nur Bahnhof verstanden.

»Die Bilder.«

»Welche Bilder?«

»Schnall dich an, Max. Wir haben deinen K.-o.-Tropfen-Attentäter. Es gibt ein Bild von ihm, und ein anderes schickt mir Bernd auch noch.«

»Was? Wirklich? Wieso denn das auf einmal?« Max' Gesichtsausdruck spiegelte gleichzeitig Freude und Neugierde wider. »Und welches Bild schickt dir Bernd auch noch?«

»Pass auf! Ich erkläre es dir von Anfang an. Das glaubst du nicht.« Franz schmunzelte genüsslich vor sich hin und nahm einen großen Schluck von seinem Bier.

»Mach schon. Saufen kannst du später auch noch.«

»Also gut. Sie haben ihn durch einen saublöden Zufall gefunden.« Franz stellte sein Glas zurück auf den Tisch.

»Und wie?«

»Also, zuerst mal. Der Mann ist Albaner. Hier schau mal.« Er hielt Max sein Handy mit dem Foto unter die Nase, das ihm Bernd gerade geschickt hatte.

»Was der? Jetzt laust mich aber gleich der Affe.« Max fiel vor Erstaunen fast von der Bierbank. »Du wirst es nicht glauben. Aber genau an den Typen habe ich mich vorhin vor dem Hugendubel erinnert, als dieser geisteskranke Koloss auf mich zukam.«

»Wie?« Franz zog, ebenfalls erstaunt, die Brauen hoch.

»Er wollte Feuer von mir, an dem bewussten Abend beim kleinen Griechen. Als ich es ihm geben wollte, war er wie ein Geist wieder verschwunden. Aber er hatte Zeit genug, mir was ins Bier zu schütten. Da, schau nur. Es passt alles!« Max zeigte auf das winzige Bild. »Schmaler

Oberlippenbart, Glatze, braune Augen, Narbe auf der Wange.«

»Du kannst dich also wieder erinnern?«

»Ja, schaut ganz so aus. Wie habt ihr den Kerl gefunden?«

»Das ist echt kurios, Max.«

»Erzähl es trotzdem.« Max trank erst mal auf den freudigen Schreck hin.

»Wir haben dein Drohbriefchen doch eingescannt und an alle möglichen Dienststellen gemailt.«

»Stimmt. Hast du mir, glaube ich, auch so erzählt.«

»Genau. Und stell dir vor, jetzt hat ein Kollege bei der Ausländerbehörde die Schrift auf deinem Drohzettel mit den Schriften auf seinen letzten Asylanträgen verglichen. Und ist glatt fündig geworden.«

»Ja, so ein Zufall. Gibt es ja nicht. Hat der echt Hunderte von Dokumenten durchgesehen?« Seit wann hatten denn die Sesselfurzer im Amt Lust zu arbeiten?

»Schaut ganz so aus. Es gibt ihn also auch noch bei anderen, den guten alten Ermittlergeist, Max. Aber das Beste kommt noch. Der Grund, warum die Kollegen sich sofort sicher waren, dass der Typ auch wirklich dein Mann ist.«

»Sag schon.«

»Da schau mal her.« Franz zeigte ihm ein zweites Foto auf seinem Handy und grinste dabei erwartungsvoll.

»Aber das bin ich. Was soll das?« Max zog die Stirn kraus.

»Das bist nicht du.« Franz grinste noch breiter.

»Doch natürlich. Schau doch hin.« Max zeigte mit dem Finger auf das Miniaturbild vor ihnen.

»Eben nicht.« Franz schüttelte langsam den Kopf.

»Nicht? Wer ist es denn dann?«

»Das glaubst du nicht.«

»Sag schon.« Max rutschte unruhig auf seiner Bierbank hin und her.

»Es ist der Sachbearbeiter, der die Schrift entdeckt hat.«

»Ohne Schmarrn? Aber der sieht doch genau aus wie ich.« Max kratzte sich verwirrt am Hinterkopf.

»Unglaublich, was? Ihr könntet glatt Zwillinge sein.«

»Der blanke Wahnsinn!«

»Und jetzt kommt's, Max. Dieser Sachbearbeiter bei der Ausländerbehörde, der übrigens Lechtaler heißt …«

»Das auch noch. Fast so wie ich«, unterbrach Max kopfschüttelnd.

»Na ja, nur fast. Dieser Mensch jedenfalls hat unserem Albaner hier die Einreise von dessen Tante verweigert.«

»Aha. Und dann ist der sauer geworden.«

»Richtig.« Franz nickte.

»Und er wollte dem Sachbearbeiter Angst machen.«

»Auch richtig.«

»Und beim kleinen Griechen hat er gedacht, ich wäre der Sachbearbeiter, und er hat mir die K.-o.-Tropfen ins Bier geschüttet. Damit mir mal so richtig schlecht wird. Vielmehr dem Sachbearbeiter.« Max haute mit der flachen Hand auf den Tisch.

»Genau.« Franz nickte erneut.

»Und in meinem Treppenhaus hat er mir eine von hinten draufgegeben, weil er immer noch dachte, dass ich dieser Lechtaler bin.«

»Der zu dieser Zeit gemütlich im Kurzurlaub am Bodensee weilte.«

»Aha. Aber woher wusste er, wo ich wohne?«

»Er ist dir von deiner Wohnung aus zum kleinen Griechen gefolgt.«

»Wie soll denn das gehen?« Max kratzte sich verwirrt am Hinterkopf.

»Er war spazieren und hat zufällig gesehen, wie du in dein Haus gegangen bist.«

»Wann?«

»Am Sonntagnachmittag, bevor du zum kleinen Griechen bist.«

»Stimmt, da war ich kurz beim Auto unten. Und das hat dir Bernd jetzt alles erzählt?«

»Ja. Verrückt, oder?«

»Ich brauche jetzt erst mal einen Schnaps. Du auch?« Max schüttelte immer wieder ungläubig den Kopf. Er war wegen einem Doppelgänger überfallen worden. Das war mit Abstand das Bescheuertste, was er in den letzten Jahren gehört hatte. Einfach nicht zu fassen.

»Liebend gern. Das Bier allein tut sich schwer beim Kampf gegen meine Kopfschmerzen.«

»Hat er mich auch vor die Tram geschubst?«, erkundigte sich Max, als er mit zwei bis an den Rand gefüllten Stamperln Obstler von der Schenke an ihren Tisch zurückgekehrt war. »Dabei wäre ich fast draufgegangen.«

»Ja. Aber das täte ihm leid, hat er gemeint. Da seien ihm wohl ein paar Sicherungen durchgebrannt. Schließlich wollte er Lechtaler beziehungsweise dich nicht umbringen, sondern nur einschüchtern.«

»Da muss er mir ja auch am Donnerstag von meiner Wohnung zu Woller gefolgt sein.«

»Richtig.«

»Dann hat er mir wohl jeden Tag aufgelauert.«

»Nicht unbedingt. Aber am Donnerstag eben.«

»Also hat Woller nichts mit den Anschlägen auf mich zu tun.«

»Schaut ganz so aus.«

»Herrschaftszeiten. Ich hatte schon am Dienstag die ganze Zeit über das Gefühl, dass mir jemand folgt. Am Südfriedhof wollte ich ihn sogar stellen. Aber anscheinend war er zu schlau, mir in die Falle zu gehen.« Max betrachtete nachdenklich den Schaum in seinem Glas. »So schnell kann es gehen. Da reicht es, dass du jemandem ähnlich siehst und wirst deswegen fast abgemurkst. Die Welt wird echt jeden Tag verrückter und gefährlicher.« Er schüttelte bestimmt zum zehnten Mal in den letzten zehn Minuten den Kopf über diese absolut unfassbare Unglaublichkeit. »Ab sofort dürfte es also keine Anschläge mehr auf mich geben.«

»Normalerweise nicht.«

»Da bin ich aber mal gespannt.«

25

»Hallo, Max. Komm rein. Die Vorspeise ist gleich fertig.«
Gesine, die eine weiße Schürze über ihrem knielangen roten
Baumwollkleid trug, gab ihm zur Begrüßung links und
rechts ein Küsschen auf die Wange.

»Hallo, Gesine. Danke noch mal für die Einladung.
Ich habe einen Bärenhunger. Ich habe, glaube ich, außer
Frau Bauers Gulasch und der Roulade bei Willis Begräbnis seit Tagen nichts Anständiges mehr zwischen die Zähne
gekriegt.« Max hielt sich wie ein Verhungernder die Hände
vor den Bauch. Dass er heute Nachmittag auf dem Weg vom
Viktualienmarkt in seine Wohnung drei dicke cholesterin-
reiche Rote mit viel Senf bei Anton gespachtelt hatte, schien
ihm entfallen zu sein. Nach sechs halben Bier und fünf Obst-
lern wohl auch weiter kein Wunder. Aber die Ergreifung seines Attentäters musste schließlich würdig gefeiert werden.
Franz hatte sich für den Rest des Tages freigenommen und
war ebenfalls nach Hause gegangen. Wahrscheinlich schlief
er bis morgen durch, so fertig wie er gewesen war. Sollte er
ruhig. Sie hatten abgemacht, dass sich Max wegen der Morde
in Giesing erst morgen wieder bei ihm meldete.

»Na, so schlimm wird es schon nicht sein. Verhungert
schaust du auf jeden Fall nicht aus«, frotzelte Gesine und
tätschelte seinen kleinen Bauchansatz.

»Hast du eine Ahnung«, scherzte er zurück. »Was gibt
es denn?«

»Lauter leckere Sachen. Und der Clou: Alles rein vegetarisch und total gesund!«, rief sie ihm von ihrer kleinen
Küchenzeile aus begeistert zu.

»Das ist ja, äh, ... wirklich ... ganz toll, Gesine. Super.«
Ja, ist die denn von allen guten Geistern verlassen? Da lädt
sie mich großkotzig zu sich nach Hause zum Essen ein
und dann gibt es Vogelfutter und Grünzeug? Ich glaub,
ich spinne. Das ist ja die reinste Folter. Sie müsste doch
wissen, dass ein Mann etwas Gescheites braucht und nicht
irgendeinen rohen Körnermüll, von dem man höchstens
einen Darmverschluss bekommt. Was frisst denn wohl
ihr Mastschwein Woller? Etwa Löwenzahnblätter mit
Brennnesseltee? Da lach ich doch bloß. Ja, Herrschaftszeiten noch mal. Hat sich denn zurzeit alles gegen mich
verschworen? Von einer plötzlichen heftigen Depression
übermannt, setzte er sich im Zeitlupentempo an den sorg-
sam dekorierten und gedeckten Esstisch. Herrschaftszeiten, wenn das so weitergeht, habe ich bald einen Burn-
out, dachte er.

»Gang eins: Vitello tonnato. Bitte sehr, der Herr!« Mit
vor Stolz geschwellter Brust setzte sie einen randvollen
flachen Teller vor seiner Nase auf dem Tisch ab.

»Mit Kalbfleisch?« Er blickte ungläubig zu ihr auf.

»Logisch.«

»Und Thunfischsoße?«

»Wie es sich gehört.« Gesine lächelte wie die Stewar-
dess in der ersten Klasse eines Linienfluges.

»Aber du hast doch gesagt ...«

»Ich weiß. Ich habe gesund und vegetarisch gesagt.
Wollte dich ein bisserl tratzen.«

»Das ist dir gelungen.« Max atmete hörbar erleichtert
durch. Seine Laune besserte sich in Sekundenbruchteilen.
Er begann übers ganze Gesicht zu strahlen. »Wahnsinn.
Woher weißt du, dass ich italienisches Essen liebe?«

»Von dir. An unserem letzten Abend in der Kneipe.«

»Ach so? Habe ich das dort erwähnt? Weiß ich gar nicht mehr. Und was gibt es als Hauptgang?«, erkundigte er sich neugierig.

»Wart's ab.«

»Okay. Guten Appetit.« Er ergriff Messer und Gabel und schob sich gierig den ersten Bissen zwischen die Zähne. »Vorzüglich! Ganz vorzüglich!«, schwärmte er gleich darauf mit vollem Mund.

»Lass dir's schmecken.« Sie schenkte ihnen Weißwein ein, setzte sich über Eck neben ihn und begann ebenfalls zu essen.

»Sag mal. Ich habe da noch eine Frage zu deinem Chef und Gelegenheitsliebhaber«, meinte er, als sie den nächsten Gang, mit Rinderhackfleisch gefüllte Cannelloni, auftrug. »Hat er von dir schon mal gewisse Spielchen verlangt?«

»Wie meinst du das? Da werde ich ja gleich total scharf, wenn du so mit mir redest.« Sie bückte sich lächelnd zu ihm hinüber und schenkte ihm einen tiefen verschleierten Blick samt Einblick in ihr beeindruckendes Dekolleté.

»Ohne Schmarrn, Gesine«, erwiderte er unwillkürlich grinsend. »Hat Woller zum Beispiel schon mal von dir verlangt, dass du ihn auspeitschen sollst?«

»Weil ich so ein böses kleines Lausemädchen bin?« Sie steckte lasziv ihren Zeigefinger in den Mund und klimperte mit den Wimpern.

»Bitte. Sei nur kurz mal ernst.«

»Ich heiße aber Gesine.«

»Ich weiß.« Max konnte nicht anders. Er lachte laut auf. »Du hast echt Talent zur Komikerin. Bewirb dich doch mal bei RTL.«

»Nein, hat er nicht. Wie kommst du bloß auf so einen Schmarrn? Schau ich etwa aus wie jemand, der Leute auspeitscht?« Das Lächeln verschwand von ihrem Gesicht, und sie blickte ihn vorwurfsvoll an.

»Natürlich nicht. Aber es gibt eine Zeugin, die behauptet, dass sich dein guter Rainald Woller regelmäßig auspeitschen lässt. Unter anderem auch von den beiden Mordopfern Maria Spengler und Elli Breitwanger.«

»Was? Die zwei sollen ihn ausgepeitscht haben? Das halte ich für ein Gerücht. Er hat es gern, wenn man ein bisserl dominant ist, Handschellen und so, und unten liegen und die Frauen machen lassen, weil er so stinkfaul ist, das mag er auch.«

»Wer mag das nicht?«

»Eben. Männer sind nun mal so. Aber der Rainald und sich auspeitschen lassen, nein. Wirklich nicht. Das ist nicht sein Ding. Das wüsste ich. Stehst du denn auf so was?« Sie begann erneut lasziv zu lächeln.

»Natürlich nicht. Du solltest doch letztes Mal gemerkt haben, dass ich da ganz andere Möglichkeiten habe«, erwiderte er, ergriff ihre Hand und zog sie auf seinen Schoß.

»Huch, nicht! Was machst du denn da?«, quietschte sie albern, schlang ihre Arme um seinen Hals und küsste ihn ausgiebig.

»Die Cannelloni werden kalt«, stieß er hervor, sobald sie ihn wieder zu Atem kommen ließ.

»Kalt schmecken sie noch besser«, antwortete sie mit heiserem Tonfall.

»Und der Fleischgang?«

»Kann ebenfalls warten.« Sie wühlte in seinen Haaren.

»Rüber?«

»Rüber.«

»Na gut.« Er hob sie auf seine Arme und trug sie ins Schlafzimmer hinüber.

»Übrigens zum Thema auspeitschen. Da ist mir noch was eingefallen«, hauchte sie, nachdem sie erschöpft und zufrieden nebeneinander in den schwarz bezogenen Kissen lagen.

»Und was?«

»Rainald hat mal was erzählt, dass sich dieser Weidenbrecher von der Stadtbank gern auspeitschen lässt. Er hat mir im Suff sogar mal ein paar Bilder davon gezeigt und gemeint, dass er den Lahmarsch damit fest in der Hand habe.« Sie zündete sich eine Zigarette an und machte einen tiefen Lungenzug. »Vielleicht hat deine Zeugin die beiden verwechselt und ihn gemeint.«

»Das kann natürlich sein. Bei diesem Fall ist, glaube ich, so gut wie alles möglich.« Max blickte nachdenklich durch die Rauchschwaden ihrer Zigarette zur Decke empor. Sollte sich das ›heilige Medium Eva‹ wirklich derart getäuscht haben? Kaum zu glauben. Oder hatte sie ihm bloß einen Riesenschmarrn erzählt, um ihn von einer anderen Spur abzulenken? Hatte Anneliese recht und sie war wirklich eine Gaunerin und hatte Woller am Ende etwa selbst erpresst? Immerhin wusste sie ja über ihn und Maria Bescheid. Und dass er Maria in der Bürgerinitiative als Spionin eingesetzt hatte, wusste sie auch. Doch wenn sie Woller wirklich mit diesem Wissen erpresst hatte, wieso sollte sie Max dann andererseits so freimütig darüber berichten? Nein. Sie hatte sicher nichts damit zu tun. Außerdem hatte Max die Disks und Marias Tagebuch in

Ellis Keller und nicht bei ihr in der Klenzestraße gefunden. Woher sollte sie also davon wissen?

Da würde er morgen lieber mal bei diesem Weidenbrecher anklopfen. Dabei würde schon eher zutage kommen, wer wen wann und warum auspeitscht und ob allein deswegen jemand sterben musste. Hoffentlich ist Traudi nichts zugestoßen, dachte er. Sie hat zwar nicht alle Tassen im Schrank, aber ich mag sie irgendwie. Herrschaftszeiten, wie kann ich Gesine bloß von diesem Arschloch Woller loseisen? Soll ich ihn erpressen? Wäre eine Möglichkeit. Aber womit? »Weiteressen?«

»Weiteressen. Ich habe noch so viele gute Sachen vorbereitet, du wirst staunen.« Gesine stand auf und zog sich an. Er tat es ihr gleich.

26

Halb zehn Uhr morgens. Sonnenschein und strahlend blauer Himmel über der ganzen Stadt. Das opulente Frühstück bei Gesine stand dem leckeren italienischen Essen vom Vorabend in nichts nach. Nach den gefüllten Cannelloni hatte es noch Costoletta alla milanese gegeben, also paniertes Kalbsschnitzel, was Max in zweierlei Hinsicht entgegenkam. Zum einen war es ein italienisches Gericht, zum anderen schmeckte es nicht recht viel anders als Wiener Schnitzel, was seit seiner Kindheit ebenfalls zu seinen Lieblingsessen gehörte. Als Nachspeise hatte Gesine ein unwiderstehliches Tiramisu präsentiert. Und Pecorino hatte es ganz am Schluss auch noch gegeben, zum Grappa.

Jetzt machte er sich, nur in Unterhose und T-Shirt gekleidet, schon wieder mit großem Appetit über seine Rühreier mit Speck her und trank dazu Espresso aus Gesines Espressomaschine. »Woher kommt der Espresso eigentlich? Der schmeckt gigantisch«, erkundigte er sich bei ihr.

»Es gibt so eine kleine Rösterei in Untergiesing-Harlaching drüben, gleich unter dem Hochufer, in der Kraemer'schen Kunstmühle, nicht weit vom Templer-Kloster«, erwiderte sie von ihrer kleinen Küchenzeile aus, wo sie gerade die nächsten zwei Toasts in den Toaster schob. »Seit ich dort einmal eine Packung mitgenommen habe, trinke ich keinen anderen mehr.«

»Bringst du mir nächstes Mal eine Familienpackung mit?«

»Logisch.«

»Danke.« Er warf ihr eine Kusshand zu. »Ich schätze, nach dem Frühstück werde ich mit Franzi diesen Weidenbrecher aufsuchen. Ich würde doch zu gern wissen, was es mit dieser Auspeitschgeschichte auf sich hat. Wer, wen, wann und warum.«

»Hab ich dir doch schon gesagt. Weidenbrecher lässt sich gern auspeitschen.« Sie kam zu ihm an den Tisch.

»Das hat dir Woller erzählt. Aber ob es wirklich so war, würde ich eben gern rausfinden.«

»Es war so. Ich habe doch die Bilder gesehen.«

»Aber waren da Maria oder Elli drauf?«

»Nein.«

»Das ist ja der Mist. Ich muss wissen, ob die beiden mit von der Partie waren. Dann kann es nämlich sein, dass sie ihn erpresst haben. Und wenn das wirklich so war, hätte ich endlich ein überzeugendes Motiv für die Morde an ihnen. Deswegen muss ich ihn persönlich ausquetschen.«

»Und Woller?«

»Über den werde ich noch genug rausfinden. Den bist du bald los. So oder so. Das verspreche ich dir. Neben seinen ganzen anderen Gaunereien steht er auch ebenfalls immer noch unter Mordverdacht. Wenn er es war, nagele ich ihn fest. Hundertprozentig.« Zur Bekräftigung des Gesagten schlug Max kurz mit dem kleinen Marmeladenlöffel in seiner Hand auf seinen Teller.

»Aber pass auf. Er ist gefährlich.« Gesine setzte sich langsam neben ihn und legte besorgt ihre Hand auf seinen Unterarm.

»Ich auch.« Er schaufelte grinsend die nächste Gabel Rührei in sich hinein. Dann wählte er Franz' Nummer.

»Franzi, wie schaut es aus? Hast du Zeit?«

»Wofür? Es ist Samstag früh.« Franz stöhnte unwillig. So wie es sich anhörte, lag er wohl noch im Bett.

»Ich weiß jetzt, wer sich gern auspeitschen lässt.«

»Du?«

»Schmarrn. Weidenbrecher. Es sieht so aus, als wäre der feine Chef der Stadtbank unser Mann.« Max biss von seinem mit Erdbeermarmelade überhäuften Toast ab und kleckerte dabei seinen nackten Oberschenkel voll.

»Und wer sagt das?« Franzi klang nun bereits eine Spur wacher.

»Gesine. Woller hat es ihr in einem schwachen Moment gesteckt.« Er lächelte ihr kopfnickend zu.

»Glaubst du ihr?«

»Unbedingt. Sie hat außerdem Fotos davon gesehen.«

»Na gut. Ich hol dich in einer halben Stunde ab. Wo bist du? Daheim?«

»Nein. Aber du kannst mich an der U-Bahn-Station Thalkirchen aufgabeln. Ich bin dort ganz in der Nähe.«

»Alles klar. Bis dann.«

Sie legten auf. Gesine entfernte mit einem Küchentuch die Marmelade von Max' Bein. Dann küsste sie ihn ausgiebig. Danach begab er sich unter die Dusche, nahm wie jeden Morgen seine Blutdrucktablette, zog sich an, verabschiedete sich von ihr und machte sich auf den Weg.

Keine fünf Minuten später stand er an der Ecke Brudermühlstraße/Thalkirchner Straße direkt neben dem U-Bahn-Schild und hielt nach seinem alten Freund und Exkollegen Ausschau.

»Steig ein!« Ein großer dunkelblauer BMW hatte hinter ihm am Straßenrand gestoppt, und jemand rief ihm die unmissverständliche Aufforderung durch das Beifahrerfenster zu.

Max drehte sich um, erkannte Franz hinter dem Steuer und tat, wie ihm geheißen wurde. »Servus. Wie geht's?«, begrüßte er ihn, sobald er neben ihm saß.

»Passt schon, Max. Wo müssen wir hin?« Franz wartete noch mit dem Losfahren und sah ihn fragend an.

»Grünwald. Wo sonst sollte der Chef der Münchner Stadtbank wohnen?« Der ist ja immer noch nicht ausgeschlafen, so grantig und zerknittert, wie er ausschaut, sagte sich Max. Wenigstens hat er sich im Gegensatz zu mir rasiert. »Immer noch müde?«

»Geht schon.« Franz fädelte in den fahrenden Verkehr ein und bog ostwärts in die Brudermühlstraße ab.

»Ein bisserl streng riecht es hier. Hat dir jemand reingekotzt?« Max lachte hämisch.

»Sehr witzig.« Franz runzelte genervt die Stirn.

»Besonders gesprächig bist du nicht gerade.« Max musste grinsen.

»Stimmt.«

»Egal. Dann red ich halt mit dem Bankchef.«

»Machst du doch sowieso dauernd.«

»Was? Mit dem Bankchef reden?«

»Reden.«

»Wieso dauernd?«

»Na, dauernd. Immerzu. Bei jedem Verhör.«

»Geh, so ein Schmarrn, Franzi. Einer von uns muss doch was sagen, wenn wir Verdächtige ausfragen.« Wollte ihn Franz nur pflanzen oder ernsthaft kritisieren? Max war sich da im Moment nicht so sicher. »Außerdem redest du doch genauso.«

»Aber meistens bist es du, der das Maul aufreißt.«

»Jetzt krieg dich aber wieder ein, Franzi. Meinst du das im Ernst?« Max hörte auf zu grinsen. Er warf ihm einen fragenden Blick zu.

»Meine ich.«

»Gut, dann frag du doch den Weidenbrecher aus. Mir ist das doch scheißegal, wer von uns beiden das macht. Hauptsache, wir kriegen unseren Mörder.« Max stieg eine leichte Zornesröte ins Gesicht. Ja, so ein Arschloch, der Wurmdobler, ärgerte er sich. Da präsentiert man ihm den Täter quasi auf dem Silbertablett – und was macht der Depp? Er ist sauer, weil ich angeblich zu viel rede, wenn wir Verdächtige ausfragen. Der spinnt doch komplett. Soll er halt nicht so viel saufen, wenn er es nicht verträgt, der Volldepp. Ja, ja. Undank ist der Welten Lohn. Das war schon immer so und wird auch in Zukunft nicht anders sein. So viel ist sicher. Vielleicht sollte ich es mir doch noch mal gründlich überlegen mit unserer Freundschaft.

»Mache ich.« Franz bog rechts in die Schäftlarnstraße ein, und sie fuhren schweigend Richtung Tierpark weiter.

Gut 20 Minuten später standen sie vor Weidenbrechers Villa in Grünwald, gleich beim Isarhochufer. Sie stiegen aus und begaben sich zu dem mannshohen Metalltor vor seiner Einfahrt hinüber. Daneben befand sich ein weiteres schmaleres Tor, ebenfalls mannshoch und aus Metall. Links und rechts der Tore verlief ein mannshoher blickdichter Zaun aus dunkelgebeizten Holzlatten, schätzungsweise rund um das ganze Grundstück herum.

»Ich läute mal.« Franz hatte offensichtlich seine Sprache wiedergefunden.

»Nur zu, Herr Hauptkommissar. Du bist der Chef.«
Max stellte sich neben ihn und verschränkte die Arme.
Eine regelrechte Festung, die unser guter Bankboss da
bewohnt, dachte er. Der hat wohl eine Höllenangst vor
anderen Menschen. Kein Wunder, bei dem, was sich unsere
Banker seit geraumer Zeit leisten. Die haben sich doch
als die reinste Betrügerkaste geoutet, zusammen mit den
Politikern.

»Wer ist da?«, ertönte eine quietschende Kinderstimme
aus dem kleinen Lautsprecher neben der Tür.

»Hauptkommissar Wurmdobler von der Münchner
Kripo. Mein Kollege Raintaler und ich hätten gern Herrn
Weidenbrecher gesprochen.«

»Moment.«

Eine Weile lang hörte man nur die Vögel in den umstehenden Bäumen zwitschern.

»Weidenbrecher.« Die Stimme, die gute zwei Minuten später zu hören war, klang männlich und erwachsen.
Außerdem hatte sie einen starken fränkischen Akzent.

»Herr Weidenbrecher senior?«

»Richtig, einen Junior gibt es hier nicht. Was wollen
Sie, Herr Hauptkommissar?« Weidenbrecher hörte sich
unleidlich und gehetzt an.

»Mein Kollege und ich würden Sie gern sprechen.«

»Das ist im Moment aber etwas ungünstig. Wir bereiten uns gerade auf einen Ausflug vor. Hat das nicht Zeit?«
Er stöhnte genervt.

»Leider nicht, Herr Weidenbrecher. Es geht um Mord.
Und um Herrn Woller.«

»Mord sagen Sie? Ach so … Na gut. Kommen Sie
rein.«

Der Türöffner summte. Franz drückte die Tür auf und ging hinein. Max folgte ihm.

»Nicht schlecht, die Hütte«, staunte er angesichts der imposanten zweistöckigen Fassade mit den riesigen Atelierfenstern vor ihnen, während sie die geteerte Auffahrt hinaufeilten.

»Stimmt«, entgegnete ihm Franz.

»Ach, du redest wieder mit mir?« Max legte so viel Ironie, wie er nur konnte, in die Frage.

»Ja.«

»Aber immer noch einsilbig.«

»Ja.«

»Wie du meinst, Franzi. Ich weiß ja nicht, was sie dir gestern ins Bier geschüttet haben. Aber K.-o.-Tropfen waren es wohl nicht. Ich tippe mal schwer auf Psychopharmaka.« Max schüttelte den Kopf. Wie konnte ein einzelner Mensch nur so eine beschissene Laune haben.

»Keine Psychopharmaka. Nur Bier.« Franz blieb stehen und hielt sich mit beiden Händen die Schläfen.

»Nur Bier?«

»Ja.«

»Aber dann etliche.«

»Ja. Und jetzt habe ich Kopfschmerzen, dass ich fast nicht mehr geradeaus schauen kann.« Franz standen die Tränen in den Augen. Offensichtlich war er Opfer eines Migräneanfalls geworden.

Max hatte Gott sei Dank nur zwei Mal in seinem Leben einen Migräneanfall gehabt. Grässliche Sache. Er war beide Male fast daran gestorben. Zumindest hatte er sich so gefühlt. »Ja, soll dann nicht doch lieber ich mit dem Weidenbrecher reden?«

»Ja.«

»Okay. Kein Problem. Halt dich einfach im Hintergrund und versuche dich zu entspannen.« Jetzt wurde Max alles klar. Franz sprach wegen seiner Schmerzen schon die ganze Zeit über nichts. Wahrscheinlich wollte er sich vor Max einfach nicht eingestehen, dass ihn der Alkohol zurzeit derart im Griff hatte.

»Okay.«

Als sie fast beim Haus waren, öffnete sich die Tür und ein schlanker grauhaariger Mann in Outdoorkleidung trat heraus, leichte Trekkingjacke, kurze Trekkinghose und Wanderschuhe. »Grüß Gott, meine Herren. Sie müssen meinen unwilligen Ton vorhin entschuldigen. Aber meine kleine Tochter hat heute Geburtstag, und da wollen wir einen Ausflug in die Berge unternehmen.«

»Grüß Gott, Herr Weidenbrecher. Schon entschuldigt. Mein Name ist Max Raintaler und das hier ist Hauptkommissar Wurmdobler.« Max zeigte auf sich und Franz. »Eine Frage vorweg. Haben Sie ein Migränemittel im Haus? Herr Wurmdobler hat starke Schmerzen.«

»Unsere Haushälterin, die Berta, hat sicher was da. Ich sag ihr gleich Bescheid. Wenn Sie mir bitte folgen wollen. Ich glaube, wir setzen uns am besten hinten in den Garten.« Weidenbrecher ging voraus und bot ihnen auf seiner weitläufigen, mit großen Marmorfliesen ausgelegten Terrasse Platz an einem runden Gartentisch an. »Moment, ich bin gleich wieder da. Kaffee?«

»Gern«, erwiderte Max. Franz nickte nur leicht, ließ sich in einen der weich gepolsterten, bequemen Stühle sinken und schloss die Augen.

Nach ein paar Minuten war Weidenbrecher zurück.

»So, meine Herren. Der Kaffee und die Tabletten kommen gleich. Was kann ich für Sie tun?« Er zog die Terrassentür hinter sich zu und setzte sich zu ihnen.

»Sie können uns ein paar Fragen beantworten, Herr Weidenbrecher. Wir untersuchen den Mordfall an zwei Frauen aus der Birkenau in Untergiesing. Dort, wo Herr Woller, der Ihnen sicher bekannt ist, die alten Häuser abreißen lassen und neu bauen will.«

»Birkenau sagt mir etwas. Das ist Rainalds neuestes Projekt. Ganz großartig. Das Viertel wird nicht mehr wiederzuerkennen sein, wenn die Bauphase erst einmal abgeschlossen ist.« Weidenbrecher lächelte beseelt, als hätte er gerade das Evangelium verkündet.

»Das befürchten die Leute von der Bürgerinitiative dort auch«, stellte Max lakonisch fest. »Zwei von ihnen mussten jetzt sogar sterben. Höchstwahrscheinlich deswegen, weil sie gegen Wollers Vorhaben gekämpft oder ihn erpresst haben.«

»Sie wollen damit sagen, Rainald hat sie umgebracht?« Weidenbrecher schien regelrecht schockiert zu sein. Seine Augen waren weit aufgerissen, sein Mund stand halb offen und seine Hände zitterten leicht. »Aber das ist doch blanker Unsinn, meine Herren. Das dürfen Sie mir glauben.«

Die Terrassentür öffnete sich. Eine Asiatin mit einem großen Tablett in den Händen trat daraus hervor.

»Ach, Berta. Der Kaffee. Wie immer prompt. Sehr gut. Und die Tabletten sind auch dabei. Sogar an ein Glas Wasser für unseren Herrn Kommissar hast du gedacht. Wunderbar. Vielen Dank.«

»Hauptkommissar«, murmelte Franz fast unhörbar.

Max konnte sich das Grinsen nicht verbeißen. Typisch Beamter, dachte er. Selbst auf dem Sterbebett geht es noch übergenau zu.

»Unser bestes Stück, die Berta«, meinte Weidenbrecher und sah ihr nicht ohne Besitzerstolz dabei zu, wie sie die Sachen schweigend auf dem Tisch abstellte, das Tablett wieder an sich nahm, freundlich in die Runde lächelte und zurück ins Haus ging.

»Asien? Berta?« Max runzelte die Stirn.

»Wir haben sie vor fünf Jahren aus Vietnam geholt und adoptiert. So sparen wir langfristig das Gehalt, das wir einer normalen Haushaltskraft zahlen müssten«, berichtete Weidenbrecher begeistert. »Meine Tochter hat ihr den Namen gegeben. Sie hatte so ein Kinderbuch mit der Henne Berta. Und sie wollte, dass die Mi Leng genauso heißt, wie diese dicke Henne. Lustig, was?«

»Total lustig, Herr Weidenbrecher. Und Gutes tun Sie auch noch dabei. Das viele Geld für die Adoption kommt doch sicher Mi Lengs Verwandten daheim zugute.«

»Ach wo, Herr Raintaler. So teuer war sie gar nicht. Wir haben sie für einen Spottpreis bekommen. Sie kriegt ein kleines Taschengeld und das war's.« Weidenbrecher grinste höchstzufrieden. Er reichte Franz eine Tablette und das Glas mit dem Wasser. Der bedankte sich mit einem leisen Grunzen, schluckte das Medikament, schüttete das Wasser hinterher und lehnte sich wieder in seinem Stuhl zurück.

»Ach so. Wie praktisch.« Max schüttelte unmerklich den Kopf. Nicht zu fassen. Jetzt hatten diese Geldsäcke sowieso schon alles im Überfluss, aber an der Bezahlung des Kindermädchens wollten sie auch noch sparen. Was war das nur für eine kranke Gesellschaft, in der wir lebten? Ob Weidenbrecher sich von der schmalen Mi Leng ebenfalls auspeitschen ließ? Gut möglich. Vielleicht durfte sie sich auf die Art etwas dazuverdienen, ohne dass die Hausherrin davon erfuhr. »Doch zurück zum Thema, Herr Weidenbrecher. Im Zusammenhang mit den Morden an den beiden Frauen aus der Bürgerinitiative gegen Herrn Woller muss ich Ihnen leider eine, sagen wir mal, recht delikate Frage stellen.«

»Nur zu, Herr Raintaler. Ich bin nicht aus Watte. Ich sehe vielleicht so aus, aber weit gefehlt.« Weidenbrecher kicherte amüsiert.

»Lassen Sie sich von Prostituierten auspeitschen?«

»Wie bitte? Geht es Ihnen zu gut?« Weidenbrechers Mundwinkel fielen schlagartig nach unten. Er sah Max an, als hätte der gerade die Verstaatlichung sämtlicher Banken angekündigt, ohne dass dabei die bisherigen Manager übernommen wurden. »Soll das ein schlechter Witz sein?«

»Beantworten Sie bitte meine Frage, Herr Weidenbrecher.« Max ließ sich nicht aus der Ruhe bringen.

»Aber das muss ich mir doch nicht bieten lassen, Herr Kommissar. Oder?« Weidenbrecher blickte Franz Hilfe suchend an.

»Hauptkommissar. Doch.« Franz öffnete für einen kleinen Moment die Augen und schloss sie gleich darauf wieder.

»Also?« Max reckte auffordernd sein Kinn nach vorn.

»Natürlich nicht, Herr Raintaler. Wieso sollte ich? Ich habe eine wunderschöne Frau. Unser Sexleben lässt keine Wünsche offen. Wie kommen Sie nur auf so einen Schwachsinn?«

»Sagen wir es einmal so: Ein Vögelchen hat es mir ins Ohr geflüstert.«

»Ausgemachter Blödsinn.«

»Mit Herrn Woller und Herrn Meierbär im Sexklub waren Sie demnach wohl auch nicht.« Max beugte sich weiter nach vorn und fixierte sein Gegenüber mit einem durchdringenden Blick.

»Natürlich nicht. Ich bin schockiert, meine Herren.« Der grauhaarige Banker setzte sich ruckartig auf und blickte pikiert von einem zum anderen.

»Vielleicht sollten wir mal Ihre Frau danach fragen«, kam es leise von Franz. Er hatte dem Gespräch die ganze Zeit über mit geschlossenen Augen zugehört.

»Was hat denn meine Frau damit zu tun? Um Himmels willen, tun Sie das bloß nicht. Die macht mir die nächsten zehn Jahre die Hölle heiß. Sie kommt aus Niederbayern, ist streng katholisch und cholerisch. Sie verstehen?« Weidenbrecher faltete die Hände und hob sie vor sein Gesicht.

»Sie können mit Ihrem albernen Theater aufhören, Herr Weidenbrecher. Wir haben Bilder aus dem ›Amazonas‹, auf denen Sie deutlich zu erkennen sind. Leugnen ist zwecklos.« Gesine hatte Max zwar nur von den Aufnahmen erzählt, aber erfahrungsgemäß tat auch ein überzeugender Bluff bisweilen seine Wirkung.

»Aus dem ›Amazonas‹ sagen Sie? Was soll denn das sein?«

»Ein Sexklub in Riem draußen.«

»Und wie wollen Sie an diese angeblichen Bilder gekommen sein?«

»Wir haben sie bei Woller sichergestellt.«

»Bilder, die nicht existieren können? Wollen Sie mich etwa hochnehmen, meine Herren?«

»Und Ihre kleine Mi Leng ist auch darauf. Pfui Teufel!« Max bluffte auf gut Glück weiter. Er wurde laut, stand auf und drohte Weidenbrecher mit dem Zeigefinger.

»So ein Schwachsinn. Die war doch nie dabei«, entgegnete ihm Weidenbrecher wie aus der Pistole geschossen. »Scheiße! Musst du dich doch noch verplappern, Depp«, kam es ihm gleich darauf erschrocken über die Lippen.

»Also doch?«

»Ja.« Weidenbrecher bekam einen knallroten Kopf, ließ die Schultern hängen, senkte seinen Blick und starrte betreten auf seine teuren Marmorfliesen. »Woller hat mich und Herrn Meierbär vom Stadtrat mit den Bildern in der Hand.«

»Logisch. Deswegen bekommt er auch wie kein anderer günstige Kredite und die attraktivsten Bauvorhaben zugeschanzt.«

»Ja, aber es ist nicht so, dass er uns dafür bezahlt. Die Zuwendungen, die Meierbär und ich ab und zu von ihm erhalten, sind reine Beratungsgebühren. Von Vorteilsnahme kann dabei keine Rede sein, Herr Raintaler. Das ist absolut branchenüblich.«

»Natürlich, Herr Weidenbrecher. Die Branche der Gauner kennen wir doch auch.« Wie nennt man so etwas gleich wieder? Vorauseilenden Gehorsam. Oder? Hat ihn etwa irgendwer der Vorteilsnahme bezichtigt? Der Depp redet sich immer tiefer selbst in die Scheiße rein. Schön blöd. Oder weiß er von Marias CD? Hat sie ihn vielleicht damit erpresst und nicht mit seiner Vorliebe für Peitschenhiebe? Egal. Mein Mitleid spare ich mir trotzdem lieber für andere auf. Vielleicht für jemanden, der kein Hausmädchen hat und keinen Terrassenboden aus Marmor.

»Wie auch immer. Ein paar Mal habe ich mich von einer dicken Russin auspeitschen lassen. Olga. Aber nur, weil Herr Meierbär und Rainald mich dazu angestiftet hatten. Ich bin schließlich nicht pervers.« Weidenbrecher machte ein treuherziges Gesicht, um das ihn jeder Dackel zutiefst beneidet hätte. »Meierbär macht das jede Woche. Ich nur ganz selten«, fügte er leise hinzu.

»Haben Sie sich bei Woller zu Hause auch mal von einer Maria Spengler oder einer Elli Breitwanger auspeitschen lassen?« Max kniff seine Augen zu schmalen Schlitzen zusammen.

»Die Namen kenne ich nicht. Und bei Woller privat hat nie etwas stattgefunden. Ich war immer nur im ›Amazonas‹ bei den Profis. Das schwöre ich Ihnen, meine Herren. So wahr ich hier stehe.« Weidenbrecher hob theatralisch die rechte Hand, um seiner Aussage Nachdruck zu verleihen.

»Und erpresst wurden Sie natürlich auch von niemandem wegen Ihrer kleinen Vorliebe, stimmt's?«, fragte Franz, der langsam wieder von den Toten aufzuerstehen schien.

»Doch, von Woller.«

»Das haben Sie bereits gesagt. Und sonst?«, übernahm Max wieder.

»Sonst von niemandem.«

»Wo waren Sie letzten Sonntag und letzten Dienstagabend und in der Nacht?« Max sah ihn gespannt an.

»Hier zu Hause. Sonntag waren wir in den Bergen und haben bald geschlafen, und seit Montag bin ich jeden Abend gleich nach der Arbeit heimgefahren. Ich habe einen stressigen Job, meine Herren.« Weidenbrecher setzte ein wichtiges Gesicht auf. Er hatte sich inzwischen wieder voll im Griff.

»Kann das jemand bezeugen?«

»Da brauchen Sie bloß mal die Zeitung aufzuschlagen.«

»Ob Sie zu Hause waren.« Max verdrehte genervt die Augen.

»Natürlich. Meine Frau, meine Kinder und Berta.«

»Logisch. Auf Wiedersehen, Herr Weidenbrecher.« Franz erhob sich und gab dem Banker die Hand.

Max verzichtete auf das Abschiedsritual und folgte seinem alten Freund und Exkollegen wortlos und immer wieder seinen Kopf schüttelnd. Was sind das alles bloß für ausgesuchte Arschlöcher, dachte er. Nicht zu fassen.

27

»Der Weidenbrecher war es nicht, Max. Kann ich mir nicht vorstellen. Bei all seinem sexuellen Schmarrn ist der viel zu ängstlich. So einer ersticht keine Frauen.« Franz zündete sich eine Zigarette an, während er seinen Dienstwagen die Grünwalder Straße stadteinwärts steuerte. Seine Kopfschmerzen schienen der Vergangenheit anzugehören. »Der kauft sich höchstens ein paar, die ihn selbst abstechen. Außerdem hat er, soweit ich das sehe, kein Motiv und ein überzeugendes Alibi.«

»Richtig, Franzi. Er hätte wohl eher Grund dazu, Woller umzubringen als Elli oder Maria.« Max blickte auf die so gut wie leere Straße vor ihnen. »Es sei denn …«

»Es sei denn, was?«

»Es sei denn, Maria oder Elli oder alle beide hätten ihn doch erpresst. Und zwar aufgrund von Marias CD und nicht aufgrund seines schmutzigen kleinen Hobbys. Das Material über seine und Meierbärs Bestechlichkeit darauf ist mindestens ebenso brisant wie die Tatsache, dass er sich von Frauen auspeitschen lässt. Oder?« Max blickte Franz fragend von der Seite an.

»Kann sein. Warum haben wir da vorhin nicht daran gedacht?«

»Ich habe kurz daran gedacht. Aber nachdem er auf deine Frage hin gemeint hat, dass ihn außer Woller niemand erpressen würde, habe ich ihm geglaubt. Was hätte ich auch weiter sagen sollen? Sind Sie wirklich von niemand anderem erpresst worden?«

»Wir hätten es trotzdem versuchen müssen, Max.«

»Schon. Aber ich bin mir sicher, er hätte garantiert dazu geschwiegen. Selbst ihm musste klar sein, dass er damit ein eindeutiges Mordmotiv ausplaudern würde. Und dann hat er, wie du bereits sagtest, auch noch ein überzeugendes Alibi.«

»Stimmt auch wieder. Außerdem könnte es genauso gut der Meierbär gewesen sein, den Maria und Elli erpresst hatten.«

»Stimmt. Den sollten wir unbedingt noch aufsuchen.« Max stützte grübelnd seinen Kopf auf die rechte Hand.

Der ›Radetzky-Marsch‹ erklang. Franz ging an dessen Handy. »Servus, Bernd. Was gibt's? Aha – so, so. Na gut – Alles klar – Danke. Schönes Wochenende im Büro. Servus.«

»Und?«

»Bernd hat herausgefunden, dass vor acht Jahren in Frankfurt zwei rothaarige Prostituierte umgebracht wurden. Mit Messerstichen in den Hals, wie Maria und Elli.«

»Ja und?«

»Er hat es herausgefunden, als er den Computer noch mal mit allen Daten von deiner heiligen Eva gefüttert hat. Es war kurz, bevor sie damals nach München zog.«

»Und jetzt?«

»Könnte doch sein, dass sie etwas damit zu tun hatte.«

»Und dass sie dann acht Jahre später mal so eben zwei rothaarige Frauen in München umbringt?«

»Na ja. Warum nicht?«

»Totaler Schmarrn, Franzi. Außerdem, was hätte sie denn davon gehabt, ihre besten Kundinnen Maria und Elli umzubringen?« Max betrachtete erneut die Mittelstreifen, die flott unter ihnen vorbeizogen.

»Stimmt auch wieder. Also lass uns ins ›Amazonas‹ fahren. Ich bin gespannt, was den Damen dort zu unseren drei Amigos einfällt.« Franz trat aufs Gaspedal.

»Jawohl. Super Idee. Und dann besuchen wir noch Meierbär.«

»Wo wohnt der eigentlich?«

»Keine Ahnung. Du bist die Polizei.«

»Bernd soll das kurz rausfinden.« Franz rief seinen Mitarbeiter, der Wochenenddienst hatte, im Büro an und gab ihm entsprechende Anweisung. Dann reichte er Max das Handy, damit der die Adresse des korrupten Stadtrates notierte.

»Grünwald? Aber da waren wir doch gerade. Okay. Danke.« Max legte auf und gab Franz sein Handy zurück. »Er wohnt in Grünwald, nicht weit von Weidenbrecher.«

»Na, dann fahren wir am besten sofort bei ihm vorbei.« Franz bremste ab und wendete.

Sie erreichten Meierbärs Adresse, eine Villa im toskanischen Stil, nicht einmal fünf Minuten später. Franz klingelte. Max bewunderte solange den gepflegten Garten, in dem prächtige Obstbäume im vorbildlich kurzgeschorenen Rasen zwischen üppig blühenden Blumenbeeten standen.

»Ich bin die Haushälterin und allein zu Hause, Herr Wurmdobler«, erwiderte eine urbayrisch klingende weibliche Stimme aus der Gegensprechanlage auf Franz' Frage, ob Meierbär da sei. »Die Meierbärs sind seit zwei Wochen mit den Kindern in Florida. Die kommen erst morgen Abend wieder.«

»Aha. Vielen Dank«, erwiderte Franz. »Den können wir wohl vergessen«, fügte er an Max gewandt hinzu.

»Schaut ganz so aus. Außer er ist heimlich für die Morde zurückgeflogen.«

»Letzten Sonntag? Und am Mittwoch früh wieder zurück? Von Florida aus? Geh, Schmarrn. Da engagiere ich mir ja noch lieber einen Profi, der die Sache erledigt, und ich selbst stehe mit einem sauberen Alibi da.«

»Und wenn die Haushälterin gar keine Haushälterin ist, und er sich gerade nur von dieser Frau verleugnen lässt?«, spekulierte Max weiter. »Vielleicht sitzt er seelenruhig in seinem Wohnzimmer und wartet bloß darauf, dass wir wieder weg sind, damit er ungestört abhauen kann.«

»Ich rufe Bernd noch mal an.« Franz stöhnte kurz unwillig auf, zog erneut sein Handy aus der Jackentasche und beauftragte Bernd herauszufinden, ob Maierbär wirklich vor zwei Wochen samt Familie von München nach Florida geflogen ist.

»Lass ihn auch gleich nachprüfen, ob Meierbär von Sonntang bis Mittwoch eventuell zurückgekehrt ist«, insistierte Max.

»Etwa unter seinem Namen? Meinst du wirklich, er ist so blöd?«

»Das kann man nie wissen. Oder? Außerdem soll Bernd die Passagierlisten auch auf andere Namen überprüfen. Wichtig sind die, die um den Sonntag herum von Florida kamen und um den Mittwoch herum wieder dorthin zurückgeflogen sind.«

»Okay.« Franz gab entsprechende Order und legte auf. »Er ruft in einer halben Stunde zurück«, informierte er Max.

Sie stiegen ein und fuhren weiter ins ›Amazonas‹. Als sie bald darauf vor dem unauffälligen grauen Waschbetongebäude im Gewerbeviertel, nicht weit vom alten Flughafen, angekommen waren, stiegen sie aus, und Franz rauchte erst mal eine. Danach schellte er an der Klingel über der nichtssagenden Aufschrift ›Privat‹.

»Ist da tagsüber überhaupt jemand?«, fragte er.

»Logisch. Die schieben hier rund um die Uhr Dienst.«

»Woher weißt du das, Max?«

»So was weiß man einfach.«

»Aha.« Franz grinste und schüttelte leicht den Kopf.

Max ahnte, dass sein alter Freund gerade Schlechtes über ihn dachte. Soll er doch, sagte er sich. Das trägt nur zum Nimbus des mit allen Wassern gewaschenen Detektivs Max Raintaler bei. Muss ja nicht jeder wissen, dass ich die Läden und ihre Öffnungszeiten hier draußen nur von der Werbung in der Zeitung her kenne.

Der Türsummer ertönte. Sie traten ein.

»Die Treppe hoch!«, hörten sie eine rauchige weibliche Stimme von oben rufen.

Sie folgten der Aufforderung und gelangten, oben angekommen, in eine Art Barraum. Möbel, Boden und Wände waren in Dunkelrot und Schwarz gehalten. Indirekte Beleuchtung, überall glitzernde Swarowskischmucksteine. In dem rückwandlosen Regal vor dem langgezogenen Spiegel hinter dem Tresen standen die erlesensten Tropfen in Reih und Glied. Uralte Malt Whiskeys, Cognacs, Brände und Liköre, alles, was das Herz begehrte.

»Herzlich willkommen im ›Amazonas‹, meine Herren.« Eine vollbusige stark geschminkte Blondine im extrem kurzberockten Bunny-Outfit lächelte sie einladend an. »Was können wir für Sie tun?«

»Kripo München, Wurmdobler mein Name, und das

ist mein Kollege Raintaler. Wir hätten ein paar Fragen bezüglich eines Mordfalles an Sie und Ihre Kolleginnen«, preschte Franz entschlossen vor.

»Mord? Wir wissen hier nichts von einem Mord. Wir haben uns darauf spezialisiert, Männer zu verwöhnen.« Sie lächelte geschäftsmäßig.

»Die Morde fanden auch nicht bei Ihnen statt.« Er lächelte ebenso geschäftsmäßig und distanziert zurück.

»Die Morde? Gleich mehrere? Und wie können wir Ihnen helfen?«

»Sie können uns zum Beispiel sagen, wann Herr Woller zuletzt mit den Herren Weidenbrecher und Meierbär hier war«, mischte sich Max ins Gespräch ein.

»Der Chef?«

»Ja, der Chef, Woller.« Max blickte ihr ernst in die Augen. Wusste ich es doch, dass der Klub dem Kerl auch noch selbst gehört. Und da redet er davon, dass er keinen Sexskandal haben darf. Lächerlich. Aber wahrscheinlich sogar die Wahrheit. Schließlich musste außer seinen Angestellten niemand davon wissen. »Und die beiden anderen, Herr Weidenbrecher von der Stadtbank und Herr Meierbär aus dem Stadtrat.«

»Die Namen unserer Kunden darf ich Ihnen leider nicht sagen, meine Herren. Wir sichern ihnen absolute Diskretion zu. Sonst würden wir unser Geschäft nicht lange betreiben.« Sie blickte ebenso ernst zurück. Das Lächeln war aus ihrem Gesicht verschwunden. »Aber der Chef kommt eigentlich jede Nacht vorbei. Manchmal bleibt er auch und schläft auf der Couch in seinem Büro hinten.«

Ach so. Der vögelt gar nicht die ganze Nacht, sondern er geht seinem Geschäft nach, und dann pennt er hier, dachte Max. Wieso geht er denn nicht zu sich nach Hause? Fühlt er sich einsam? Ist es etwa diese berühmte Einsamkeit, die einen angeblich so gern an der Spitze unserer Gesellschaft überfällt? Aber er hat doch Gesine. Genügt ihm die nicht?

»Und Weidenbrecher und Meierbär? Wie oft kommen die?«, wollte Franz wissen.

»Wie oft sie kommen, weiß ich nicht genau.« Die Blondine kicherte albern.

»Sehr witzig. Passen Sie auf, Fräulein, es geht um den Mord an zwei hübschen jungen Damen, wie Sie eine sind. Das ist nicht lustig. Oder?« Franz setzte ein strenges Gesicht auf.

»Nein.« Sie hörte auf zu lachen.

»Also, wie oft tauchen die beiden hier auf?«

»Habe ich Ihnen doch schon gesagt. Das darf ich nicht sagen.« Sie verschränkte bockig die Arme vor ihrer imposanten Brust.

»Doch. In einem Mordfall müssen Sie das sogar. Sonst wandern Sie in den Knast.« Max schaltete sich erneut ins Gespräch ein und blickte sie mindestens ebenso streng an wie Franz.

»Echt, Herr Wurmdobler?« Sie richtete ihren fragenden Blick auf den kleinen dicken Hauptkommissar.

»Echt.«

»Aber wissen Sie denn, was ich für einen Ärger bekommen kann, wenn das rauskommt?«, flüsterte sie.

»Keinen.«

»Das sagen Sie.« Sie runzelte die Stirn und zog ängstlich die Schultern hoch. »Na gut. Die beiden Herren, deren Namen ich nicht in den Mund nehme, kommen ein bis zwei Mal die Woche hierher.« Sie schaute sich unsicher um, ob vielleicht jemand mitgehört hatte. Dann atmete sie kurz auf. Sie waren nach wie vor nur zu dritt im Raum.

»Lassen sie sich wirklich auspeitschen?«, machte Max weiter. »Wir haben zwar Bilder davon, aber wir wollten trotzdem noch mal persönlich nachfragen.«

»Bilder? Etwa die vom Chef?«, plapperte die Blondine überrascht heraus. »Upps!«, machte sie gleich darauf, als ihr bewusst wurde, was sie getan hatte.

»Ja«, erwiderte Max. Also doch. Woller hatte Fotos von den beiden gemacht. Oder machen lassen. Gesine hatte diesbezüglich die Wahrheit gesagt, genau wie Weidenbrecher.

»Gibt es Ärger, Sandrina?« Ein riesiger muskelbepackter Kerl in kurzärmeligem weißem Baumwollhemd und dunkler Leinenhose war in der kuscheligen Bar aufgetaucht. Seine schwarzgefärbten langen Haare hatte er zu einem buschigen Pferdeschwanz zusammengebunden. Darauf trohnte die für besonders fesch erscheinen wollende Münchner zu jeder Tages- und Nachtzeit obligatorische Sonnenbrille. In seinem speziellen Fall eine verspiegelte Ray Ban, Modell Pilotenbrille mit schmalem Goldrand. Seine Füße steckten in rot- und silberverzierten, nach vorn extrem spitz zulaufenden, schwarzen Cowboystiefeln. Er beargwöhnte Max und Franz misstrauisch aus dunklen zusammengekniffenen Augen.

»Nein, Freddy. Alles okay. Die beiden Herren haben wegen einer Firmenfeier angefragt und wollten gerade wieder gehen«, erwiderte sie lächelnd und schob Max und Franz dabei sanft in Richtung Treppe. »Die Antwort ist ja, meine Herren. Beehren Sie uns bald mit Ihrer Führungsriege«, rief sie ihnen hinterher, sobald sie auf dem Weg nach unten waren.

»Also, ja. Sie haben sich auspeitschen lassen. Alles klar«, raunte Max Franz leise zu. »Lass uns abhauen.«

»Einverstanden.«

Als sie wieder in Franz' Dienstwagen stiegen, machte sich dessen Handy bemerkbar.

»Ja, Bernd. Ich höre. – Aha. Okay. Danke.«

»Und?« Max blickte ihn neugierig an.

»Meierbär ist in Florida. Seit zwei Wochen, samt Familie. Jemanden, der von Sonntag bis Mittwoch einen Flug Florida-München und zurück gebucht hat, gibt es nicht.«

»Dann hat er vielleicht zwei verschiedene, andere Namen benutzt.«

»Jetzt hör aber auf, Max. Du hast wohl zu viel ›James Bond‹ gesehen.«

»Da magst du recht haben.« Max blickte nachdenklich auf seine Schuhspitzen. »Also doch ein Killer im Auftrag von Woller und / oder Weidenbrecher und / oder Meierbär?«

»Das ist zumindest eine Option. Die Stichwunden sprechen, wie gesagt, nicht unbedingt für einen Profi.«

»Aber unmöglich wäre es nicht.«

»Nein. Trotzdem brauchen wir Beweise und keine Vermutungen.«

»Ach, wirklich? Wusste ich noch gar nicht, Franzi. Wann kommt Meierbär zurück? Morgen Abend?«

»Ja.«

»Du nimmst ihn dir doch am Montag früh vor, oder?«

»Logisch.«

»Wegen den Beweisen, du weißt schon.«

»Depp.«

28

»Das sind vielleicht ein paar korrupte Schweine, unsere drei Verdächtigen. Und so was gehört zur Führungsriege unserer schönen Landeshauptstadt. Unglaublich.« Franz sah seine Freunde kopfschüttelnd an und trank einen großen Schluck Bier. Max und Josef stimmten ihm stumm nickend zu und hoben ebenfalls ihre Gläser an den Mund.

»Irgendwann erzähle ich euch mal, warum ich vor drei Jahren den Dienst quittieren musste. Da waren ähnliche Kaliber daran schuld. Da fallt ihr endgültig vom Glauben ab, wenn ihr die Geschichte hört.« Max blickte grimmig über den kleinen Biergarten in den Isarauen, wo sie sich vor einer halben Stunde zu dritt zu ihrem einmal im Monat stattfindenden Stammtisch eingefunden hatten. Natürlich an ihrem gewohnten Tisch gleich beim Eingang.

»Warum erzählst du es uns nicht gleich?«, wollte Josef wissen, nachdem er sich mit dem Handrücken den Schaum aus dem Schnurrbart gewischt hatte. »Jedes Mal dasselbe.«

»Zu gefährlich. Wisst ihr doch. Da muss ich über einen gewissen Herrn erst noch mehr Beweise sammeln. Ich muss ganz sichergehen. Sonst hauen die mich ungespitzt in den Boden.« Max hielt wie jedes Mal zu dieser Erklärung den Finger vor seinen Mund. Seit drei Jahren wollten seine Freunde Franz und Josef nun schon von ihm erfahren, was damals vor sich gegangen war, doch bisher war kein Wort darüber über seine Lippen gekommen. Und auch heute würde das nicht anders sein.

»Auch gut, Max. Dann schweigst du halt weiter. Aber

ich habe was zu erzählen«, meinte Josef. »Ich habe nämlich was vor.«

»So? Was denn?« Franz sah ihn neugierig an.

»Genau, erzähl schon, Josef. Franzi und ich können ein wenig Ablenkung von unserem komplizierten Mordfall gebrauchen.« Max klopfte auffordernd mit der Hand auf den Tisch.

Nachdem er sich heute Mittag von Franz verabschiedet hatte, als der ihn nach Hause gefahren hatte, war er den Nachmittag über daheim auf seiner gemütlichen roten Couch im Wohnzimmer gelegen und und hatte immer wieder ihre bisherigen Ermittlungsergebnisse in Gedanken durchgespielt. Allerdings ohne dabei zu neuen Erkenntnissen zu gelangen. Man würde Meierbär noch gründlich befragen müssen, und auch nach möglichen Motiven von Woller und Weidenbrecher würde man weiter suchen dürfen, wusste er. Falls einer von ihnen die Morde an Maria und Elli in Auftrag gegeben haben sollte, mussten sich ja irgendwelche Spuren finden lassen. Franz' Leute waren gerade zumindest schon mal dabei, die Lokale um den Hauptbahnhof herum durchzustöbern, in denen sich immer wieder auch Gestalten aus dem Killergeschäft auftreiben ließen. Gut möglich, dass dort jemand einen der drei Verdächtigen gesehen hatte.

Und dann gab es da auch noch dieses ›heilige Medium Eva‹. Entweder hatten Woller und Weidenbrecher bezüglich Maria und Elli gelogen oder sie hatte nicht die Wahrheit gesagt. Das galt es herauszufinden. Übermorgen, wenn Meierbär zurück war. Mit etwas Glück würde der vielleicht endlich etwas Licht in die Angelegenheit bringen.

»Ich werde eine Stiftung gründen«, verkündete Josef.

»Für durstige Münchner? Da wüsste ich nämlich schon zwei Bedürftige«, scherzte Franz, und alle drei lachten laut los.

»Nein«, erwiderte Josef, sobald sie sich wieder beruhigt hatten. »Es ist eine ernste Sache. Nichts für Hobbyalkoholiker. Ich bin durch Willis Begräbnis darauf gekommen.«

»Kein Schnaps in Grabnähe?« Max konnte nicht aufhören herumzualbern. Die Anspannung der letzten Tage löste sich bei ihm, und das tat ihm einfach nur gut. Auch wenn dabei ein pietätloser Scherz wie gerade eben um die Ecke kam.

»Ich werde eine Stiftung gründen, die dafür sorgt, dass Obdachlose ein anständiges Begräbnis und eine anständige gepflegte Grabstätte bekommen. Was haltet ihr davon?« Josef blickte seine Freunde erwartungsvoll an.

»Finde ich super, Josef. Geld genug hast du. Und in so einer Sache wäre es bestimmt sinnvoll angelegt«, meinte Franz. »Schau dir doch nur mal diese billigen Holzkreuze am Ostfriedhof an. Wer will denn so begraben sein? Also ich auf jeden Fall nicht. So viel ist sicher.«

»Ich wüsste noch was Besseres«, entgegnete ihm Max.

»So? Was denn?« Franz verzog leicht pikiert die Mundwinkel.

»Nicht sauer sein, Franzi, bloß weil ich dir widerspreche«, feixte Max. »Aber meine Idee ist, glaube ich, wirklich besser. Was hältst du zum Beispiel von einem Bauernhof etwas außerhalb der Stadt, Josef?«

»Was soll ich davon halten? Da gibt es Schweine, Kühe, Schafe, Hühner, Mais, Korn und vieles mehr.« Josef sah Max ratlos an.

»Und was, wenn ein paar Obdachlose so einen Hof betreiben würden? Arbeit für Kost und Logis. Wasser, Saft und Kaffee und gesundes Essen. Wäre das nicht sinnvoller als das Geld erst dann auszugeben, nachdem sie ihre letzte Chance bereits vertan haben?«

»Gar nicht schlecht.« Josef kratzte sich nachdenklich am Hinterkopf. »Sogar ziemlich gut. Und eine Radelwerkstatt mache ich auch noch rein. Wie die am Ostbahnhof. Da arbeiten auch lauter Obdachlose. Oder ehemalige Obdachlose. Das weiß ich jetzt nicht so genau.«

»Es sind ehemalige, Josef. Sie wohnen zum Teil in Wohngemeinschaften«, wusste Max.

»Geniale Idee. Das mache ich. Und eine Schreinerei könnte man da auch noch reinmachen. Und einen kleinen Hofladen.« Josef rieb sich die Hände voller Vorfreude auf sein neues Projekt. Er strahlte übers ganze Gesicht.

»Und du als Chef, Josef?«, fragte Franz und blickte in die Runde, als würde ihn diese Vorstellung nicht unbedingt überzeugen. »Ich meine, du weißt doch selbst, dass Arbeiten nicht unbedingt zu deinen Stärken gehört.«

»Kein Problem. Als Geschäftsführer suche ich mir jemanden, der zuverlässig ist. Außerdem braucht man da bestimmt eine fachliche Ausbildung. Ihr wisst schon, der ganze Psycho- und Sozialkram und so.« Josef trank gleich noch mal einen großen Schluck vor Begeisterung und Vorfreude auf seine gute Tat.

»Und ich sorge dafür, dass Woller, Weidenbrecher und Meierbär eine schöne Summe an deine Stiftung spenden«, versprach Franz. »Da fällt mir bestimmt die richtige Tonlage dazu ein.«

»Schließlich wirkt sich so ein soziales Engagement in jedem Fall strafmildernd aus«, fügte Max hinzu. »Ich gebe auch was dazu. Von meinem Erbe von Tante Isolde.« Er dachte dabei zwar eher an die 200.000 Euro aus Ellis Keller, die seiner Meinung nach immer noch eindeutig von Woller stammten, aber das musste ja niemand wissen. Auf jeden Fall wäre ein Teil davon bei Josefs Stiftung bestimmt bestens aufgehoben.

»Genau. Von mir gibt es auch ein paar Euro. Prost, auf die geniale Idee unseres Exkommissars Max Raintaler und die Durchführung durch unseren Hilfskommissar und guten Engel Josef Stirner.« Franz hob sein Glas, und sie stießen mit sich und der Welt zufrieden miteinander an.

Doch obwohl die allgemeine Stimmungslage sehr gut war und ein mehr oder weniger gelungener Spaß den nächsten jagte, wie es sich für einen zünftigen Stammtischabend gehörte, ließ der Mord an den zwei Untergiesingerinnen Max nicht los. Pünktlich zur zweiten Maß brachte er das Thema erneut auf den Tisch. »Ausgerechnet zwei Rothaarige. Meint ihr, das ist reiner Zufall oder steckt da mehr dahinter?«, wandte er sich an seine beiden Freunde.

»Ich meine, es ist Zufall«, erwiderte Josef, während er langsam mit Daumen und Mittelfinger seiner linken Hand seinen Schnurrbart entlang fuhr. »Was sollte daran Verdächtiges sein? Jemand, der eine Obsession für Rothaarige hat? Ein Killer, den es scharf macht, wenn er Rothaarige absticht? Ich weiß nicht. Aber ich bin, wie gesagt, kein Profi wie ihr.«

»Das sieht der Profi, in dem Fall ich, ganz genauso, Josef. Wenn es so wäre, hätte es nämlich schon längst das dritte Opfer gegeben«, wusste Franz. »Was meinst du, Max?«

»Ich meine, dass ihr wahrscheinlich beide recht habt. Josef ist übrigens ein echtes Naturtalent. Den sollten wir auch in Zukunft zu Rate ziehen, Franzi.«

»Also gut. Josef. Ich taufe dich hiermit zum Hilfssheriff in spe.« Franz tauchte die Fingerspitzen seiner rechten Hand in seinen Maßkrug, rührte kurz damit darin herum, zog sie wieder heraus und bespritzte Josef mit dem edlen Nass, das daran hängen geblieben war.

»Hör auf, Franzi. Du versaust mir mein ganzes Sakko«, protestierte der frisch ernannte Jungbulle lachend und spritzte mit Munition aus seinem eigenen Maßkrug zurück.

»Aber irgendwie habe ich bei der Sache trotzdem ein komisches Gefühl«, meinte Max.

»Wieso? Du hast Josef doch selbst vorgeschlagen«, beschwerte sich Franz.

»Josef meine ich auch nicht.«

»Ach so, du redest immer noch von den Rothaarigen. Vergiss es. Am Montag verhöre ich diesen Meierbär. Dann sind wir garantiert ein Stückweit schlauer.«

»Wahrscheinlich hast du recht. Trinken wir lieber noch einen Schluck.« Max ergriff den Henkel seines Glaskruges, und sie stießen erneut miteinander an. Abschließend fragte er sich noch, ob das ›heilige Medium Eva‹ vielleicht doch gelogen hatte. Schließlich wurden laut Woller und Weidenbrecher, und laut der jungen Frau im Klub, Weidenbrecher und Meierbär regelmäßig ausgepeitscht und nicht Woller. Oder hatte Maria Eva den Schmarrn mit dem Auspeitschen Wollers verzapft? Schaute ganz so aus. Aber warum hatte sie das wohl getan? Knifflig. Oder gab es eine ganz einfache Erklärung? Nämlich die, dass sich Maria einen Spaß daraus gemacht hatte, das ›heilige Medium‹ zu verarschen. Einfach so, um sie zu ärgern. Schließlich wusste man nie so genau, was in den Frauen vorging. Siehe doch bloß Monika oder Traudi.

29

Max schlenderte gemütlich durch die Isarauen heimwärts. Er hatte sich nach der dritten Maß von seinen beiden Freunden verabschiedet und war gegangen. Er schien eben ein typischer Dreibiertrinker zu sein, und die gingen nun mal nach dem Dritten heim. Logisch. Zudem befand er sich nach drei Maß in der Regel in seinem idealen Wohlfühlzustand. Weniger reichte nicht dafür aus, mehr war zu viel.

Radfahrer mit und ohne Licht, Pärchen und Gruppen lautstark singender oder diskutierender Biergartengäste begleiteten ihn auf seinem Weg durch die sommerlich warme Nacht. Herrlich, außer einem T-Shirt und Jeans brauchte man zurzeit nichts anzuziehen. Schon bald würde sich das wieder ändern. Erst kam die Wiesn, und dann war es nicht mehr weit bis zur Adventszeit und ihren nasskalten kurzen Tagen, an denen man sich am liebsten irgendwo in den Süden zaubern würde.

Man sollte lernen, in der Gegenwart zu leben, philosophierte er. Andauernd dachte man nur an morgen und übermorgen oder in vielen Fällen sogar an die Termine im nächsten Jahr. Man hegte Befürchtungen, von denen niemand sagen konnte, ob sie jemals eintreffen würden, und hielt sich mit weiteren unnötigen Spekulationen auf. Das Hier und Heute blieb dabei völlig auf der Strecke. Obwohl das der einzig wichtige Zustand war, weil es eben genau derjenige war, in dem man sich augenblicklich befand. Morgen war noch nicht da. Gestern war vorbei und zählte nicht mehr. Höchstens als Grundlage dafür, aus begangenen Fehlern zu lernen. Wie hatte es Karl Valentin gleich wieder so treffend bemerkt? ›Die Zukunft ist auch nicht mehr, was sie einmal war‹. So oder so ähnlich. Auf jeden Fall genial. Und auf jeden Fall beruhigend zu wissen, dass es kluge Leute wie ihn gegeben hat. Heutzutage herrschte zu viel oberflächliches Gelaber vor. Gleichmacherei, Glotze, Kleinhalten und Urlaubssperre waren die Zauberworte, mit denen die Masse kontrolliert wurde. Existenzangst, Esoterik und medizinische Gängelei waren die Substitute für Freiheit und Menschenwürde geworden. Werbesprüche wie ›Ich will so bleiben, wie ich bin‹ oder ›Geiz ist geil‹ waren die Credos, die eine ganze Armada von betriebsblinden Großstadtjoggern mit Musik auf den Ohren durch die Isarauen begleiteten. Jeder wusste über alles Bescheid, und jeder wähnte sich im Recht, obwohl, genau besehen, niemandem die wirklich relevanten Informationen zugänglich waren. Zum Beispiel über das, was in Wahrheit Recht war. Das Heute war dabei in Vergessenheit geraten. Das störte offensichtlich nur. Logisch.

Apropos betriebsblind, schoss es Max durch den Kopf. Was wäre denn, wenn nun doch irgendein durchgeknallter Serientäter in der Birkenau Jagd auf Rothaarige machte? Einer, der weder etwas mit Woller, Weidenbrecher oder Meierbär zu tun hatte. Maria und Elli waren seine ersten beiden Opfer. War Traudi dann nicht ebenfalls bereits die ganze Zeit über in Gefahr? Aber sicher. Er sollte unbedingt noch mal bei ihr vorbeischauen, um sie wenigstens zu warnen, wenn sie sonst schon nichts mehr mit ihm zu tun haben wollte. Doch, doch. Das musste er tun. Auf jeden Fall.

Er legte einen Zahn zu und überquerte die Brudermühlbrücke. Auf der anderen Seite marschierte er vor bis zur Gerhardstraße, bog links in sie ein und folgte ihr, vorbei an der Garageneinfahrt, in der er Maria aufgefunden hatte, bis zur neu errichteten Betonwüste Hans-Mielich-Platz. Jetzt musste er nur noch durch die Eisenbahnunterführung zu seiner Linken hindurch, dann war er so gut wie bei ihr. Fünf Minuten später erreichte er ihr Haus. Im ersten Stock brannte Licht. »Endlich bist du wieder da. Gott sei Dank«, murmelte er und wollte gerade auf die Klingel drücken, als er einen schrillen Schrei aus dem Inneren des Hauses vernahm. Sein Daumen zuckte zurück. Verdammte Scheiße, was war da los? Drehte Traudi endgültig durch und schrie ihre Wände an? Oder hatte er recht gehabt und der Killer war bereits bei ihr? In diesem Fall durfte er ihn auf keinen Fall durch sein Klingeln vorwarnen, wenn er ihn überwältigen wollte. Außerdem war es gut möglich, dass er sie dann vor Schreck auf der Stelle umbrachte. Was blieb also zu tun? Richtig. Leise ins Haus gelangen und nach dem Rechten sehen. Er würde sich dabei ganz auf seine Qualitäten als ausgebildeter Nahkämpfer verlassen müssen. Schließlich trug er, zumindest normalerweise, im Biergarten keine Waffe und hatte demnach auch im Moment keine dabei.

Er öffnete das Gartentor und eilte zum Haus. Die Tür war verschlossen. Er versuchte es auf der Seite durch den Terrasseneingang. Glück gehabt. Traudi hatte die Glastür nur angelehnt gelassen. Oder hatte der Killer sie geöffnet und vergessen wieder zu schließen? Egal. Er betrat das Wohnzimmer und blieb eine Weile lang stehen, bis sich seine Augen an die Dunkelheit gewöhnt hatten. Dann schlich er leise zur Wohnzimmertür, öffnete sie, spähte vorsichtig hinein, entdeckte niemanden und hörte den nächsten Schrei. Er kam von oben. Eilig lief er den Flur entlang zur Haustür vor und betrat die mit Teppichboden ausgelegte, schmale Holztreppe, die von dort aus nach oben führte. Da! Der nächste Schrei. Er vernahm lautes Poltern. Wahrscheinlich Kampfgeräusche. Jetzt aber ab die Post, Raintaler, sagte er sich und nahm jeweils zwei Stufen auf einmal. Es war gar nicht so einfach, gleichzeitig darauf zu achten, dass die Stufen nicht zu sehr unter seinem Gewicht knarrten. Geschafft, er war oben angekommen. Die Geräusche kamen aus der Tür rechts vor ihm. Er schlich mit schnellen Schritten hin und spähte durch den offen stehenden Spalt, aus dem Licht fiel. Herrschaftszeiten, das darf doch nicht wahr sein, dachte er. Jetzt nur nichts übereilen, Junge. Jeder Schritt muss genau überlegt sein. Der geringste Fehler kann Traudi das Leben kosten. Er musste einen Weg finden, die Aufmerksamkeit der vermummten Gestalt, die über die auf ihrem Bett liegende Studentin gebeugt war und sie gerade mit einem riesigen Dolch bedrohte, auf sich zu lenken. Laut schreien, das Schreckmoment für sich nutzen und blitzschnell angreifen. Okay. So musste es gehen. Und ab geht's.

Mit aller Wucht stieß er die Tür auf, brüllte laut »Geronimo!«, weil ihm nichts Besseres einfiel, und sprang von hinten auf die Gestalt mit dem Messer zu. Dann umfasste er ihr Handgelenk und schlug ihr gleichzeitig mit der anderen Hand so fest er konnte ins Genick. Er musste alles richtig gemacht haben. Der Killer sackte wie von der Axt gefällt in sich zusammen und blieb auf dem dunklen Dielenboden liegen. Schnell nahm Max den mit bunten Edelsteinen verzierten Dolch an sich und wandte sich an

Traudi, die ihn mit vor Schreck geweiteten Augen und offen stehendem Mund wie einen Geist ansah.

»Ma… Ma… Max? Bist du das?«, brachte sie mühsam heraus.

»Ja, Traudi. Bist du verletzt?« Er setzte sich zu ihr und legte ihr beruhigend die Hand auf den Arm.

»Ich, … äh, … glaube nicht. Ich weiß nicht«, stammelte sie und blickte suchend an sich herunter. »Sieht nicht so aus.«

»Gott sei Dank.«

»Woher wusstest du …?« Sie brach in Tränen aus.

»Intuition und gezieltes Handeln, Traudi. Außerdem habe ich mir schon die ganze Zeit über Sorgen um dich gemacht. Wo warst du bloß?« Er nahm sie in den Arm und tätschelte tröstend ihre Schulter.

»Ich habe eine Freundin in Garmisch besucht. Nach meinem versuchten Mordanschlag auf Woller musste ich erst mal weg, Abstand finden. Ich habe mich selbst nicht mehr wiedererkannt, Max. Normalerweise bin ich der friedlichste Mensch, der rumläuft.«

»Da hatte ich auf der Straße vor Wollers Büro aber einen anderen Eindruck«, erwiderte er trocken.

»Ich war wie von Sinnen. Wollte ihn nur noch tot sehen. So etwas möchte ich nie wieder erleben.« Die Tränen liefen ihr in Sturzbächen die Wangen hinunter.

»Musst du auch nicht. Woller kann dir nichts tun. Und diesen Kerl hier habe ich erst mal ins Land der Träume geschickt.« Er zeigte auf den Körper, der immer noch reglos mit dem Gesicht nach unten auf dem Boden vor ihrem Bett lag. »Ich rufe gleich die Polizei an und lasse ihn abholen.

»Kerl? Das ist eine Frau!«

»Was? Eine Frau?« Max blickte ungläubig von der ohnmächtigen Gestalt zu Traudi und zurück. »Und die geht mit diesem riesigen Messer auf dich los? Aber warum denn bloß? Hast du ihr Gammelfleisch verkauft?« Er musste kurz über seinen gelungenen Witz grinsen. Metzgereiverkäuferin, Gammelfleisch, genial.

»Blödsinn. Schau doch mal genau hin. Ich lüge nicht.« Sie deutete auf den üppig behaarten Kopf der Person.

»Das ist jetzt nicht wahr, oder?«, flüsterte er, nachdem er sie umgedreht hatte, pfiff leise durch die Zähne und zog staunend die Brauen nach oben.

»Doch. Äh, … Was meinst du?« Sie sah ihn verwundert an.

»Das ›heilige Medium Eva‹! Du warst doch auch Kundin bei ihr.« Er starrte nun unaufhörlich auf die leblos daliegende Gestalt. Was war hier nur los? Was hatte Eva gegen Traudi?

»Stimmt. Ich war ein paar Mal bei ihr. Sie hatte wirklich auf alle meine Fragen eine Antwort. Hast du sie umgebracht?«

»Schmarrn. Hörst du nicht, wie sie stöhnt? Die wacht bestimmt gleich wieder auf und wird gewaltige Genickschmerzen haben.« Er stand auf und kniete sich neben die mit Tüchern vermummte Wahrsagerin.

»Warst du etwa auch Kunde bei ihr?«

»Nein.«

»Aber woher kennst du sie dann?« Traudi wollte es ganz genau wissen.

»Ich habe sie vorgestern wegen Maria und Elli befragt. Ich rufe jetzt Franzi an, bevor der zu besoffen ist. Er soll gleich mit ein paar Leuten herkommen.« Er telefonierte kurz mit seinem alten Freund und Exkollegen, der versprach, umgehend das Revier zu verständigen und sich zu ihnen auf den Weg zu machen.

»Verdammte Scheiße. Das war wirklich knapp. Wie kommt sie nur an so ein tödliches Ding?« Traudi zeigte auf den Dolch, den Max immer noch in der Hand hielt.

»So wie du an deine Pistole?«

30

»Max? Bist du da oben?« Franz' Stimme erschallte von unten. Er stand offensichtlich vor der Haustür.

»Moment, Franz. Ich mach dir auf«, rief Max ebenso laut zurück und erhob sich. Er hatte sich neben Traudi auf das Bett gesetzt, nachdem er der erwachenden Eva die Hände vor dem Bauch zusammengebunden hatte.

»Komm rein, alter Freund. Da oben wartet eine Überraschung auf dich.« Max zeigte auf das Ende der Treppe.

»Da bin ich aber gespannt.« Franz folgte ihm stöhnend und ächzend. »Die Jungs vom Revier müssten auch jeden Moment da sein.«

»Perfekt.« Max betrat vor ihm Traudis Schlafzimmer und winkte ihn herein.

»Ja, schau mal an«, staunte Franz. »Was ist denn hier passiert?«

»Folgendes«, antwortete Max und zeigte auf das Bett. »Das hier ist Traudi Markreiter, von der ich dir bereits erzählt habe. Und das dort auf dem Boden ist Eva Meier, genannt das ›heilige Medium Eva‹.«

»Und warum ist die heilige Dame auf dem Boden gefesselt?«

»Sie hat versucht, die Dame auf dem Bett mit diesem Dolch hier zu erstechen.« Max hielt die Tatwaffe hoch. »So viel ist auf jeden Fall schon mal sicher. Gott sei Dank konnte ich sie gerade noch rechtzeitig davon abbringen.«

»Und warum hat sie das getan?«

»Das musst du sie schon selbst fragen. Mir und Traudi

wollte sie es bisher nicht verraten. Sie schweigt wie ein Grab.« Max zuckte mit den Achseln. Er blickte von Franz zu Traudi und Eva.

»Wollen Sie mit mir reden, Frau Meier?« Franz schaute Eva fragend an.

Sie schüttelte nur verneinend den Kopf.

»Aber Sie wissen schon, dass Sie wegen Mordversuchs unter Anklage gestellt werden?«

»Mir egal.«

»Gut, dann gehen Sie eben mit unseren Kollegen aufs Revier, und wir unterhalten uns morgen im Verhörraum.« Franz warf Max einen ratlosen Blick zu und setzte sich auf den kleinen Hocker vor dem Schminkspiegel, um mit den anderen auf die Uniformierten und seinen Assistenten Bernd Müller zu warten.

»Schon komisch, dass jemand jemanden abstechen will, ohne einen ersichtlichen Grund dafür zu haben«, stellte Max im allgemeinphilosophischen Plauderton in den Raum.

»Manchmal sieht man die Gründe eben nicht gleich«, ging ihm Eva prompt auf den Leim.

»So wie bei Ihnen. Sie wollen eine junge Frau umbringen, weil Ihnen ihre Nase nicht gefällt, stimmt's?«, fuhr er fort, während er sich neben Traudi aufs Bett setzte.

»Haare wäre schon richtiger«, erwiderte Eva.

»Was passt ihnen daran nicht?« Er runzelte die Stirn. Ihm war klar, dass mit Maria und Elli zwei Rothaarige gestorben waren. Hatte er vorhin im Biergarten also doch richtig vermutet? War ihre auffällige Haarfarbe etwa wirklich der Grund für ihren Tod gewesen?

»Es könnte doch sein, dass mir ihre Haare nicht gefallen.«

»Warum denn das?«

»Sage ich nicht.«

»Dürfen Sie aber ruhig sagen. Eingesperrt werden Sie so oder so.«

Eva starrte auf ihre schwarzen Walkingschuhe und schwieg.

»Was hast du gegen meine Haare, du kranke Fotze«, plärrte Traudi auf einmal los. »Sind sie dir vielleicht zu rot? Wie die von Maria und Elli? Hast du die beiden etwa deswegen umgebracht? Und mit mir wolltest du dasselbe machen? Ich mach dich platt, du Sau!« Sie stand auf und machte einen Schritt auf die Wahrsagerin zu.

Die rutschte eilig ein Stückweit zurück. »Lass mich bloß in Ruhe, rothaarige Hexe«, keifte sie dabei hysterisch. »Du bist Gift. Nichts als Gift. Genau wie deine Freundinnen. Die waren auch Gift. Deshalb hat sie Satans Dolch ereilt.«

»Was wollen Sie damit sagen, Frau Meier? Haben Sie Maria Spengler und Elli Breitwanger etwa mit diesem Dolch hier erstochen?« Franz, dessen Ton lauter geworden war, zeigte auf die Stichwaffe in Max' Hand.

»Ist das so, Eva?«, brüllte der sie zusätzlich an. »Wir finden es sowieso heraus, anhand der Spuren darauf und anhand der Stichwunden der Toten.«

»Miese Drecksau! Schlampe!«, schleuderte ihr Traudi, am ganzen Leib vor Zorn und Entsetzen bebend, entgegen.

»Lasst mich in Ruhe. Ihr seid alle Gift. Ihr werdet alle in der Hölle enden.« Die Wahrsagerin zog den Kopf ein und hob ihre gefesselten Hände darüber.

»Wie die beiden Rothaarigen in Frankfurt vor acht

Jahren?«, wollte Max einer inneren Eingebung folgend wissen. »Waren die auch Gift und mussten deshalb sterben?«

»Alle sind Gift. Sie nehmen mir meine große Liebe. Sie haben es nicht verdient, weiterzuleben.«

»Die Rothaarigen?«

»Ja. Die sind alle gleich.«

»Wer hat Ihnen Ihre große Liebe genommen, Frau Meier?« Max stand vom Bett auf und setzte sich neben sie auf den Boden. Sein Ton klang jetzt einschmeichelnd, verständnisvoll und beruhigend. »Mir können Sie es doch sagen. Ich verstehe Sie gut. Glauben Sie mir.«

»Wirklich?« Sie hob den Kopf und lächelte ihn verschämt aus tränenüberschwemmten Augen an.

»Wirklich. Sie können mir alles sagen. Es wird Sie von Ihren Qualen erlösen, Eva. Endlich Erlösung.« Er bedeutete Traudi und Franz mit einem Handzeichen, sich nicht weiter einzumischen.

»Na gut. Ich erzähle Ihnen alles. Sie hat mir meinen Geliebten genommen. Er war mein Chef in Frankfurt.« Sie lehnte ihren Kopf an seine Schulter.

»Eine der Prostituierten?«

»Nein. Liliane, meine Kollegin. Sie hat ihn mit ihren roten Haaren verrückt gemacht.«

»Aber warum haben Sie dann die beiden rothaarigen Prostituierten umgebracht und nicht sie?«

»Gebhard hing doch so an Liliane.«

»Ihr Chef?«

»Ja.«

»Verstehe. Sie haben ihn so sehr geliebt, dass Sie nicht wollten, dass es ihm schlecht geht.«

»Ja.« Sie lächelte kurz versonnen.

»Weiter, Eva. Warum mussten Maria und Elli sterben?« Herrschaftszeiten, die ist wirklich schwer krank, dachte Max. Wahrscheinlich kommt sie in die Geschlossene. Zumindest, wenn sie einen schlauen Anwalt hat.

»Weil sie auch Gift waren.« Sie stierte mit leerem Blick vor sich hin.

»Aber warum ausgerechnet vor einer Woche? Sie hätten sie doch ebenso gut schon vorher töten können.«

»Die Zeit war noch nicht reif.«

»Was meinen Sie damit?«

»Ich hatte mir die Karten gelegt.«

»Darüber, wann der beste Zeitpunkt dafür wäre?«

»Ja.«

»Warum haben Sie Elli eigentlich im Park umgebracht? Und warum Maria ausgerechnet in dieser Garageneinfahrt beim Mittleren Ring?« Max war gespannt auf ihre Antwort. Er hatte sich das bereits die ganze Zeit über gefragt.

»Ich wusste, dass Elli spätabends im Park immer noch eine kleine Runde Joggen ging. Und Maria bin ich von Sendling aus gefolgt. Habe sie dort vor ihrem Schützenverein abgepasst. Bei dieser Garageneinfahrt waren endlich keine Leute mehr auf der Straße. Da habe ich es dann getan.«

Herrschaftszeiten. Man ist wirklich nirgends sicher, dachte er. »Dann war also alles, was Sie mir über Woller und Maria und Elli erzählt haben, gelogen. Sie wollten nur von sich als Täterin ablenken.«

»Ja, Maria hat mir nie etwas von Auspeitschen erzählt. Sie hat nur ein paar Mal mit Woller geschlafen und Angst gehabt, dass er sie loswerden wollte. Elli hatte überhaupt nichts mit ihm. Die beiden haben ihn auch nicht erpresst. Zumindest haben sie mir gegenüber nichts davon erwähnt.«

Also hatte Maria die Sachen nur für den Ernstfall in Ellis Keller hinterlegt, vermutete Max. Wahrscheinlich, um sich abzusichern. Zum Beispiel, falls Woller ihr das Haus unter dem Hintern wegstehlen wollte, was er bestimmt vorhatte. Und jetzt ziehe ich hier dem miesen Sack auch noch den Kopf aus der Schlinge. Das stinkt mir aber schon gewaltig. Herrschaftszeiten. Was tut man nicht alles im Namen der Gerechtigkeit.

»Stimmte es dann auch nicht, dass Woller Maria als Spitzel in der Bürgerinitiative eingesetzt hatte?«

»Was? Maria ein Spitzel. Das ist doch ein total unerhörter Schmarrn!«, mischte sich Traudi außer sich vor Empörung ins Gespräch. »Außerdem hatten Maria und Elli ihre Haare nur gefärbt, du dämliche Kuh.« Sie starrte Eva wütend an.

»Bitte, Traudi. Ruhe.« Max bedachte sie mit einem strafenden Blick und hielt den Zeigefinger vor den Mund.

»Sie war kein Spitzel«, kam es teilnahmslos von Eva.

»Aha. Warum haben Sie mir eigentlich keine Lügen über Traudi erzählt?«

»Weil sie noch nicht tot war. Sie hätte das Gegenteil behaupten können.«

»Ach so, ja. Logisch. Hätte ich auch selbst draufkommen können.« Max kratzte sich kurz ärgerlich am Hinterkopf. »Woher haben Sie eigentlich diesen reich verzierten Dolch hier?« Er hob erneut die Tatwaffe in die Höhe.

»Ein Geschenk eines Kunden.«

»Vielleicht hätte er ihnen lieber ein paar Räucherstäbchen mitbringen sollen.« Er bot ihr seine Hand an, damit sie sich daran hochziehen konnte. »Na dann. Husch, husch ins Körbchen würde ich sagen. Oder Franzi? Das Geständnis und die Tatwaffe haben wir. Und die Fingerabdrücke auf der Mitgliedsnadel von Marias Schützenverein gibt es zur Not sogar auch noch. Besser geht es nicht.«

»Frau Eva Meier, ich verhafte Sie hiermit wegen vierfachen Mordes«, waltete Franz seines Amtes. »Meine Kollegen werden Sie gleich aufs Revier mitnehmen.«

»Das Himmelreich ist nah!«, verlautbarte das ›heilige Mordmedium Eva‹ und blickte dabei gottergeben von einem zum anderen.

31

»Espresso, Max?« Gesine winkte von ihrer kleinen Küchenzeile aus mit der Kaffeedose zu ihm an den Esstisch hinüber.

»Liebend gern, Gesine. Bei dir schmeckt er am besten.« Max strahlte sie fröhlich an. Er hatte allen Grund dazu, gut drauf zu sein. Immerhin hatte er eine Serienkillerin gefasst und überführt, und noch dazu hatte er sich mit Traudi versöhnt. Bis vorhin hatte er bei ihr übernachtet. Natürlich war er Gentleman geblieben und war auf ihre eindeutigen Avancen, in ihr Bett zu kommen, nicht eingegangen. Sie war einfach zu jung für ihn. Aber ein bisschen verliebt in sie war er dennoch. Egal. Vielleicht würde er in zwei, drei Jahren einmal bei ihr anklopfen. Dann wäre sie etwas reifer und er noch nicht endgültig zu alt. Obwohl, wo wollte man da die Grenze ziehen? Auch egal. Schließlich gab es auch noch Gesine und ihren köstlichen Espresso.

»Alter Schmeichler. Gratuliere übrigens noch einmal zu deinem Fang. Da kommt Rainald aber glimpflich davon. Wie immer, könnte man fast schon sagen.« Sie stellte eine kleine schwarz-weiß-karierte Tasse vor ihm auf den Tisch.

»Warte es ab. Der Woller darf sich warm anziehen. Der Oberstaatsanwalt hat Marias CD auf dem Schreibtisch. Und ich weiß auch so einiges.« Max löffelte reichlich Zucker in seinen Espresso und trank. »Am besten rufe ich ihn gleich an.«

Gesagt, getan.

»Hallo, Herr Woller. Raintaler hier. Haben Sie ein paar Minuten für mich?«, erkundigte er sich höflich, nachdem sich Woller gemeldet hatte.

»Nur wenn Sie mich nicht wieder mit dem Mord an Maria nerven, Herr Raintaler«, kam es gewohnt arrogant von der anderen Seite. »Der Oberstaatsanwalt fand die CD, die er von Herrn Wurmdobler bekommen hat, übrigens genauso lächerlich wie ich.«

»Ach, wirklich? Mal sehen, ob die Presse sie ebenfalls so lächerlich findet«, konterte Max. Herrschaftszeiten, jetzt hat der Sauhund auch noch den Oberstaatsanwalt auf seiner Seite. Der kommt wohl mit allem durch. Mist verdammter.

»Um die Presse kümmern sich meine Anwälte. Was wollen Sie, Raintaler?« Woller schnaufte schwer durch die Leitung.

Macht er etwa Morgengymnastik, fragte sich Max. Oder hat er schon wieder eins seiner Häschen im Bett und feiert seinen Triumph? »Erst mal keine Angst, Woller. Aus der Sache mit dem Mord sind Sie raus. Es geht um eine andere Frau.«

»So? Um wen denn?«

»Gesine.«

»Gesine?«

»Richtig.«

»Und was wollen Sie von ihr?«

»Weiß ich noch nicht genau. Aber was ich von Ihnen will, weiß ich.«

»Und das wäre?«

»Dass Sie sie gehen lassen.«

»Wie meinen Sie das?«

»Sie wissen genau, wie ich das meine. Oder, Herr Woller?« Max trank noch einen Schluck Espresso.

»Das wird teuer, Herr Raintaler.«

»Vielleicht können wir ja eine Art Abmachung treffen.«

»Na, da bin ich aber gespannt.« Woller klang vollkommen gleichgültig.

»Was wäre denn zum Beispiel, wenn die Öffentlichkeit nicht erfährt, dass Sie Puffbesitzer sind?«

»Das wäre sehr schön. Aber das reicht noch nicht.«

»Und falls ich 10.000 drauflegen würde?«

»Machen Sie 20 daraus. Cash. Morgen früh bei mir im Büro. Dann haben wir einen Deal. Ich hatte reichlich Kosten mit ihr.«

»Einverstanden.«

»Gut. Bis morgen, Herr Raintaler.«

Max legte das Telefon aus der Hand. »Du bist frei«, eröffnete er Gesine und sah ihr lange in die Augen.

»Was? Wirklich?« Sie wich seinem Blick nicht aus. Ein paar dicke Freudentränen kullerten ihre Wangen hinab.

»Wirklich.«

»Danke, Max.« Sie setzte sich auf seinen Schoß, schlang die Arme um seinen Hals und küsste ihn leidenschaftlich. »Vielen Dank. Das werde ich dir nie vergessen«, fügte sie hinzu, sobald sie beide wieder zu Atem kamen.

»Gern geschehen. Wahrscheinlich wirst du dir jetzt einen neuen Job suchen müssen.«

»Müssen? Dürfen. Endlich!« Sie strahlte über das ganze Gesicht. »Ein Honigbrot?«

»Liebend gern. Aber vorher rufe ich noch meine Auftraggeberin an.«

Während sie an ihre Küchenzeile zurückkehrte, um ihm sein Honigbrot zu machen, wählte er Annelieses Nummer.

»Annie? Servus, Max hier.«

»Hallo, Max. Hast du den Mörder?«

Sie hat anscheinend keine Lust, sich lange mit Vorreden aufzuhalten, dachte er. Auch gut. Umso schneller kann ich in Gesines Arme zurückkehren.

»Ja, obwohl der Mörder in diesem Fall eine Mörderin ist. Sie hat vier Frauen auf dem Gewissen.«

»Was? Echt? Wer ist es?«

»Die Wahrsagerin, von der du mir erzählt hast. Das ›heilige Medium Eva‹.«

»Wie bitte? Unglaublich! Aber warum hat sie das denn nur getan?« Annelieses Stimme zitterte, als fiele ihr gerade ein, dass sie Eva genauso gut selbst zum Opfer hätte fallen können.

»Sie hasst Rothaarige. Wenn du mich fragst, ist sie nicht ganz dicht. Ein klarer Fall für die Geschlossene in Haar draußen.«

»Oder sie tut bloß so, um nicht ins Gefängnis zu müssen.«

»Kann auch sein. Das soll das Gericht herausfinden.«

»Alles klar, Max. Schicke mir bitte deine Rechnung. Ich überweise dir dann dein Honorar. Bin ich froh, dass ich blond bin.« Sie atmete hörbar erleichtert auf. »Warte mal. Da ist noch jemand, der dich sprechen will.«

Eine Weile lang hörte man gar nichts. Dann meldete sich eine schüchterne Stimme.

»Max?«

»Moni?« Was will die denn auf einmal? Ich denke, sie hat ihren Neuen.

»Hast du später Lust auf einen Espresso bei mir?«

»Noch mehr Espresso.« Er stöhnte leicht überfordert. Alles hätte er erwartet, aber nicht, dass ausgerechnet sie ihn heute wiedersehen wollte.

»Na gut, wenn du nicht magst. Ich kann es verstehen.«

»Nein, doch. Okay, ich komme«, stammelte er. »Aber bloß, wenn dieser komische Gordon nicht dabei ist.«

»Keine Angst. Der ist Schnee von gestern.«

»Ach, wirklich? Das ging ja schnell.«

»Ja, mei.«

»Na gut. Bis später, Moni.«

»Bis später.«

Über das ›heilige Medium Eva‹ konnte man sagen, was man wollte. Aber ihre Karten logen anscheinend wirklich nicht. Oder?

ENDE

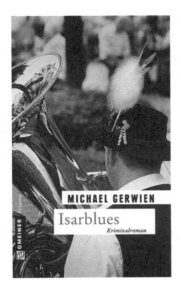

Michael Gerwien
Isarblues
978-3-8392-1307-0

»Spannendes Insiderwissen, authentisch ver-
packt in bayerischen Dialogwitz mit gekonnt
ironischen Untertönen.«

Mitte August. Ganz München stöhnt unter einer unerträgli-
chen Hitzewelle. Nur die schattigen Biergärten können hier
noch Abhilfe schaffen. Der Münchner Exkommissar Max
Raintaler wird von seinem Freund Heinz Brummer, einem
erfolgreichen Schlagerkomponisten, um Hilfe gebeten. Ihm
wurden die Rechte an fünf Liedern gestohlen und Max soll
sie wieder herbeischaffen. Es geht dabei um Millionen. Max
macht sich auf die Suche nach den Tätern. Plötzlich geschieht
ein angeblicher Mord … und noch einer.

Wir machen's spannend

Michael Gerwien
Isarbrodeln
978-3-8392-1234-9

»Exkommissar Max Raintaler ermittelt in
der der Münchner Gastronomieszene –
spannend, humorvoll, authentisch.«

Der Münchner Exkommissar Max Raintaler und seine Freundin Monika feiern Geburtstag im »Da Giovanni«, ihrem gemeinsamen Lieblingsitaliener und Stammlokal. Beide sind
seit Jahren eng mit Giovanni befreundet, Max spielt zudem
mit ihm Fußball. Der gemütliche Abend wird gestört, als
der Italiener mit zwei jungen Männern in Streit gerät, die
Max jedoch kurzerhand hinauswirft. Am nächsten Tag liegt
Giovanni erschlagen in seinem Restaurant. Sofort macht sich
Max auf die Suche nach dem Täter …

Wir machen's spannend

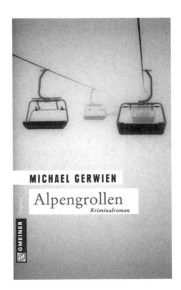

Michael Gerwien
Alpengrollen
978-3-8392-1111-3

»Ein unterhaltsamer Krimi, der sich durch
seinen besonderen Humor und die präzise
Zeichnung der bayerischen und österreichi-
schen Lebensart auszeichnet.«

Kitzbühel zur Faschingszeit. Der Münchner Exkommissar
Max Raintaler freut sich auf einen erholsamen Skiurlaub
und darauf, das berühmte Hahnenkammrennen endlich einmal live zu erleben. Doch ein Anschlag auf die Rennstrecke
durchkreuzt seine Pläne. Hatten etwa Terroristen ihre Finger
im Spiel? Und dann ist da noch die tote Russin, die am Fuße
der Streif im Schnee gefunden wird. Zusammen mit Alois,
einem ebenso gemütlichen wie trinkfesten Kitzbüheler Gen-
darm, beginnt Max zu ermitteln …

Wir machen's spannend

Unsere Lesermagazine
2 x jährlich das Neueste aus der Gmeiner-Bibliothek

Alle Lesermagazine erhalten Sie in Ihrer Buchhandlung oder unter www.gmeiner-verlag.de.

24 x 35 cm, 32 S., farbig; inkl. Büchermagazin »nicht nur« für Frauen

10 x 18 cm, 16 S., farbig

GmeinerNewsletter
Neues aus der Welt der Gmeiner-Romane

Haben Sie schon unsere GmeinerNewsletter abonniert?

Monatlich erhalten Sie per E-Mail aktuelle Informationen aus der Welt der Krimis, der historischen Romane und der Frauenromane: Buchtipps, Berichte über Autoren und ihre Arbeit, Veranstaltungshinweise, neue Literaturseiten im Internet und interessante Neuigkeiten.

Die Anmeldung zu den GmeinerNewslettern ist ganz einfach. Direkt auf der Homepage des Gmeiner-Verlags (www.gmeiner-verlag.de) finden Sie das entsprechende Anmeldeformular.

Ihre Meinung ist gefragt!
Mitmachen und gewinnen

Wir möchten Ihnen mit unseren Romanen immer beste Unterhaltung bieten. Sie können uns dabei unterstützen, indem Sie uns Ihre Meinung zu den Gmeiner-Romanen sagen! Senden Sie eine E-Mail an gewinnspiel@gmeiner-verlag.de und teilen Sie uns mit, welches Buch Sie gelesen haben und wie es Ihnen gefallen hat. Alle Einsendungen nehmen automatisch am großen Jahresgewinnspiel mit attraktiven Buchpreisen teil.

Wir machen's spannend